현세귀환록

현세귀환록 2

초판 1쇄 인쇄일 2014년 12월 23일 | **초판 1쇄 발행일** 2014년 12월 26일

지은이 아르케 | **펴낸이** 곽중열 | **담당편집 팀장** 이범수
편집부 신연제 이윤아 김호성 김은경

펴낸곳 (주)조은세상 | **출판등록** 제 2002-23호
주소 경기도 연천군 미산면 청정로 1355
TEL 편집부 02)587-2966 | FAX 02)587-2922
e-mail bukdu@comics21c.co.kr

ⓒ아르케 2014
ISBN 979-11-5512-880-0 | ISBN 979-11-5512-878-7(set) | 값 8,000원

※잘못 만들어진 책은 바꿔 드립니다.
※저자와의 협의에 의해 인지는 생략합니다.

현세귀환록

아르케 현대 판타지 장편소설

現世
歸還錄

NEO MODERN FANTASY STORY & ADVENTURE

북두세상

CONTENTS

NEO MODERN FANTASY STORY & ADVENTURE

現世
歸還錄

현세귀환록

1장. 회사

　　강서영은 요새 일주일 째 고민 중이었다. 강민이 말한 내용이 머리를 떠나지 않았기 때문이었다. 그런 강서영에게 친한 친구인 김세나가 다가와서 말을 걸었다.

　　"서영아 요즘 무슨 일 있어? 계속 고민스러운 얼굴이던데… 혹시… 수찬 오빠와 무슨 일이라도 있는거야?"

　　"응? 아… 아. 그래 우리 헤어졌어. 헤헷."

　　"뭐? 뭐야? 그래서 요즘 그렇게 계속 고민하고 있었던거야? 왜 그랬데? 니가 헤어지자한거야? 아님 오빠가? 뭐야 뭐야? 말 좀 해줘봐바."

　　"야야. 하나씩만 물어봐. 헤어진건 뭐 그냥 여차저차 해서 헤어졌어. 자세히 말하기는 좀 그렇네."

"아… 그래. 그럼 그거 때문에 요즘 말도 없이 고개만 숙이고 다녔던 거야? 야~ 연애했다 헤어졌다 그러는 거지 뭘 그런 걸로 그러냐. 괜찮아 괜찮아. 이 언니가 담에 좋은 자리 만들어 줄게."

"됐네요~ 너나 잘하세요."

"야! 내가 뭐~!"

"너 모태 쏠로 아녔냐."

"윽… 기집애 그걸 건드냐. 흥."

"건드는 게 아니고 니가 좋은자리 운운하니 내가 얼척이 없어서 그러는 거야. 유일하게 남은 우리과 모쏠녀!"

"야! 강서영!"

"히히히."

강서영이 한창 과외를 할 때에는 둘다 모태 쏠로로 불문대 철벽녀의 이름을 날리고 있었지만 강서영이 연애를 시작하며 유일한 모쏠녀라는 타이틀은 김세나의 차지로 돌아갔다.

160센티미터 중반대 정도의 보통 키에 아담한 체형의 김세나는 외모가 그리 떨어지는 편은 아니었지만 아직 연애경험이 한 번도 없었다.

김세나는 본인이 좋아하는 남자를 만나면 스스로의 마음을 들키지 않으려 더 차갑게 굴다가 항상 남자가 떠나갔었고, 먼저 좋다는 남자는 항상 그 마음을 의심의 눈초리로 지켜만 보다가 결국 남자가 지쳐서 떠나갔다.

그래서 불문과의 몇몇 학생들은 김세나가 동성애자가 아닌가 하는 생각도 했었다. 김세나의 그런 행동에 대해서 다른 사람들은 그 이유를 몰랐지만 강서영은 김세나의 가정환경 때문에 그렇다는 것을 알고 있었다.

김세나의 어머니가 두 차례에 걸쳐 이혼을 당하면서 겪은 일들이 어린 김세나에게는 큰 영향을 주었고 그 이후로 남자를 만나는 것 자체를 무척이나 두려워 했던 것이었다. 결국 감정적으로는 안정적인 연애를 간절히 원하면서 이성적으로는 독신주의를 생각하는 상황이었다.

"근데 세나야. 헤어진 거 때문에 그러는 건 아냐. 사실 헤어진 뒤로 몇 번 연락 왔는데 받지도 않았고 그러다 보니 지금은 연락도 없네. 근데 내가 날 보고 놀랄 정도로 아무렇지도 않아."

한수찬은 한수찬의 어머니가 그렇게 일을 벌리고 난 다음 날 며칠만에 처음으로 전화가 왔었다. 하지만 강서영은 받지 않았다. 아니 받을 수가 없었다. 전화를 받아도 무슨 말을 어떻게 해야할지 생각이 나지 않아서였다.

강서영이 전화를 받지 않자 한수찬은 엄청난 장문의 문자를 남겼는데, 주 내용을 요약하면 어머니가 좀 별난 구석이 있다, 자신은 강서영을 좋아한다, 자신의 사정을 좀 이해해달라, 그리고 어머니 몰래 다시 만나자, 만나다보면 설득이 될 것이다 등등의 내용을 구구절절히 써놨다.

이미 마음이 식어버렸던 강서영은 한수찬의 그런 문자에 완전히 마음을 정리했다. 말로만 듣던 마마보이구나 싶었다. 문자의 어디에도 자신을 통제하려는 어머니와 맞설 생각은 없어보였다.

결국 강서영은 한수찬에게 그럴 생각이 없고 앞으로 맞는 사람과 만나라는 간단한 문자로 둘의 관계를 맺음지었다. 그 이후 몇 통의 전화와 문자가 더 왔지만 강서영은 스팸처리 해버려서 얼마의 연락이 더 왔는지조차 관심 갖지 않았다.

"그래? 기집애 예전부터 생각했는데 독한 구석이 있다니까. 근데 그럼 왜 그러고 있어?"

"음… 세나야 넌 누가 너한테 10억을 그냥 쓰라고 준다면 어쩔 거야?"

"10억? 음… 그럼 집도 사고 차도 사고 음… 남는 건 저축하던가… 헉! 설마 이 기집애 너 로또라도 걸렸냐!"

"아. 아냐. 로또는 무슨."

"아니야. 아니야… 강서영 너 외제차 몰고 다닐 때부터 알아봤어야 했는데. 오빠가 외국에서 돈 벌었다는 말도 거짓말 아냐? 네가 로또 걸린 거 아니냐구!"

"아 참. 아니라니까. 오빠가 외국에서 어마어마하게 돈을 벌어서 앞으로 돈 생각없이 나 하고 싶은 거 하라는데 내가 뭘 해야할지 모르겠어서 말야."

"뭐? 대체 얼마를 벌었길래? 아! 그럼 너네 오빠가 너한테 10억 준 거야? 헐… 대박…."

"아니 아직은 아닌데 곧…."

"뭐! 진짜로?!"

강서영은 김세나의 반응에 오빠가 10조를 줘서 이자로 매년 2천억을 쓸 수 있게 해준다는 말은 꺼낼 수도 없었다.

'하긴 나도 지금 믿기지도 않는 일이니….'

김세나는 강서영에게 돈 받으면 진짜 한턱 제대로 쏘라는 말을 계속 했고 강서영은 결국 알겠다는 말로 자리를 벗어났다.

아마 일반 사람에게 10억을 준다면 대부분 집이나 차를 사고 남는 돈은 저축한다는 평범한 대답이 대부분일 것이다. 아니면 해외여행을 이야기 하거나 돈 쓰는 걸 좀 즐기는 사람이라면 명품 옷이나 가방 등의 이야기를 할 수도 있을 것이다.

그러나 10억이 아니라 100억이라면, 100억이 아니라 1,000억이라면 과연 어떻게 사용할까? 자수성가한 누군가가 그랬다. 돈이 돈으로 보이는 건 30억 정도 까지라고 30억까지는 돈 모으는 재미가 그렇게 좋을 수 없었는데 그이상 넘어가자 돈이 아니라 그냥 숫자로 보였다고.

그만큼 강민이 강서영에게 제시한 돈은 비현실적인 숫자였다. 강서영은 아무리 고민해봐도 그런 큰 돈을 쓸 자신이 없었다.

'그냥 오빠가 처음 말한 것처럼 야학에 지원이나 조금 해달라하고 말아야겠다. 돈 벌려고 그렇게 아등바등했는데 막상 돈이 생기니 쓰지도 못하네. 나도 참⋯.'

❖

"서영이는 어때요?"

유리엘은 다짜고짜 강민에게 강서영이 어떠냐고 물었지만 강민은 바로 이해한 듯 대답했다.

"아직은 체감을 못하고 있더라구. 하긴 그럴 수밖에 없는 일이겠지만 말야."

"그렇죠. 돈도 써본 사람이 쓸 줄 안다구요. 10조에 연간 2천억씩 주는 건 돈을 좀 써봤다는 사람들도 까마득한 금액일 걸요?"

"아마 그렇겠지. 그냥 서영이의 그릇을 보고 싶었어. 돈으로 그 그릇을 전부 재단할 수는 없겠지만 돈이라는 제약이 없다면 어디까지 할 수 있는 그릇인지 말이야. 뭐 스스로가 못하겠다면 내가 뒤에서 힘이 되어 주는 것으로 충분하겠지. 그것만으로도 앞으로 무시 받을 일은 없겠지."

강민은 강서영이 뜻을 펴게 해주고 무시당하게 하고 싶지 않았던 것이지, 걱정과 고민을 하게 해주고 싶은 것은 아니었다. 강서영의 역량이 된다면 그것을 펼칠만한 모든 것을 해주겠지만 역량이 안 되는데도 무리하게 맡길 생각은 없었다.

그래서 강민은 강서영의 반응에 따라 복지재단을 만드는 것은 시간을 두고 생각하고 그 스스로가 먼저 회사를 만들어 일반세계에서 강서영의 힘이 되어주기로 생각했다. 만약 강서영이 설령 백수일지라도 대기업 회장의 동생이면 그야말로 큰 힘이 아니겠는가.

"여하튼 오늘은 저번처럼 그런 장난질이 없었으면 좋겠는데 말이야."

"그러게 말이에요. 이번에도 그렇다면 유니온에게 실망할 것 같아요. 사람보는 눈이 없다는 것이니까 말이죠."

강민과 유리엘이 이야기하고 있는 곳은 서울에 있는 유니온 그룹의 한국지부였다. 남산에 있는 유니온의 한국지부는 이능력자 세계의 한국지부였고, 여기는 일반세계에서 초거대 글로벌 기업 유니온 그룹이라고 불리고 있는 곳의 한국지부였다. 물론 둘은 동전의 양면과 같은 조직이니 같은 조직이라고 할 수도 있겠지만, 둘은 엄연히 분리되어 있었다. 정확히 말하자면 유니온의 통제하에 유니온 그룹이 움직이는 것이었다.

강민은 황금을 거래한 날 이후 김세훈 지부장에게 이능 능력자가 아닌 능력이 없는 일반인 중에서 업무능력이 되는 사람으로 재추천을 부탁하였다. 벤자민 부총재의 언급도 있었기에 김세훈은 별도의 작업을 하지 않고 순수하게 강민의 부탁을 들어주려하였다.

이능력자 세계의 유니온 못지않게 일반세계의 유니온 그룹도 충분한 힘을 발휘하는 조직이었다. 일반세계에서 더 큰 힘을 쓸 수 있다는 것을 생각하면 어떤 의미에서는 유니온 보다 유니온 그룹이 더 막강한 집단이라 할 수도 있을 것이다.

유니온 그룹은 상층부의 인사들은 대부분 능력자였고 능력자가 아닌 경우에도 유니온의 존재와 자신의 역할을 이해하는 인사들이었지만 실무진의 경우에는 능력자보다 능력자가 아닌 사람들이 훨씬 많았다. 그도 그럴 것이 일반인을 상대하는 일이 대부분인 유니온 그룹에서 모두를 이능력자로 채우는 것은 오히려 인적 자원의 낭비라고 할 수 있었기 때문이었다.

실제로 유니온 그룹에 내려진 김세훈의 지시는 이능의 세계를 모르는 일반인 실무자가 담당하였는데 그 직원은 상부에서 내려온 지시라 철저하게 검증하여 삼십여 명의 인재풀을 만들어서 강민에게 연락을 주었다. 그렇게 해서 연락을 받은 강민은 실제로 만나서 판단하고 싶다고 하여 이렇게 면접을 진행하게 된 것이었다.

면접자들에게는 유니온 그룹과 개인거래를 하는 유력인
물이 회사를 설립하기 위해서 인재를 선발한다고 사실에
가까운 이야기를 하였다.

그 외에도 인재풀을 만들 때 알린 정보로는 새로 창립하
는 회사의 설립자금으로 자그마치 10조원을 투입한다는
이야기와 1년간은 유니온 그룹의 평균임금을 지급한다는
이야기였다.

하지만 이 두 가지의 정보만으로도 엄청난 지원자가 몰
렸었다. 10조의 자금이라면 단번에 시가총액 기준으로 20
위권에 드는 규모였고, 유니온 그룹의 평균임금은 연봉을
기준으로 하여 2억원에 달했기 때문이었다.

물론 이런 채용은 공개채용은 아니었고 각종 헤드헌터
업체를 통해서 알음알음 알려졌던 일이었는데 그럼에도
불구하고 수백명의 지원자가 달려들었기에 담당했던 실무
자는 옥석을 가리느라 엄청난 고생을 하였다.

하지만 윗선에서 내려온 지시라 충실하게 수행하였고
지금 서류 심사를 통해서 선발한 35명의 인원은 그야말로
고르고 고른 인원들이라 어디에서든 자신의 몫은 충분히
할 인물들이었다.

"그럼 김과장님 면접을 시작하시죠."

"네. 강대표님. 아까 말씀드렸다시피 서류심사 후 총 35

명이 1차 통과하였는데 5명씩 7개조로 나누어서 면접을 진행하도록 하겠습니다."

"네. 그러시죠."

아직 회사를 설립한 것도 아니었지만 유니온 그룹의 김상민 과장은 자연스럽게 강민에게 대표 직함을 붙여서 말을 했다. 면접을 진행하려던 김상민 과장은 갑자기 생각난 듯 강민에게 한가지 질문을 했다.

"그런데 혹시 실례가 아니라면 몇 명이나 최종 선발하실 생각이신지 알 수 있겠습니까?"

"아직 정하지 않았습니다. 마음에 드는 인원이 없다면 전원 탈락일 수도 있고 마음에 든다면 전부 합격일수도 있겠지요."

"아. 그러시군요. 그럼 1조부터 입장하도록 하겠습니다."

김상민 과장은 옆에 있던 진행요원에게 지시를 했고 1조의 면접자 5명이 면접장으로 들어왔다.

면접자들이 들어오기 전에 프로필로 본 면접자들은 그야말로 각양각색이었다. 나이는 20대부터 50대까지 다양했고, 학력은 아예 학교를 가지 않은 무학에서 박사까지 스펙트럼이 넓었고, 경력 또한 일반 회사원부터 심지어 노가다를 하던 사람까지 다양했다.

사실 강민이 원하는 업무능력이 뛰어난 인재라는 말은

엄청나게 두루뭉술한 말이었다. 업무능력이라는 것 자체가 무엇인가 하나로 정의될 수 없는 말이기 때문이었다. 누군가는 회계에 강하고, 누군가는 영업에 강할 것이다. 또 누군가는 기획에 강점이 있을 것이고 다른 누군가는 연구 개발에 전문성을 가지고 있을 것이다. 애초에 어떤 회사를 어떻게 설립한다는 말도 없이 다짜고짜 업무능력이 우수한 인재를 추천해달라고 한다면 그것처럼 막막한 것이 없을 것이다.

그래서 김상민 과장은 윗선을 통하여 강민과 직접 연락을 하였고 그가 어떤 사업을 하려는지 어떠한 인재를 원하는지 파악해야 했었다. 통화를 통해 강민이 아직 아무런 계획이 없었고 지금 선발되는 사람들을 통해서 그 계획을 잡고자 한다는 것을 캐치하였다.

그렇기에 지금 선발된 사람은 분야별로 우수한 사람들을 총망라한 상태였다. 기획, 영업, 회계, 연구개발 등 각자의 분야에 특화 되어 있는 사람도 있고, 스스로 창립하여 사업을 경영했던 경력이 있는 사람들도 있었다. 그야말로 회사를 처음부터 만드는 상황이었기 때문에 다 방면의 우수한 사람들을 모집하려 하였다.

어찌보면 이렇게 사업을 시작한다는 것은 정말이지 무모하고도 무모한 일이었다. 좋은 아이템을 잡아서 시작해도 열에 아홉은 실패로 돌아가는 것이 사업인 상황에서 아이템조차 없이 그냥 막무가내로 사람들을 끌어모아서 이렇게 사업을 시작하는 것은 망하기 딱 좋은 상황이지만 초기의 거대한 투자 자금이 이런 리스크에도 '도전'이라는 것을 할 수 있게 해주었다. 물론 망하면 더 크게 망하겠지만 말이다.

여기에 면접을 보러오는 사람들도 연봉에 혹하는 사람도 있었지만 대부분 이런 무모한 도전에 한번쯤 인생을 걸어보고 싶어서 온 사람들이라 할 수 있었다. 돈 때문에 이루지 못했던 자신의 꿈들을 강민의 돈을 통해서 실현시켜보고 싶었는지도 몰랐다.

우선 첫 번째 조로 들어온 사람들은 40대 남성 3명과 30대 여성 1명, 20대 여성 1명으로 강민과 유리엘이 앉아 있는 타원형 테이블의 빈자리 5곳에 각각 자리를 잡았다.

면접의 분위기는 신입사원의 면접과는 달랐다. 다들 사회적으로 이룬 것도 많았고 경력도 많았기에 신입사원 면접과 같은 고압적이고 권위적인 분위기의 면접은 아니었다. 마치 간담회를 하듯이 편한 분위기에서 7명이 앉아 이야기를 나누기 시작했다.

"생각보다 많은 분들이 오셔서 좀 놀라긴 했습니다. 같이 이야기해야 하니 간단히 자기소개부터 하고 시작하겠습니다."

가슴 쪽에 명찰이 붙어 있었지만 이름 뿐이었고 나머지

정보는 강민과 유리엘을 제외하고는 알 수 없는 상황이었기에 자기소개부터 시작하기로 하였다.

40대 남성들이 먼저 말을 시작했다. 그 중 2명은 회사원 출신으로 1명은 전자회사의 부장 출신인 이름은 전일환이었고 다른 한명은 건축회사의 차장으로 이름은 이차건이었는데 각자 회사에서 이룬 자신들의 성과들을 장황하게 설명하였다.

나머지 한명의 40대 남성은 조무회라는 사람으로 조그만 사업체를 경영하다 실패하여 지금은 건축현장에서 노가다를 하고 있는 상황이었는데 그 역시 잘나갈 때 이루었던 성과들을 상세히 설명하였다.

특히 실패를 한 사유를 길게 설명하였는데 그의 말을 들어보면 실패했던 상황이 그가 잘못했다하기 보다는 천재지변에 가까운 일로 실패한 것이었다.

물론 그 천재지변에 대한 대비도 했어야 하는 것이 아니냐는 쪽으로 들어가면 그의 실수가 없다고는 못할 것이지만 그가 이루었던 성과를 보았을 때 결코 그의 능력이 낮다 할 수는 없을 것이다.

30대 후반의 여성은 최화숙으로 조그만 화장품 회사의 CEO 였는데 저가 화장품 컨셉으로 시장을 선도하다 중국 및 동남아의 저가 공세에 최근 사업을 정리하고 쉬고 있는 중이라고 하였다. 마지막 20대 후반의 여성은 이미영으로 중학교 때 가족을 따라 미국으로 건너간 뒤 20대의 어린 나이에 교수에까지 임용이 되었는데 도전적인 일이 하고 싶어서 이렇게 지원한다고 하였다.

평범한 경력과 경험이 아니었기에 서로서로 스스로에 대한 자부심이 대단하였다. 그래서 강민이 가벼운 질문을 해도 서로의 전문지식들을 뽐내며 장황한 대답을 하였다. 자기소개 후 한참 이야기가 이어지다 강민이 마무리 이야기를 하였다.

"다들 우수한 인재라 했는데 과연 듣던 대로시군요. 모두들 같이 하는 것으로 하시지요. 이번 달 말까지 신변을 정리하시고 다음달 1일부터 출근하는 것으로 하시면 되겠습니다. 아시다시피 저는 일단 10조원의 자금을 들여서 초기사업을 할 생각입니다. 하지만 향후 사업의 진행에 따라서 이것의 몇 배가 되는 돈도 투입할 수 있으니 혹시 생각하고 있는 분야의 사업이 있다면 돈과 관계없이 스스로 생각하는 사업에 대한 사업계획서를 제출하여 주시면 사업 추진에 적극 반영하겠습니다."

강민의 이 말에 다들 눈을 반짝였다. 이 자리에 모인 대부분의 사람들은 자신만의 사업을 하고 싶었으나 금전적인 한계라는 측면에 부딪힌 경우가 많았기 때문이었다. 그런데 이렇게 엄청난 자금을 사용할 수 있는 기회를 준다니 아마 대부분이 자신만의 사업계획서를 만들어올 가능성이 높았다.

사람들의 표정을 본 강민이 말을 이었다.

"그리고 10명 한도에서 필요한 사람이 있는 경우 본인의 판단에 의해서 선발하셔도 좋습니다. 어차피 지금 인원으로는 사업을 추진하기 힘들 것 같으니 말이죠. 아. 그렇게 선발된 사람들의 연봉은 여러분들의 반으로 하지요. 이 연봉은 어디까지나 한 해 동안만 유효한 것이고, 내년부터는 각자의 성과에 따라서 차등적으로 연봉이 지급될 것입니다. 성과에 따른 성과급도 물론 지급될 것입니다."

사람을 데려올 수 있다는 강민의 말에 조무회가 질문을 했다.

"열 명으로 한정되는 것입니까? 쓸만한 사람들이 있는데 조금 더 데려오면 안 되겠습니까?"

"일단 열 명입니다. 더 필요한 경우에는 일단 창립하고 사업을 추진하면서 다시 판단해보지요. 그리고 향후에는 회사의 성장에 따라서 공개채용을 할 생각도 있습니다."

조무회는 강민의 말에 아쉽다는 표정을 지었지만 더 이상 말을 하지는 않았다.

"다른 질문 있으십니까? 없으시다면 다음 달 1일에 뵙겠습니다."

그 뒤로 7조까지 면접자들이 들어와서 면접을 보고 갔는데 이번엔 김세훈 지부장의 장난질이 안 들어갔는지 한 명도 스파이의 기질을 보이는 사람은 없었다. 다만 35명

중 3명의 인물이 마나 성향이 악인의 성향을 가지고 있었기에 그 세 명만을 합격에서 배제하고 나머지 인원들은 다합격을 시키고 모두 같은 지시를 내렸다.

그 중 이번 면접에서 가장 연장자인 58세의 장태성은 별도로 남게 하여 면접 후에 별도의 시간을 마련했다. 장태성은 월급쟁이에서 시작하여 재계순위 50위권의 회사를 만든 입지전적인 인물이었다. 하지만 무리한 사업확장에 따른 댓가로 결국 전 재산을 잃었다고 알려져 있었고, 이 자리에 오기 전까지 다른 곳에서 불러주는 곳도 없어 초라한 말로를 보내고 있는 중이었다.

"장태성씨, 제가 장태성씨를 따로 부른 이유를 아시겠는지요?"

월급쟁이부터 시작해서 스스로 대기업까지 만들어본 장태성은 잠시 생각하더니 상황을 파악하고 강민의 질문에 대답을 했다.

"음. 컨트롤 타워가 필요하신 것 아닙니까?"

그 스스로가 회사를 만들어보았기에 알 수 있었다. 이렇게 회사를 창업하는 사례는 전례가 없을 것이라는 것을.

장태성이 월급쟁이를 하다 회사를 그만두고 나와 창업했던 예를 생각해보면 일반적인 경우에는 아이템을 잡고 혼자서 하다 필요에 따라서 사람을 한 명씩 두 명씩 구해서 쓰는 것이 상식적이었다.

그게 아니라 처음부터 많은 돈을 투입해서 사업을 하려 한다면 사업을 창업하기 보다는 기존의 조직을 인수하는 방식으로 이루어지는 경우가 많았다.

하지만 강민의 방식은 아이템도 없었고, 사람도 없었다. 단지 돈만 있는데 이렇게 사업을 하려하는 것이었다. 그렇기에 장태성은 이것을 컨트롤 해줄 컨트롤 타워가 필요하다는 생각을 했다. 특히 자신의 경력을 보았으면 충분히 나올만한 제의였다.

"그렇습니다. 역시 예리하시군요. 그 컨트롤 타워의 역할을 저는 장태성씨가 맡아주시길 바라고 있습니다. 전략기획실장 정도의 직함이라 생각하시면 되겠네요. 좀 더 구체적으로 말씀드리면 보시다시피 제가 아직 젊지 않습니까? 그래서 회사의 경영에 대해서 많은 부분이 미숙하다 할 수 있겠지요. 때문에 장태성씨에게 회사의 조직 구성부터 사업 추진 방향까지 전권을 위임해 드리지요."

강민의 말에 따르면 직함은 전략기획실장이라 하지만 실제로 CEO의 역할이나 다름없었다. 더 이상 죽어버려서 없어졌다고 생각한 장태성의 마음 깊은 곳에서 다시금 일에 대한 열정이 타오르기 시작했다.

'이정도 규모라면 내가 전성기 때의 태성그룹 시가총액 보다도 큰 금액이다. 그리고 이게 초기자금이라고 하니 얼마의 자금이 더 투입될지는 감도 안오는군. 어쩌면 현승과

도 붙어 볼만할지도… 아냐… 현승과는 아직 상대조차도 안 되겠지… 그래도….'

새로이 타오르는 마음 속 깊은 곳의 열기를 담은 두 눈으로 강민을 바라보며 장태성은 물었다.

"아시겠지만, 저는 무리한 사업 확장으로 인해서 모든 걸 잃었다고 알려진 사람입니다. 이런 제가 다시금 조직을 망하게 할 것이라는 생각은 하지 않으십니까?"

"저는 다른 사람들의 의견이 아니라 제 판단을 믿습니다. 그리고 제 판단은 장태성씨가 믿을 만한 사람이라고 말하는 군요. 하나 참고로 더 말씀드리면 장태성씨의 실패는 무리한 사업 확장이라기 보다는 의도적인 기업 죽이기의 일환에 가까웠다고 하더군요. 컨소시엄에서 태성건설만 의도적으로 기성금을 지연해서 받고 기성검사에도 유독 까다로워 지연되는 자금을 사재를 털어서 매우다 매우다가 결국은 돌아오는 어음을 막지 못하고 부도처리 된 것으로 알고 있습니다만?"

"그…그걸 어떻게…."

장태성은 그런 사실을 공개적으로 말한 적이 없었다. 전후가 어떻게 되었든지 간에 결국은 자기 자신의 잘못이라 생각했기 때문이었다. 어차피 공개적으로 말한다 할지라도 오히려 역 언론 플레이에 더 큰 비난을 받았을지도 몰랐을 상황이었기 때문에 그 사실에 대한 언급은 하지 않았었다.

하지만 강민은 그 사실을 정확하게 알고 있었다.

"유니온 그룹의 김상민 과장님이 철저하게 조사를 해주셨더군요."

"아. 김상민 과장⋯."

이번 기회가 있다는 것도 그를 통해서 알게 되지 않았는가. 항상 장태성의 실각을 아쉬워했던 김상민 과장은 이렇게 그에게 도움을 주었다.

사실 김상민과 장태성은 큰 인연이라 하기도 힘든 짧은 관계였지만 그 과거에 짧았던 인연이 이렇게 큰 도움으로 장태성에게 다가왔다.

"그럼 장태성씨. 아. 앞으로는 장실장님이라 부르겠습니다. 그리고 장실장님이 오늘 선별한 사람들과 개별적으로 연락을 취하셔서 조직을 구성하시면 되겠습니다. 앞으로 잘 부탁 드리겠습니다."

"네. 잘 부탁드리겠습니다."

장태성은 강민이 내민 손을 힘차게 잡으며 고개를 숙였다. 아들과 비슷한 나이대인 강민이었지만 오랜 사회 경험상 나이어린 사람에게 고개를 숙인 적이 한두 번이겠는가. 고용주가 자신보다 어리다는 이유로 자존심을 내세운다면 그건 아마추어적인 생각일 것이다.

모든 면접 과정이 끝나고 김상민 과장이 들어와서 강민에게 말을 걸었다.

"강대표님, 이렇게 많이 합격을 시키십니까? 제가 듣기에는 서너 명의 사람이 필요하다고 들은 것 같은데요. 하긴 구입하신 빌딩의 사이즈를 생각하면 이 인원도 적지요. 허허."

"괜찮은 사람들을 구해주셨는데 내칠 수가 있나요. 작게 시작하려던 걸 좀 더 크게 한다 생각하시면 됩니다. 사무실은 언제부터 쓸 수 있지요?"

"다음 주 정도면 사용하실 수 있습니다. 내장 인테리어를 생각해보았을 때 제대로 쓰시려면 한 달 정도는 시간이 필요할 겁니다."

"어차피 지금은 한 두층 정도만 쓸테니 나머지 층은 천천히 공사를 하도록 하지요. 아. 사용 가능해지면 장태성 씨에게 연락주시기 바랍니다. 앞으로 저희 회사의 컨트롤 타워가 될 분이니 앞으로 그쪽과 협의 해주시면 되겠습니다."

"아. 그러시군요. 잘됐네요. 그간 고생 많으셨는데 허허. 감사합니다. 강대표님."

"아닙니다. 제가 오히려 감사드려야지요. 그리고 고생 많으셨습니다. 이건 별도로 제가 감사하다는 뜻으로 드리는 성의입니다."

강민은 흰 봉투 한 장을 꺼내서 김상민 과장에게 내밀었다. 미리 준비한 것은 아니었지만 면접자들의 면면과 그들을 프로필을 정리하여 놓은 서류를 보니 김상민 과장이 고생한 것 같아서 지갑에 가지고 다니는 돈을 꺼내 봉투에 넣어 김상민 과장에게 건넸던 것이었다.

"아니. 괜찮습니다. 제 업무인 걸요. 이런 걸 받다가는 제가 입장이 곤란해집니다."

"아니에요. 제가 지부장님에게는 말을 해놓겠습니다. 이건 제가 개인적으로 드리는 감사의 표시라구요. 꼭 받아주셨으면 좋겠습니다."

"아… 허…참… 네 알겠습니다."

봉투의 두께로 보아하니 얇아서 그리 큰 돈이 들었다는 생각이 안 들었다. 수표일수도 있겠지만 아까 흰봉투를 찾는 것으로 보아 미리 준비했던 것은 아니었으리라.

그렇다면 많아야 백만원 남짓이라 생각한 김상민 과장은 봉투를 받을 생각을 하였다. 요즘은 대부분 카드로 모든 결제가 이루어지니 지갑에 몇 백만원씩 현금을 들고 다닐 일을 없었으니 말이다.

물론 김상민 과장은 백만원이라도 컴플라이언스 팀에 자진 신고할 생각이었다. 얼마 되지도 않는 돈으로 괜한 오해는 사기 싫었기 때문이다. 중요한 고객이 권하는 것을 무조건 안 된다고 하는 것도 회사에 불이익을 줄 수 있는 상황이었으니 무턱대고 계속 거절할 수는 없었다. 결국 강민이 내민 봉투를 받아든 김상민 과장은 강민에게 감사인사를 하였다.

"알겠습니다. 제 업무를 처리한 것뿐인데 이렇게 별도로 챙겨주시다니 민망하네요. 여튼 감사합니다."

"그럼 고생하셨습니다. 다음에 또 뵙지요."

강민과 유리엘이 나간 후 김상민 과장은 봉투를 열어보았다. 봉투 속에는 열장의 흰색 종이가 보였다.

'아. 수표군. 그럼 딱 백만원인가? 역시 예상이 정확하네. 여튼 바로 컴플라이언스 팀으로 올라가야겠군. 구설에 오르기는 싫으니 말이야.'

하지만 봉투에서 완전히 수표를 꺼낸 김상민은 그 자리에 멈추어 설 수 밖에 없었다. 10만원 짜리라 생각했던 수표에 동그라미가 두 개 더 붙어있었기 때문이었다. 천만원 짜리 수표였다. 그것도 열장. 그러니까 1억원이었다.

"헉~!"

숫자를 본 김상민은 외마디 신음을 낼 수밖에 없었다. 그리고 서둘러 주위를 둘러보았다. 주위에는 아무도 없었지만 다시 인적이 드문 곳으로 가서 수표를 확인했다.

'10조짜리 회사를 하나 차린다더니⋯ 통이 엄청나구나⋯ 그럼 대체 지갑에 얼마를 넣고 다닌다는 말이야⋯.'

수표를 확인한 김상민은 자진 신고를 할까말까 잠시 망

설였다. 연봉이 1억 초반대, 세금을 떼고나면 1억원이 조금 안되는 김상민에게 1억원은 한해 수입과 맞먹는 돈이었기 때문이었다.

하지만 그는 결국 엘리베이터에 타서 컴플라이언스 팀이 있는 층의 버튼을 눌렀다.

'1억 벌자고 회사에서 잘릴 수는 없잖아… 좀 아깝긴 하네….'

❖

"네. 제가 성의로 드린 거니 그 분 곤란한 일을 겪지는 않도록 조치 부탁드립니다."

건물에서 나온 강민은 아까 김상민에게 말한대로 김세훈 지부장에게 전화를 하여 곤란한 일이 없도록 하였다. 일반회사에서 그런 거액을 클라이언트에게 받으면 그것만큼 문제되는 것이 없을 것이기 때문이었다.

강민이 전화를 끊자 유리엘이 강민에게 말을 했다.

"이번에 뽑은 사람들은 좀 낫죠?"

"그래, 어쩌면 처음부터 아예 능력자를 배제하고 단순히 업무능력이 되는 사람을 추천 받는 게 나았을지도 모르겠어."

"그러게 말이에요. 어차피 이능 집단을 상대하려고 조

직을 만드는 것도 아닌데 너무 전투적으로 생각했던 것 같
기도 해요. 그리고 유니온도 눈치는 있나봐요. 두 번은 같
은 방식을 안 쓰니 말이에요."

"설마 두 번이나 같은 방식을 쓰려구. 그렇지만 우리에
대한 시선을 계속 두고 있을 거야. 여튼 이번에 뽑은 사람
들은 믿을 만한 사람들 같으니까 당분간 맡겨 놓아도 될
것 같아. 사업한다고 일일이 컨트롤 하려면 한도 끝도 없
으니 말야."

"그래요. 어차피 돈 벌려고 시작한 것도 아니니 말이죠.
호호호."

둘의 말처럼 강민과 유리엘은 사업을 통해서 돈을 벌
생각이 전혀 없었다. 지금도 넘치는 돈을 주체를 하지 못
할 정도인데 추가로 더 많은 돈을 벌어 어디에 어떻게 쓰
겠는가.

단지 이렇게 사업을 하는 이유는 일반세상에서 힘을 가
지기 위해서였다. 그렇기에 사업 전반의 사항을 장태성에
게 맡기고 스스로는 대표이사의 직함만 가지려했던 것이
었다.

만약 사업을 하다 강민의 호기심을 자극하는 분야가 있
다면 강민 스스로 나설테지만 아직까지는 장태성과 오늘
선발한 사람들이 회사를 알아서 움직여 주기를 바랐다.

"회장님, 감사님, 1차 중간 결과보고입니다."

장태성은 강민과 유리엘에게 각각 두툼한 보고서와 세 장짜리 요약본을 함께 내밀었다.

지금 강민이 앉아 있는 회장실은 여느 대기업의 회장실 과 다르지 않았지만 하나 특이한 점이 있었다. 회장실의 책상이 두 개였던 것이다.

하나는 대표이사 강민의 직함이 쓰여 있는 강민의 책상 이었고 옆으로는 유리엘의 책상이었는데 책상 위의 명패에 는 상임감사 김유리라고 쓰여 있었다. 즉, 회장과 감사가 한 사무실을 쓰고 있는 것이었다. 전례가 없는 조치였다.

처음에 직원들은 이런 조치에 유난스럽다는 말도 했지 만 바늘가는데 실가듯 늘 둘이 함께하는 모습을 보며 오히 려 금슬이 좋다며 부러워했다.

여자 직원들은 강민의 조치에 재력도 있는 강민이 끔찍 한 애처가라면서 더 선망의 대상으로 생각했고, 남자 직원 들은 유리엘의 미모에 강민이 잠시도 떼어놓지 못해서 그 런 조치를 했다고 뒷담화를 하였다.

어쨌거나 본인 회사를 본인 마음대로 하겠다는데 어쩌 랴. 물론 뒤에서는 나랏님 욕도 한다고 어느 정도 이렇게 구설에 올랐지만 그것도 오래가지는 않았다.

주식회사 KM이 설립된지 두 달이 지났는데 가시적인 사업의 진척도는 없었다. 다만 조직은 처음에 뽑은 32명에서 각자 10명씩 데리고와 352명이 되었고, 기획, 총무, 재무 등등의 스텝 부서를 갖추면서 제대로 된 회사의 형태도 서서히 갖추어가기 시작했다.

물론 수익을 내는 휘하 사업부는 하나도 없고 본사만 달랑 존재하는 엄청나게 비효율적인 기형적인 조직이었지만 말이다. 실제로 한 달에 인건비와 기타 비용으로만 5백억씩의 적자가 발생하고 있는 형국이었다.

하지만 지금은 조직을 구성하고 각 사업부 별로 사업 구상을 세우는 것에 더 포커스가 맞추어져 있었기 때문에 강민은 크게 신경을 쓰지 않고 있었다. 어차피 지금 가진 120조에서 연간 이자만 2조원 이상 발생하고 있지 않는가.

"회장님 하나 여쭈어도 되겠습니까?"

서류를 검토하고 있는 강민에게 장태성이 물었다.

"네, 말씀하세요. 장실장님."

"지금 진출할 분야로 잡고 있는 사업에 대한 M&A는 생각하지 않으십니까? 직원들이, 특히 사업부의 부장들이 M&A를 시행하는 것을 막는 이유를 궁금해 합니다."

장태성의 물음에 강민이 서류에서 눈을 떼고 장태성을 바라보았다.

"장실장님, 어차피 설비가 필요한 부분은 M&A를 시행하는 것이 가장 빠르고 좋겠지요. 국가적 측면에서 보아도 중복투자를 하는 것은 비효율적인 문제일 것이니 말입니다. 하지만 시작부터 M&A로 모든 사업을 시행하려 한다면 제가 굳이 이 회사를 만들 필요가 없었겠지요. 차라리 재계 순위가 좀 되는 지주사를 딜을 통해서 매입하는 것이 더 빠른 방법이었을 것입니다. 물론 매각하려하는 곳은 적었겠지만 적대적 M&A를 한다면 불가능한 것도 아니었겠지요."

강민의 말에 장태성은 저절로 고개를 끄덕였고 강민은 말을 이었다.

"저는 제가 만드는 기업이 제가 가진 생각대로 움직이는 것을 원합니다. 그러기 위해서는 최소한 최초 기업문화는 내가 뽑은 내 사람들이 만들어야겠지요. 어차피 중후장대 산업으로 회사를 빨리 확장하려면 기존의 회사를 인수합병하는 것이 가장 빠른 길임은 잘 알고 있습니다. 안 그래도 조만간 진출한 분야의 사업에서 M&A가 가능한 매물을 알아보라는 지시를 할 참이었습니다. 그렇지만 하나 반드시 알아두셔야 할 부분이 있습니다."

나지막하지만 강한 강민의 어조에 장태성이 저절로 침을 삼키며 강민의 말을 경청했다.

"저는 돈을 벌려고 이렇게 회사를 차리고 사업을 하는

것이 아닙니다."

강민의 말에 장태성은 놀라지 않았다. 어느 정도는 짐작했던 사안이기 때문이었다. 사실 지금 강민이 투입한다는 10조만 가지고도 평범한 사람은 어찌하여야 할지도 모르는 정도의 큰 금액이다. 연간 이자만 2천억원이 넘게 나오는 상황이니 단지 돈을 더 벌어야겠다는 뜻으로 사업을 시작하지는 않았으리라는 생각은 당연히 할 수 있었다.

"그렇다면 무엇을 위해서 이렇게 사업을 하시는 겁니까?"

장태성은 약간은 도전적인 말투로 강민에게 물었다. 그에 강민은 잠시 장태성의 눈을 바라보았다.

장태성의 눈빛은 60세가 다 되어 가는 장년에서 노년으로 넘어가는 나이대 사람의 눈빛은 아니었다. 장태성의 눈은 젊은이의 그것처럼 빛나게 불타오르는 것처럼 보였다.

"세상에 나를 알리기 위해서입니다."

"네?"

"말 그대로입니다. 이 세상에 나라는 사람이 있다는 것을 알리고 싶어서입니다."

장태성은 강민의 말에 잠시 생각을 가다듬었다.

"회장님의 말씀은 일반적으로 말하는 입신양명의 그런 이야기인가요?"

"뭐 그런 맥락이지요."

그 입신양명의 목적은 어머니와 여동생이 무시 받지 않

36 現世 2
歸還錄

도록 하겠다는 다짐에서 온 지극히 개인적이고 사소한 이유였지만 그것까지 장태성에게 말하지는 않았다. 이제 새로운 일에 열정을 보이고 있는 사람에게 약간 힘이 빠지게 하는 이야기를 할 필요는 없었기 때문이었다.

"그런 의미에서 앞으로 사업을 진행하는데 가장 큰 원칙을 말씀드리지요. 먼저 어렵더라도 돌아가지 않습니다. 규정이 어렵고 복잡해서 좀 쉽게 가겠다, 그렇게 한다면 수익성이 떨어져서 관행대로 하겠다 따위의 말은 제가 경영하는 회사에서는 나와서는 안 될 것입니다."

"그럼….”

"수익은 포기하더라도 원리원칙대로 하십시오. 저도 알고 있습니다. 모든 규정을 다 지켜가면서 회사를 하는 것이 어렵다는 것을. 하지만 애초에 수익성을 추구하는 것이 아니기 때문에 관행이 아니라 정도를 지켜야 할 것입니다."

"정도….”

장태성의 나지막한 읊조림을 들은 강민은 좀 더 강한 어조로 말을 이었다.

"또한. 실수로라도 구설에 오르는 일은 최대한 없도록 해주세요. 겪어봐서 아시겠지만 우리가 행하지 않은 일들도 사람들의 입에 오르락내리락하는 순간부터 우리가 한 일처럼 왜곡되기 쉽겠지요. 그렇게 망친 이미지를 다시 바로 잡기에는 많은 시간이 걸릴 것입니다. 따라서 구설에 오르는 일은 최대한 없도록 해주십시오.”

“하지만 경쟁기업이나 블랙컨슈머의 악의적인 루머도 있을 수 있지 않겠습니까?”

장태성의 타당한 지적이었다.

“물론 그럴 수도 있습니다. 최대한 막아달라는 것은 우리의 실수를 막아달라는 의미이지, 그런 악의적인 루머까진 우리가 막을 수 없겠지요. 그런 경우에는 강력한 법적 대응은 물론이거니와 전방위적 언론보도를 펼쳐주시기 바랍니다. 어차피 그런 일이 있을 것 같아 재야에 있는 우수한 변호사를 고용할 것입니다.”

“변호사라면 대형로펌을 이용하는 것이 낫지 않겠습니까?”

“그런 변호사들은 대부분이 올바르지 않는 길을 걷는 경우가 많더군요. 우리가 함께 갈 변호사는 단지 의뢰인을 위해서 스스로 마저도 속이는 그런 변호사가 아니라 자신의 양심을 걸고 옳은 일을 행사는 변호사가 필요할 것입니다.”

“그런 변호사들이 있을까요?”

오랫동안 기업을 운영하였던 장태성은 그런 변호사가 있다는 것에 회의감을 표시하였다.

“판사세계나 검사세계가 자신의 가치관과 달라 자신의 양심을 꺾지 않고 사표를 던지고 나와 공익 변호를 하시는 분들이 많이 있습니다. 그 분들을 위주로 영입해 주십시오. 그분들이라면 충분히 악의적인 루머에서 우리회사를 보호해 줄 수 있을 것입니다."

"알겠습니다."

"물론 법적 절차는 오래 걸리고 우리의 이미지는 그 동안 상당히 나빠지겠지요. 그렇기 때문에 신문과 방송을 확보해 놓아야 할 것입니다."

강민의 생각은 구체적이었다. 자신의 행동이 다른 기업들에게 위협을 줄 수 있을 것이라는 생각을 이미 하고 있었던 것이었다.

"신문, 방송까지 말입니까?"

"그렇습니다. 어차피 기존의 기업들은 기존의 언론과 많은 친분이 있을테니 우리에게 유리하게 기사를 써주지 않을 것이죠."

"그렇겠지요."

"우선 온라인의 거대포탈을 최대한 우리편으로 끌어들일 필요가 있을 것입니다. 그와 동시에 탐사보도에 강한 청렴한 언론사를 후원하는 것도 좋겠지요. 최종적으로는 우리가 신문사를 설립하고, 지상파는 아니더라도 케이블 방송사 정도는 확보를 해야 할 것입니다. M&A가 안된다면 어느정도 경영에 참여할 수 있는 지분정도는 확보해야겠지요."

강민이 M&A를 언급하였기에 장태성은 의아해하며 강민에게 되물었다.

"M&A는 안된다고 하시지 않으셨습니까?"

"그랬지요. 이제부터는 M&A도 허락하겠습니다. 다만 부도덕한 기업, 문제가 있었던 기업과의 M&A는 어떠한 경우에도 없습니다. 차라리 우리가 새로 만들면 만들었지 그렇게는 하지 마십시오."

강민의 말이 진행 될수록 장태성의 머릿속에는 하나의 이미지가 자리잡기 시작했다.

"성과에 따른 성과급을 노리고 성과에만 포커스를 맞추다가 회사의 이미지를 실추시키면 엄벌에 처해주시기 바랍니다. 반면 수익률은 상대적으로 떨어지더라도 회사 이미지 개선에 큰 공을 세우면 성과연동 성과급과 별도로 포상을 하지요. 물론 그렇다 하더라도 손해보는 사업이면 곤란하겠지요."

"음… 회장님은 '존경받는 기업'을 원하시는 군요."

"그렇습니다. 잘 표현하셨네요."

애초에 돈을 목적으로 하지 않았고 사회적인 힘을 갖고 싶어 시작한 일이었다. 물론 다른 기업처럼 수익성만 추구하여도 그 힘은 따라오지만 강민은 이왕 이름을 날리는 것 좀 더 존중받는, 존경받는 이름이면 좋겠다는 생각을 하였다.

"회장님의 의도 잘 알겠습니다. 지금까지 M&A를 검토했던 기업에 대해서 전면적으로 재검토 하도록 하겠습니다."

"네, 부탁드리겠습니다."

✣

강민은 1학기를 마친 후 유리엘과 함께 휴학을 했다. 아무리 장태성이 전략기획실장으로 컨트롤 타워 역할을 한다 하더라도 사업의 초창기라 강민의 판단이 들어가야하는 부분이 많았기 때문이었다.

그 스스로가 말했듯이 자신이 원하는 기업문화를 갖추기 위해서는 초반에 그 틀을 잡아놓아야 했기 때문에 그것을 모두 남에게 맡길 수는 없었다. 비록 장태성이 강민의 의도를 잘 이해하였다 하더라도 강민과는 엄연히 다른 사고방식의 일반 사람이었기 때문이다.

그리고 한국대학교에 입학을 한 것만으로도 어머니 한미애가 원했던 첫발을 내딛었던 것이었고 오히려 졸업을 하고 취직을 하는 단계를 다 건너뛰고 아예 회사를 세워버렸으니 더 이상 한미애는 강민의 대학 졸업을 강권하지는 않았다.

강민 역시 일종의 유흥거리로서 학교를 다니고 있었던

것이었기에 더 흥미로운 일이 생긴다면 굳이 학교에 적을 걸어놓을 필요가 없다고 생각했다. 하지만 일단 회사일은 반년 정도면 틀을 잡을 것 같았기에 그만두는 절차까지는 밟지 않고 휴학계를 제출했다.

8월이라 한창 더울 날씨였지만 사무실 안은 냉방이 잘되어 있어 시원했다. 어차피 강민과 유리엘은 수화불침이라 온도차에 영향을 받지 않았지만 쾌적한 기분은 충분히 느낄 수 있었다. 강민과 유리엘이 출근하기가 무섭게 장태성이 회장실로 들어왔다.

"회장님. 기획실장입니다."

장태성은 전략기획실장은 부르기가 너무 길다 판단하여 기획실장이라 줄여서 스스로를 지칭하였다.

"무슨 일이시죠?"

"드디어 준비가 다 끝났습니다."

"아. 그렇군요. 언론보도 자료 준비도 끝났습니까?"

"네. 홍보팀에서 일괄적으로 각 언론사에 배포할 예정입니다."

"이제 시작이군요. 수고하셨습니다. 앞으로도 잘 부탁드립니다."

KM그룹을 창설하고 가장 먼저 만든 계열사는 KM 자산운용이었다. 일단 10조의 자본금을 단지 은행 예금이자만 받는다는 것은 비효율 중에서도 비효율적인 일이었기 때문에 자산운용사를 설립하여 그 돈을 컨트롤 하였다. 물론 그 십수배가 되는 더 많은 돈이 은행에서 놀고 있다는 것을 직원들이 알았다면 더 놀랐을테지만 그들이 알 수는 없었다.

그 후 몇 달간 각 사업부서의 부서장들과 회의를 통하여 M&A 대상 기업들을 선정하였다. 처음엔 강민의 말대로 비도덕적인 기업을 걸러내는 것을 부서장들이 큰 어려움이 될 것이라고 생각하지는 않았다.

하지만 올리는 기업마다 다 퇴짜를 맞기 시작하자 이야기는 달라졌다. 우리 사회에서 어느 정도 위치까지 올라온 기업들 중에서 깨끗하기만한 기업은 드물었기 때문이었다. 탈세의 의혹이 있는 기업이 있는가 하면, 임금체불의 경력이 있는 기업, 환경단체와 문제가 있는 기업, 산재를 인정하지 않아 구설에 오른 기업까지 흠이 하나 없는 기업은 매우 적었다.

그래서 상사파트 등 몇몇 사업부에서는 기존 회사를 M&A하는 것을 포기하고 강민의 허가를 얻어 도덕적인 인물들만 별도로 접촉하여 새로 조직을 구성하기도 하였다.

이렇듯 깨끗한 기업을 찾기가 힘들었으나 장태성과 각 사업부서장들은 찾고 또 찾았다. 그렇게 찾아서 고른 기업 중에는 M&A를 거부하는 기업도 있었지만 경영권 프리미

엄을 듬뿍 안겨주니 몇몇을 제외하고는 기업의 매각에 동의를 하는 경우가 더 많았다.

사실 지분가치보다 훨씬 높은 경영권 프리미엄을 쳐준다고 해도 M&A를 하지 않으려는 기업들은 대부분 경영자들이 평생 키운 회사를 넘기는 것을 아쉬워하였기 때문이었다.

하지만 지금 KM그룹에서 고른 기업들은 상대적으로 다른 기업에 비해서 깨끗하게 사업을 하는 기업들로, 현재 사회 풍토상 깨끗하게 운영하려는 기업들은 각종 어려움을 겪을 수밖에 없었다.

다른 기업들은 규정을 어겨가며 편법을 사용하며 노동자를 쥐어짜고, 거래처를 쥐어짜서 단가를 절감하는데 반해 이 기업들은 최소한의 양심을 지켜가며 그렇게 하지 않고 있었으니 상당한 수익을 포기하여야 했다.

또한 이해관계자를 설득하여 사업을 진행하는 바람에 사업 진행에 시간이 오래 걸리는 경우도 많았다. 그리고 대기업 집단에 속해있는 회사가 아니었기에 대기업을 등에 업고 막대한 자금을 투입하여 물량공세를 하는 것을 버텨내기가 힘든 경우도 많았다.

그래서 사업을 운영하는데 점차 회의감을 갖고 있는 경영자도 있었으며, 사업체를 넘기고 편한 노후를 살려고 생각했던 사람도 있었기에 KM그룹의 기업정신을 설명하면서 설득하자 많은 경영자들이 설득에 M&A에 동의하여 경영권을 행사할 수 있는 만큼 지분과 함께 경영권을 넘 겼다.

또한 경영권을 포기하지 않으려는 경영자들은 KM그룹의 정신에 동의하면 일정 이상의 지분 인수를 통하여 계열 사로 편입하고 경영권은 보전하는 형태의 M&A 방식을 취하여 기업운영을 계속 할 수 있도록 조치를 취했다.

애초에 깨끗하게 경영을 했던 경영자들이라 KM그룹의 정신을 두 팔을 벌려 환영했다.

그리하여 결국 크고 작은 25개 업체를 인수하기로 최종 결정되었다. 총 계약금액으로는 14조에 달하는 초대형 M&A를 단행하기로 하였는데 장태성과 각 사업부서장들 이 골라온 업체를 보고 더 많은 돈이 필요하다고 판단한 강민이 추가로 5조의 자금을 출자하였던 것이었다.

원래 장태성은 강민이 그 중에서 선별해서 10조에 맞추기를 바랐으나 강민은 골라온 업체 모두를 인수하기로 하였던 것이었다.

단순 거래 금액이 아닌 자산규모 기준으로 하면 30조가 넘어 기업집단 순위, 소위 말하는 재계순위 20위권 정확히 말하면 11~12위정도 수준으로 바로 진입할 수 있는 규모의 회사가 되는 것이다.

그 중 가장 덩치가 큰 업체는 3조원에 매입한 대룡건설이었고, 가장 작은 업체는 주방용품 전문회사인 키친스타로 5백억원에 매입하기로 하였다.

그 외에도 2조 규모의 미림중공업, 1조 5천억 규모의 DC유통, 1조 규모의 UTS 화학 등 한 회사가 한 번에 매입하기에는 불가능 할 정도라 생각할 규모의 M&A가 시행되었다.

25개 기업 중에는 같은 분야의 업체도 있었는데 같은 분야라도 세부적인 사업내용이 달랐기에 두 업체 다 인수하여 하나의 계열사로 재편하였다.

25개 업체 중 19개의 업체는 주식시장에 상장되어 있는 상장회사였기에 지분의 변동이나 대표이사의 변동 등은 모두 공시사항이었다.

산발적으로 공시나 기사가 나온다면 KM그룹의 출범이 파급력이 약할 것이라 판단한 장태성는 업체들과 협의를 통해서 같은 날로 계약을 체결하여 극적인 효과를 보고자 하였다.

그리고 이러한 사실에 대한 정보통제를 하고 KM그룹의 공식 출범에 맞추어 일괄적으로 공시와 보도자료를 뿌려 KM그룹에 대해서 대대적으로 알리기로 하였다. 그 준비가 오늘 끝난 것이었다.

정오를 기점으로 금감원 공시와 더불어 언론사들에게 공식 보도자료를 뿌렸다. M&A 대상 기업에서 정보가 조금씩 새어나갔는지 며칠 동안 조금씩 올랐던 대상 기업들의 주가가 보도자료를 기점으로 하나둘 상한가를 찍기 시작했다.

그리고 홍보팀에서는 각 언론사들에서 오는 전화로 모든 전화가 통화 중이었고, 각 언론사 경제부 기자들은 전격적으로 이루어진 조치에 상황을 파악 한다고 발을 동동 구르고 있었다.

❖

그것은 한울경제신문에서도 마찬가지였다.

"야. 김기자. KM 이 뭐하는 곳이야? 전에 네가 조사하지 않았어? 컨소시움을 구성한 것도 아닌데 한번에 14조를 동원하다니 대체 뭐하는 회사야? 대출 받아서 하는 것도 아니라며?"

"편집장님. 그래서 제가 그 때 KM 좀 더 조사해봐야 하지 않겠냐고 했지 않습니까."

한울경제신문의 김한모 기자는 몇 달전 KM에서 헤드헌터 업체를 통해서 인력을 수급한다는 정보를 평소에 친했던 헤드헌터를 통해서 입수했다.

사실 헤드헌터 업체가 인력을 구하는 것은 전혀 이상할 것이 아니었다. 연봉 2억의 조건도 전례를 찾아보면 그렇게 높게 부른 연봉도 아니었지만 나머지 한 조건이 그의 취재 본능을 자극했던 것이었다. 신규 창업하는 회사에서 10조 규모의 창업자금을 사용한다는 것이었다.

그래서 간단한 조사 후 편집장에게 심도 있는 조사를 통해서 기사를 내고 싶다고 하였으나 편집장은 10조에 대해서 늘 그렇듯이 부풀려진 이야기라 판단했고 다른 일로 바쁘니 다음에 조사하자는 의례적인 말로 KM그룹 건을 덮었다.

실제로 겉으로 보기에는 몇 달이 지나도 제대로 된 실체를 갖추지 못하고 지지부진한 모습이라 김한모도 크게 신경을 쓰지 않고 있었던 것도 사실이었다.

하지만 KM그룹은 다른 사람들이 신경 쓰지 않는 물밑에서 엄청나게 움직이며 이렇게 한방에 수면위로 떠올랐다.

"크흠… 여튼 그때는 그때고 지금부터 심도있게 조사해봐. 창업자가 누군지, 어떤 사업을 주력으로 할지. 그런 것들 모두 말이야. 얼마 전에 무너진 ST 그룹을 제외하고는 이렇게 갑작스럽게 뜬 기업은 없지 않나? ST 그룹조차 이렇게 일시에 M&A를 하진 않았잖아. 하긴 ST 그룹도 M&A로 덩치를 불리다 그렇게 되었으니 KM그룹도 반짝하다 망할지도 모르지. 여튼 그런 것들 종합적으로 검토해서 기사 써봐. 그리고 일단 전에 모았던 기초자료라도 취합해서 인터넷판으로 올리고, 오늘 중으로 기본 조사 완료해서 내일 인쇄본에는 싣도록 해. 시리즈 물로 낼테니까 계속 추가적으로 조사하고."

"네에~ 네에~. 편집장님."

김한모와 편집장은 원래부터 격의 없이 친한 사이였기에 김한모는 농담 섞인 약간 비아냥거리는 말투로 대답을 하고 자리로 돌아갔다.

'확실히 이상하긴 하네. 보도자료를 봐도 사업 연관성이 없는 계열사들이 더 많잖아.'

일반적으로 기업이 사업을 확장 하는 경우에는 관련 사업부터 확장하기 마련이다. 예를 들어 자동차 회사가 철판이 많이 필요하여 철강회사를 설립하고, 해외 원자재가 많이 필요하여 상사를 만드는 등 사업 연관성이 있는 사업을 중심으로 확장해 나가는 것이 상식적인 일이었다.

하지만 KM그룹의 계열사들은 이런 사업연관성이 있는 경우도 있었지만 없는 경우도 많았다. 막말로 건설사와 주방용품사가 어떤 사업 연관성이 있겠는가. 모르는 누군가가 보았다면 그야말로 중구난방식의 문어발식 경영이라고 했을지도 모른다.

KM그룹의 등장은 재계에도 충격이었다. 그야말로 아무런 전조도 보이지 않다가 혜성처럼 나타났기 때문이었다. 일단 갑자기 나타났다는 것도 놀라운 일이지만 그 규모의

M&A를 무차입으로 했다는 것은 더 놀라운 일이었다.

더군다나 그 자금의 조달을 컨소시엄을 구성하여 여러 투자자들이 함께 한 것이 아니라 단독으로 했다면 알려진 오너 개인의 재산만으로 백산그룹의 회장 백무산과 현승 그룹의 회장 유현승의 뒤를 이어 국내 3위의 부자인 것이 었기에 놀라움은 더 했다.

물론 현금화 되어있는 재산만 해도 세계 1위의 부자일 것이지만 사람들은 아직 알 수가 없었고 KM그룹을 만들면서 알려진 재산만 해도 국내에서는 놀랄 수 밖에 없었다.

주요 대기업은 물론이고 중견기업 그리고 한경련, 한국 경제인연합에서까지 KM그룹에 대한 실체를 궁금해 했다. 언론사와 마찬가지로 대기업의 컨트롤 타워 역할을 하는 부서들은 하나같이 KM그룹에 대한 정보를 파악하려 애썼고, 특히 KM그룹의 계열사와 겹치는 사업영역을 가진 회사들은 경영방침 등에 대한 정보를 얻으려고 더 노력하고 있었다.

고풍스러운 분위기로 인테리어 되어 있는 전형적인 회장실에 50대 장년인이 결재를 받듯 서서 기다리고 있었고, 테이블에는 70대 노인이 서류를 검토하면서 앉아 있었다. 서류를 한번 훑어본 노인은 장년인에게 물었다.

"최실장, 이번에 나타난 KM에 대해서 사전에 들은 것이 있나? 이런 보도자료 말고 말일세."

"죄송합니다. KM에 대해서는 아직 상세히 조사된 바는 없습니다."

최경호의 말에 유현승은 고개를 들어 최경호를 바라보더니 한마디 던졌다.

"최실장도 요즘 많이 나태해졌어. 이런 일도 사전에 파악하지 못하고 말이야."

유현승의 말에 최경호는 대답하지 못하고 고개를 숙이며 사죄의 표시를 했다. 다만 주먹이 굳게 쥐어지는 것을 막을 수는 없었고, 유현승은 그것을 놓치지 않았다.

최경호 기획조정실장은 현승 그룹의 오너 유현승 회장의 최측근으로 유회장의 손발과 같은 인물이라고 알려져 있었는데 지금 둘의 분위기는 그런 말이 무색하게 상당히 경직되어 있었다.

유현승은 수족같은 수하를 질책한다하기 보다는 오히려 최경호를 견제하는 분위기였고 최경호는 최측근으로 유현승의 질책에 죄송스러움을 표시한다하기 보다는 그의 질책에 반발을 하는 분위기였다.

잠시간의 침묵 뒤에 유현승이 최경호에게 물었다.

"가주님께서는 별도로 말씀 없으셨나?"

"네, 가주님께서는 특별한 말씀이 없으셨습니다."

"음… 자금 출처가 유니온 그룹이라 하지 않았나? 그런데 말씀이 없으셨다니… 유니온과는 관계가 없었나? 아니야… 유니온과 관계없이 유니온 그룹에서 독단적으로 이 정도 규모의 거래를 하지는 않았을 텐데…."

처음엔 최경호에 묻는 말처럼 시작했지만 유현승의 말은 독백으로 끝났고 최경호는 계속 침묵을 지키고 있었다.

❖

전격적으로 KM그룹이 등장한지도 한 달 정도가 지나면서 KM그룹에 대한 급속한 관심은 다소 줄어들었다. 하지만 그간 신문이나 방송에서 엄청난 양의 기획보도와 탐사기사 등이 방송 및 발행되어 KM그룹은 자산규모에 걸맞게 다른 국내의 굴지 대기업과 같은 인지도를 얻은 상황이었다.

KM그룹 내부적으로도 중복되는 기능을 정리하고 사업연관성이 높은 사업 위주로 그룹을 재편하는 등 표면적으로는 드러나지 않았지만 내부적으로는 혁신에 가까운 변화가 있었다.

하지만 KM그룹보다 더 유명세를 보고 있는 사람은 KM그룹의 창업자 강민이었다. 모두가 강민에 대해서 궁금해 했지만 강민은 언론 전면에 드러나지는 않았다.

사실 대기업 회장이 방송에 직접 나와서 인터뷰를 하는 경우는 거의 없었고, 신문이나 잡지사 인터뷰 정도도 매우 드물게 이루어지고 있었기에 드러나지 않는 강민의 이런 모습은 이상하지 않았다.

그렇기에 기본적인 정보 밖에 알려지지 않은 강민에 대한 대중의 궁금증은 무척이나 컸다. 그래서 각종 가십거리적인 이야기도 타블로이드 신문이나 소규모 인터넷 뉴스 등에 많이 게재되기도 하였다.

한수찬은 평소와 같이 인터넷 기사를 클릭하고 있었다. 대형 포털에서 조회수가 높은 기사 위주로 클릭을 하다 [KM그룹 강민회장의 가족관계도]라는 제목의 뉴스가 눈에 띄어 클릭을 하였다.

올뉴 뉴스라는 인터넷 신문사의 기사였는데 기사 최상단에는 강민이 가족과 함께 외식을 하는 사진과 함께, 밑으로는 강민, 유리엘, 강서영, 한미애의 사진을 각각 클로즈업 해서 따로 뽑아놓고 강민의 가족 관계에 대해서 설명하고 있었다.

사실 강민의 가족관계는 큰 비밀도 아니었다. 애초에 학교 입학 전부터 강서영, 유리엘과 함께 도서관에서 공부를 하였고, 학교를 다니면서도 종종 보아왔기에 강서영이 강민의 동생이라는 사실은 이미 학교 내의 사람들이 알고 있었다.

한미애의 경우는 많은 사람이 알지는 못했지만 큰 비밀은 아니었기에 이 인터넷 신문은 거기까지 조사를 해서 붙여놓았다.

하지만 한수찬은 강서영이 강민의 동생인 것을 이 기사를 보고 처음 알았다.

강서영에게 외국에서 오래 살다가 최근에 들어온 오빠가 있다는 사실은 알았지만, 오빠의 이름도 몰랐고 무슨 일을 하는지는 더욱 몰랐었다. 한국대의 학생이었던 것도 기사를 보고 알았다.

강서영과 만날 때는 연애 초반이었으니 가족관계 등의 호구 조사보다는 둘 사이에 집중을 했었기 때문이었다.

결국 어머니의 반대로 다른 연애와 마찬가지로 연애초반에 끝나고 말았으니 더 알아볼 일도 없었다.

그래서 이 기사를 보고 깜짝 놀라고 말았다.

'헉…서영이가 KM그룹 강민회장의 동생이라니….'

한수찬의 모친은 한수찬에게 강서영을 무척 폄하 하였었다. 사업 실패해서 죽은 아버지 때문에 어렵게 식품공장에 다니는 어머니를 두고 자기 혼자 과외해서 돈 벌어 외제차 몰고 다니는 생각없는 아이로 강서영을 비난하며 헤어지기를 종용했다.

한수찬 역시 강서영의 자세한 집안 상황은 몰랐지만 한수찬 모친의 말처럼 그런 상황이라면 강서영이 나쁘다는 생각을 했었다.

한수찬의 생각에는 그때까지 본 강서영의 모습은 그럴 아이가 아니라고 생각했지만 모친의 강력한 요구에 스스로 더 알아볼 생각도 하지 않고 모친이 하자는 대로 끌려가 결국엔 헤어지고 말았다.

헤어진 이후에 아쉬운 마음에 몰래 만나자는 식으로 전화를 하긴 했지만, 그 역시 모친의 말처럼 강서영이 허영이 넘치는 아이이고, 자신에게 보여준 알뜰한 모습은 가식적인 것이라 결론을 내리고 있었다.

하지만 기사 내용을 보니 그것이 아니었다. 강서영이 모친과 10여 년을 어렵게 살아왔고 외국에서 강민이 돌아오면서 가계 형편이 나아진 것이었다. 그전까지는 한미애는 식품공장에 다니고, 강서영은 과외를 하면서 힘들게 살았다고 되어 있었다.

강서영의 외제차도 강민이 페라리를 구입하며 모친인 한미애와 강서영에게 외제차를 각각 선물한 것으로 기사에는 나와 있었다.

그간 한수찬이 나쁘게 본 강서영의 행동들이 사실이 아니었던 것이었다.

기사를 본 한수찬은 저절로 혼잣말이 새어져 나왔다.

"내가… 어머니가… 잘못 생각했었구나…."

한수찬은 마마보이이긴 하였으나 심성이 악한 사람은

아니었다. 자신과 자신의 모친이 한일이 있는데 언감생심 강서영을 다시 잡아보려고 마음을 먹지도 않았다. 물론 잡히지도 않겠지만.

다만 자신과 모친의 무례한 행동에 대해서 사과는 하고 싶었다. 일단 모친에게 전화를 해서 사실을 알려야겠다고 마음먹었다.

"어머니."

[그래 수찬이구나. 이 시간에 어쩐 일이니?]

강서영에 보였던 냉랭한 모습과는 다르게 부드러운 중년여성의 목소리가 전화기로 흘러나왔다.

"어머니, 혹시 전에 서영이에 대한 이야기 누구한테 들으신 거 였어요?"

[서영이? 서영이가 누구지? 아… 그 때 그 여자애 말이니? 근데 갑자기 그 애는 왜?]

"우리가 큰 실수를 한 것 같아서요."

[무슨 실수 말이니?]

"어머니께선 서영이가 집도 어려운데 혼자 외제차 모는 허영이 넘치는 그런 아이라고 말씀하셨잖아요."

[그렇지. 그게 왜?]

"그게 아니라. 어렵게 살다가 서영이 오빠가 외국에서 돌아오면서 선물 받은 거래요."

[그래? 그랬구나. 그 오빠가 얼마나 벌어왔는지는 모르

겠지만 기껏해야 몇 억이겠지. 우리집 사람이 되기에는 한참 부족해요. 뭐 이야기 하려고 전화 한거니?]

한수찬은 모친의 말투에서 이 사실을 왠지 알고 있었던 것 같은 느낌을 받았다. 새로운 사실을 들은 목소리나 말투가 전혀 아니었기 때문이었다.

"혹시 어머니는 알고 계셨어요?"

[뭘 말이니?]

"외제차를 서영이가 사치한게 아니라 오빠한테 선물받았다는 사실 말이에요."

[……그래. 뭐 어쨌든 그 집안은 우리집안과 안어울려요. 너도 그만 그애는 잊고 나중에 엄마가 좋은 자리 마련해줄게. 그거 기다려봐.]

한수찬의 모친은 짧은 침묵 뒤에 사실을 인정했고, 한수찬은 그 사실에 할 말을 잃었다. 어머니가 자신을 과보호한다는 생각은 했지만 자신에게 거짓을 말하면서까지 서영이를 떼어 놓았을 것이라고는 생각하지 않았기 때문이었다.

강서영의 문제도 어머니가 정녕 서영이를 허영이 많은 아이라고 생각했기에 자신을 위해서 막았다고 생각했는데 그것이 사실이 아니었던 것이다.

[수찬아. 이미 끝난지 몇 달이나 지났는데 왜 이제와서 이런 소리니. 그런 애는 생각하지 말고 엄마가 좋은 자리

구해준대도.]

"어머니… 만약에 그 집안이 별 볼일 없다고 생각해서 그렇게 하셨다면 정말 실수 하신 거에요. 전 단지 오해에 대한 사과를 하고 싶었던 것이었는데 오해가 아니라 진짜 그런 마음이셨다면 연락을 하는 것 자체가 실례될 것 같네요."

[사과는 무슨 사과. 사람에게는 수준이라는 게 있는 거야. 수준이 안 맞는 집안이 만나면 서로가 힘들어져요.]

종업원 300명 정도의 작지 않은 회사를 운영하는 한수찬의 집은 실제로 부유층에 속하는 편이었기 때문에 한수찬의 모친은 수준차이를 운운했다.

"하… 그렇네요. 수준이 맞지가 않지요. 분명히… 나중에 반대가 되는 상황에서도 같은 말씀하시면 좋겠네요. 그렇지 않다면 아마 지금 보내는 이 기사만 보셔도 어머니의 행동을 후회하실 거니 말이에요. 문자로 기사 하나 보낼 거니 읽어보세요."

[수찬아~!]

평소의 한수찬 답지 않게 강한 어조로 모친과의 전화를 끊고 아까 기사의 링크를 모친의 휴대폰으로 전송했다. 그런 마음으로 자신과 강서영을 헤어지라고 했다면 분명 그기사를 보면 후회할 것이다.

그리고 어머니의 말을 거역하지 못하고 어머니가 원하

는 대로만 행동하여 좋은 사람을 놓친 자신이 부끄러웠다. KM그룹 회장 동생이 아니라 하더라도 강서영은 정말 좋은 여자였기 때문이었다.

'내가 조금 더 알아봤어야 했는데….'

한수찬은 어머니의 말만 믿고 강서영에게 선입견을 가졌던, 그러고도 제대로 알아보지도 않은 자신에 대한 자책을 하였다.

한수찬과 전화를 끊은 한수찬의 어머니 김영희는 한수찬이 보낸 문자를 보았다.

"무슨 일이길래 수찬이가 이렇게 기분이 상해있지?"

김영희가 혼잣말을 중얼거리며 문자에 있는 링크를 클릭하자 곧바로 아까 한수찬이 본 기사로 연결되었다. 찬찬히 기사를 읽던 김영희는 이내 너무 놀라서 휴대폰을 떨어뜨리며 외쳤다.

"뭐? 강서영인가 하는 그 여자애가 KM그룹 회장 동생이라고?!"

다시 휴대전화를 주워 찬찬히 기사를 살펴보던 김영희는 조금 전에 한수찬과의 대화에서 자신이 수준차이 운운했던 것도 잊었는지 속으로 생각했다.

'어떻게 하면 다시 잡을 수 있을까? 분명 수찬이를 좋아했는데… 그래 아직 수찬이를 좋아할 거야. 그래 내 아들이라서가 아니라 수찬이면 일등 신랑감이지 암~! 전화번

호가 어디있더라….'

　김영희는 염치도 없이 강서영에게 전화를 할 생각을 하였다.

　이내 전화번호를 찾은 김영희는 자신의 휴대폰으로 강서영에게 전화를 걸었다.

　점심 식사 후에 김세나와 수다를 떨고 있던 강서영은 휴대폰의 진동에 휴대폰을 보았는데 액정에는 모르는 번호가 떠있었다.

　"누구지?"

　"대출 상담같은 스팸이겠지 뭐. 신경쓰지 마. 아. 전화받아서 계속 이러면 오빠한테 말해서 그 회사 사버린다고 해. 키키킥."

　"야~ 무슨 말도 안되는 소리야…."

　"말이 안될 건 뭐냐? 충분히 할 수 있지. 크큭."

　강서영은 김세나의 농담에 웃으면서 휴대전화를 받았다. 하지만 그 표정은 오래가지 못했다.

　"여보세요?"

　[서영학생 맞지?]

　"네. 그런데 누구시죠?"

　[나 수찬이 엄마되는 사람이야.]

　"……"

　강서영은 너무 뜻밖의 전화라 대응하지 못하고 잠시 멈

60　現世　2
　　歸還錄

쳐버렸다.

[놀랐지? 다름이 아니고 전에 너무 심하게 말을 한 것 같아서 미안하다고 말하고 싶어서 말이야.]

"아닙니다. 괜찮습니다."

강서영은 저도 모르게 딱딱한 목소리가 나왔고 옆에서 김세나가 누구야라는 입모양으로 강서영에게 물었다.

[그래도 내가 미안해서 밥 한번 사주고 싶은데. 내가 오해한 것도 있는 것 같고 해서 말이야.]

"괜찮습니다."

[아니야. 내가 진짜 밥 한번 사주고 싶어서 그래. 학교에 있으면 내가 지금 가도 될까? 밥 먹었다면 차나 한잔해요. 서영학생~]

"별로 할 말이 없을 것 같습니다. 만날 이유도 없는 것 같구요. 이만 전화 끊겠습니다."

[잠깐만 서영학생! 만나기 그렇다면 일단 전화로 먼저 이야기 할게. 전에는 내가 너무 오해를 했었어. 다시 알아 보니 그런 게 아니라며. 그러니까 수찬이랑 만나도 좋아요. 수찬이한테도 그렇게 말할게.]

뜬금없이 헤어진 전남친의 어머니가 전화를 했다 했더니 역시 이런 이야기였다. 이미 마음 정리 다 된 상태에서 다시 만나라니.

헤어짐을 종용할 때와 마찬가지로 여전히 막무가내인

아주머니라고 강서영은 생각했다.

"아니에요. 아주머님. 그럴 일 없을 것 같네요. 앞으로 이런 전화 안주셨으면 하네요."

[아주머니라니, 전처럼 어머니라 불러요. 그리고 그런 말 하지말고~. 오해로 헤어진 건데 다시 잘해봐요.]

"죄송합니다. 전화 끊겠습니다."

[학생~ 서영학생~!]

김영희의 말에도 강서영은 전화를 끊었다. 강서영의 얼굴이 크게 굳어진 것을 보고 김세나가 걱정스러운 듯 강서영에게 물었다.

"누군데 전화를 그렇게 받아? 평소 너 답지 않게 말야."

"수찬 오빠 어머니야."

"수찬 오빠라면… 전 남친이냐?"

"맞어."

"근데 왜 그 오빠 엄마가 너한테 전화해?"

"전에 너한테 말하기 좀 그래서 말 안했는데 헤어진 것도 그 아주머니가 우리 집안이 구질구질하다면서 나보고 헤어지라 한 거였거든. 근데 오늘 갑자기 전화 와서 다시 만나라네?"

"뭐야 뭐야~! 그런 거였어? 분명히 너네 오빠 소식 듣고 그러는 거다. 나 백프로 장담해!"

강서영도 어느 정도는 짐작이 갔다. 구질구질한 집안 운운하며 헤어지길 종용할 때가 언젠데 불과 몇 달만에 이렇게 바뀔 리가 없었다. 아마 강민의 동생이라는 사실을 알았을리라는 생각이 들었다.

"…아마 그렇겠지…."

"뭐야? 아직 미련 남았어?"

"아냐~! 절대 그런 거. 다만 참 사람들 시선이 다르구나 싶어서. 우리나라에서 돈을 가진다는 것이 이런 거구나 싶어서 말야… 그래도 네가 있어서 참 다행이야."

강서영의 넋두리 같은 말에 김세나는 속으로 조금 찔리지만 아무 말 하지 않았다.

김세나 역시 강서영의 처지가 바뀐 것을 속으로 부러워하고 한편으로는 질투까지 한 보통사람이었기 때문이었다.

"내… 내가 뭘…."

"아냐. 친한 친구라곤 너 밖에 없는데 너마저 멀어진 느낌이었다면 좀 슬펐을 거 같아서…."

강서영은 호감가는 인상처럼 편하게 지내는 사람이 많은 편이었다. 학교에서도 강서영은 친구가 많은 아이로 알려져 있었지만 강서영의 상황이 완전히 바뀐 이후로 그런 친구들이 왠지 모를 거리감을 가지고 그녀를 대하여 강서영은 어쩔 수 없다고 생각은 하면서도 좀 실망을 하고 있었다.

강민이 전에 복지기금 출연 이야기 하면서 선택을 말했던 것이 이해가 갔다.

자신이 아니라 오빠가 저렇게 되는 것만으로도 이렇게 멀어지는데 만약 자신이 그 큰 돈을 움직였다면 지금으로서는 이겨내기 힘들었을 것 같다는 생각이 들었다.

하지만 김세나는 여전히 전과 같은 모습으로 강서영을 대하였기에 그녀가 김세나에게 느끼는 감정은 남달랐다. 특히 터놓고 속 깊은 이야기를 하는 친구는 김세나가 유일했기 때문에 그 고마움은 더욱 컸다.

강서영의 고마워하는 모습에 김세나는 조금 쑥스러워하면서 속으로 다짐했다.

'그래. 서영이가 어떤 상황이더라도 서영이는 서영이지. 나마저 거리감 느끼게 하진 말아야지….'

NEO MODERN FANTASY STORY & ADVENTURE

현세귀환록

2장. 총회

띠리링~ 띠리링~

강민이 휴대폰을 바라보자 휴대폰의 액정에는 백지호의
이름이 나타나 있었다.

강민이 전화를 받자 백지호는 행여 강민의 휴대폰에
자신의 전화번호가 없을 수도 있다 생각하여 이름부터
밝혔다.

[형님, 저 지호입니다. 백지호. 기억하시지요?]

"아. 지호구나. 어쩐 일이야?"

[이제 한창 바쁘실까봐 이제 연락드립니다. 많이 바쁘셨
지요?]

"뭐 그렇지. 회사 하나 만드는 게 쉬운 건 아니네."

회사하나가 아니라 대기업 집단을 하나 만든 것이었으니 쉬울 리가 없었다.

[저는 잘 모르지만 아버지와 할아버지가 하시는 것을 보니 늘 바쁘시더라구요. 사장이나 회장쯤 되면 한가한 맛이 있어야 할텐데 말이죠. 하하.]

KM그룹 규모의 열배가 넘는 백산 그룹이라면 판단할 일도 훨씬 많았을 테니 바쁘다는 것이 이해가 갔다.

"그렇겠지. 나도 이렇게 바쁜데 말이야."

[갑자기 그렇게 KM그룹을 만드셔서 정말 놀랐습니다. 재산이 많다는 것은 알았는데 이정도인지는 몰랐네요.]

"그런데 무슨 일이야? 일없이 전화하는 스타일은 아니었잖아."

[하하. 제가 그랬나요? 반성해야겠네요. 여튼 오늘 전화 드린 건 혹시 이번에 한경련 총회에 형님이 오시는가 해서요. 그리고 오신다면 만찬에도 참석하시는가 해서요. 한경련에서 연락 받으셨지요?]

"연락은 받았는데 생각 중이야."

한국경제인연합회는 우리나라 대부분의 대기업, 중견기업이 포함되어 있는 사업가 연합회로 KM그룹 역시 창립 후에 여기에 가입하여 회원사로 되어 있기에 총회 참석 연락이 왔다.

총회 후에 재계서열 30위권까지 참석하는 별도로 예정

되어 있었는데 단숨에 재계서열 11위에 자리한 KM그룹도 당연히 만찬 참석에 대한 초청장을 받았다. 만찬은 가족동반 만찬이었다.

[형님, 한번 오세요. 마음에 들지 않는 사람들도 많지만 괜찮으신 분들도 정말 많으시거든요. 앞으로 형님께서 그룹 경영하시는데 도움 많이 되실 거에요.]

"가족동반이라던데 너도 오는 거냐?"

[네. 형님. 원래는 총회에 아버지께서 보통 참석하시는데 이번엔 할아버지께서 직접 참석하신다고 하셔서 어쩌다 보니 저까지 덤으로 가게 되었어요. 사실 지금 전화드린 것도 제가 형님과 친분이 있다고 하니 아버지께서 저한테 형님 참석여부를 확인해보라 하셔서요. 하하.]

"어쩐지, 보통 전화 안하는 녀석이 전화했다 생각했다."

[하하. 형님 앞으로는 자주 전화드릴께요. 그리고 현승에서도 유현승 회장이 직접 온다는 것 같고, 대부분 회장님들이 직접 오셔서 간만에 규모가 커질 것 같다더라구요. 회장님들께서 다들 오시다보니 동반 가족도 많아서 만찬 규모 역시 근래 최대인 것 같구요. 제 생각엔 KM그룹 창설 때문에 비공식 회의도 있는 것 같던데 형님도 한번 오시는 게 좋을 것 같아요.]

"음… 그래 별일 없으면 참석하도록 하지. 너희 아버지

께는 참석한다 말씀드려."

[그래요? 오랜만에 형님 뵙겠네요. 그럼 그때 뵙겠습니다.]

백지호에게는 생각 중이라 말했지만 어차피 재계의 전면에 나선 이상, 한 번쯤은 그런 자리에서 자신의 모습을 보여줄 생각을 하고 있었다.

물론 KM그룹이 좀 더 자리를 잡으면 장태성을 전면에 놓고 자신은 필요한 경우에만 나설 테지만 지금은 아직 강민이라는 존재를 보일 필요가 있었다.

다만 가족 동반 만찬은 정말 생각 중이었는데 이번엔 다른 그룹에서도 가족들이 온다하니 일단 강서영과 한미애에게도 말해볼 생각이었다.

❖

"가족 동반?"

"그래, 어머니는 그런 곳 불편하다고 안 가신다 하더라구. 넌 어때?"

"유리 언니는? 유리 언니는 같이 가?"

"유리는 가족동반 아니더라도 같이 갈거야."

"일심동체 아니랄까봐 그렇게 티내는 거야? 흥."

"일심동체니까 그렇지. 하하, 여튼 어쩔래?"

"오빠 생각은 어때? 내가 가도 괜찮을 것 같아?"

"이번엔 가족동반으로 많이 온다하니까 네 또래도 있을 거야. 나쁘지 않을 것 같은데? 혹시 모르지 괜찮을 사람 만 날지도 말야."

"뭐야~"

강서영은 그렇게 말하면서도 결국 가기로 마음을 먹었 다. 그렇지만 강민의 말처럼 연애상대를 찾으러 가려는 것 은 아니었다.

안 그래도 요즘 김세나 말고는 친구 사이도 다들 좀 멀 어지고 해서 외롭다는 생각도 들었기 때문에 비슷한 처지 의 또래 친구를 사귈 수 있는 좋은 기회라고 생각했기 때 문이었다.

총회는 남산에 위치하고 있는 그랜드스타 호텔에서 개 최되었다. 아직 필요가 없어서 별도의 운전기사를 두지 않 고 있는 강민은 유리엘과 강서영을 태우고 스스로 레인지 로버를 몰아서 총회장에 도착했다.

발렛파킹을 하는 직원에게 차를 내어주고 현관에 올라 서니 한경련의 직원이 나와서 기다리고 있다가 강민 일행 에게 서둘러 다가왔다.

"강민 회장님 되십니까?"

"네. 그렇습니다."

"반갑습니다. 한경련의 김경한 과장입니다. 혹시 수행원은 없으신지요? 없으시면 저희가 모시겠습니다."

"수행원은. 아 저기 오네요."

장태성 실장이 30대 초반의 젊은 직원과 함께 강민에게 서둘러 걸어왔고, 김경한 과장은 강민일행과 장태성에게 인사를 하고 다른 사람을 영접하러 자리를 떠났다.

"회장님 오셨습니까."

"네. 실장님. 여긴 제 동생입니다. 서영아 이분이 장실장님이야. 이쪽은 비서실의 이진욱 대리."

"아. 말씀 많이 들었습니다. 강서영이라고 합니다."

강서영은 KM그룹을 세우는데 많은 도움을 준 장태성 실장에 대해서 강민에게 들어 알고 있었지만, 이렇게 실제로 본적은 처음이었기에 공손히 인사하였다. 물론 이진욱 대리에 대해서는 들은 바가 없었지만 같이 인사를 하였고 이진욱 대리는 당황해하며 급히 같이 고개를 숙였다.

"저도 반갑습니다. 장태성이라고 합니다. 강회장님의 동생분도 이렇게 미인이신지 제가 미처 알지 못했군요. 허허허."

장태성도 같이 목례하며 너스레를 떨었다.

"회장님, 일단 회장님께서는 저와 함께 총회에 참석하시고, 김유리 감사님과 서영아가씨는 만찬장으로 바로 모시는 게 낫지 않겠습니까?"

"그러시죠. 어차피 서영이는 만찬 때문에 온거니 그렇게 하시죠. 유리. 서영이 좀 잘 부탁해."

"오빠, 내가 뭐 앤가? 왜 언니한테 날 부탁해? 흥."

"민, 내가 서영이 잘 챙길 테니 걱정하지 말아요. 지금 하는 것 보니 영락없는 아기 같으니까 내가 잘 챙겨야겠어요. 호호."

"언니~!"

강서영의 귀여운 모습에 일행은 잠시 웃음을 지었다가 강민과 장태성은 총회장으로, 유리엘과 강서영은 이진욱 대리를 따라 만찬장으로 자리를 옮겼다.

총회의 시작은 5시부터였고, 만찬의 시작은 6시부터였지만 만찬장에는 벌써 많은 사람들이 와서 삼삼오오 이야기를 나누고 있었다.

강서영은 드라마에서나 보던 화려한 파티장의 모습에 잠시 넋을 잃고 두리번거리다 한쪽에서 나지막이 들려오는 대화 소리에 정신을 차렸다.

"쟨 뭐야? 쟨 왜 이런 곳 처음 오는 애처럼 어리버리 대지? 여기 재계 30위권 안에만 초청한다 하지 않았어?"

"야. 제가 KM그룹 강민 회장의 동생이래."

"아. 그래? 어쩐지 촌년 상경한 것처럼 어리버리 대더라."

목소리는 낮았지만 대화의 내용은 들을 수 있었기에 강

서영은 얼굴이 화끈거렸다. 유리엘도 그 대화를 들었지만 별다른 반응을 보이지 않고 강서영의 반응을 지켜보았다.

"언니 언니, 우리 저리로 가요."

강서영이 부끄러움에 사람이 많이 없는 자리로 이끌려고 할 때, 한 남자의 목소리가 들렸다.

"유리 누나~!"

백지호였다. 백지호는 홀의 왼쪽 편에서 사람들과 이야기를 나누던 중 유리엘이 들어오는 것을 보고 사람들에게 양해를 구하고 바로 유리엘과 강서영에게 다가왔다.

"지호구나. 와 있었네?"

"네. 유리 누나. 민이 형이 온다고 해서 누나도 같이 올 거 같아 여기서 미리 기다렸어요. 그런데 이 분은?"

"민의 동생이야. 인사하렴."

"아. 안녕하세요. 강서영이라고 합니다."

강서영은 아직 아까의 부끄러움이 남아있는지 붉어진 얼굴로 고개를 푹 숙이고 백지호에게 인사를 했다. 강서영의 풋풋한 모습에 백지호는 웃으며 같이 고개를 숙여 역시 인사를 했다.

"반갑습니다. 백지호라고 합니다."

둘은 처음 보는 사이라 대화가 이어지지 못하고 약간 어색한 분위기가 보이자 유리엘이 강서영에게 백지호를 소개했다.

"서영아. 지호는 우리나라 1등 회사라는 백산 그룹의 손자야. 다다음대 후계자라 해야하나? 호호."

"누나~! 후계자는 무슨… 할아버지께서 능력이 없으면 회사를 제게 물려주시지 않겠다고 선언까지 하셨는데요 뭘."

"그랬니? 몰랐어. 뭐 그치만 그 이름 높은 백산그룹의 손자는 맞잖아."

"아… 뭐… 그…그렇긴 하죠."

"그러시구나…."

한국대학교에서는 이미 백지호가 백산그룹의 손자라는 건 유명한 이야기였지만 강서영은 당시 생활고 때문에 과외에만 집중하다보니 그런 사실을 모르고 있었다.

그렇기에 강서영은 아직 현실감을 갖지 못하고 백지호를 보며 말로만 듣던 재벌3세구나 라는 생각 정도만 하고 있었다.

"근데 누나 진짜 어떻게 된 거에요? 누나는 알고 있었어요? 민이형이 그렇게 돈이 많았던 거?"

"당연하지, 우리가 같이 모은 돈인데. 호호호."

"그래요?"

백지호는 그 말에 더 놀랐고, 강서영 역시 돈을 같이 모았다는 이야기는 처음 듣는 이야기라 눈이 동그래져서 유리엘을 바라보았다.

"호호. 민이 어디까지 보여줄지는 모르겠지만 여튼 이제 시작이니까 앞으로 두고보렴. 백산도 지금 1등이라고 안심하면 안 될 거야."

"시… 시작요? 허… 설마 지금보다 더 많은 돈이 있다는 건가요?"

"그래. 너 계속 까불면 백산 그룹도 사버리는 수가 있으니까 조심해. 하하하."

백산그룹을 산다는 비현실적인 말과 함께 웃는 유리엘의 모습에 농담인 줄 안 백지호는 놀란 가슴을 진정시키며 유리엘에게 말했다.

"하… 누나도 참."

농담이라 생각한 백지호에게 유리엘은 의미심장한 미소로 대답을 대신했다.

백지호와 유리엘은 그렇게 한참 동안 그간의 이야기를 나누었고, 강서영은 잘 끼어들지는 못했지만 중간중간 리액션을 하며 처음 듣는 이야기에 신기한 듯 고개를 왔다갔다 하며 둘의 이야기를 경청했다.

그런 강서영의 귀여운 모습에 백지호는 오랜만에 가슴 두근거림을 느꼈다. 예전 유리엘을 처음 보았을 때와는 다른 종류의 두근거림이었다.

"서영이는… 아. 말 놓아도 되지? 학교 후밴데."

"아. 네. 괜찮아요. 선배."

"선배는 좀 딱딱한 거 같으니 선배보다는 오빠로 해주지 않을래? 하하하."

"지호 너 은근 느끼한 데가 있구나. 호호."

"헐. 느끼해요? 대박~"

백지호는 과장되게 포즈를 취했고 유리엘과 강서영은 그런 백지호의 모습에 웃을 수밖에 없었다.

"여튼 서영이는 이런 자리 처음이지?"

"아… 네…."

강서영은 아직 수줍은 듯 백지호에게 말을 잘 하지 못했고 그런 강서영의 모습에 백지호는 더 호감이 갔다.

"그럼 내가 사람들 소개 좀 시켜 줄까?"

백지호의 말에 유리엘이 웃으며 백지호에게 말했다.

"지호야. 나도 이런 자리 처음인데? 호호호."

"그래요? 누나는 너무 익숙하게 있어서 벌써 이런 자리 많이 다녀보신 줄 알았어요."

그때 강서영의 휴대폰이 징징대며 진동을 울렸다. 강서영이 휴대폰을 바라보니 저장은 되어 있지 않았지만 익숙한 번호가 보였다.

"하~ 또 전화왔네."

"서영아. 누군데 그래?"

강서영의 보기드문 모습에 유리엘은 의아해하며 물었다.

"아. 별거 아니에요. 전 남친 어머니에요. 헤어지라고 할 때는 언제고 우리 오빠 소식 들었는지 다시 만나면 안 되겠냐고 계속 전화 오네요. 어른이라서 그냥 차단하기 좀 그래서 몇 번 받았는데 이젠 그냥 차단해야겠어요. 더 이상 이상한 소리 듣고 싶지 않네요."

"그래, 왜 그런 전화 받고 있어. 바로 차단해버려."

"네. 언니 그래야겠어요."

옆에서 가만히 유리엘과 강서영의 대화를 듣고 상황을 파악한 백지호는 눈을 빛내더니 강서영에게 제안을 했다.

"서영아 내가 해결해줄까? 차단해서 전화 안 받으면 혹시 학교나 집으로 찾아올 수도 있잖아. 뭐 경호원은 있겠지만 일단 마주치면 기분 안 좋을 거잖아."

"아. 그 아주머니라면 그럴 수도 있겠네요… 근데 선배가 어떻게 해결해 주려구요?"

"선배 아니고 오빠라고 오빠. 하하. 휴대폰 줘봐."

한수찬의 모친 김영희는 한번 전화를 들면 안내메시지가 나올 때까지 계속 전화를 들고 있었기에 아직도 강서영의 전화기는 울리고 있었다.

강서영의 전화기를 건네받은 백지호는 지체없이 통화 승락 버튼을 눌렀다.

[여보세요? 서영이니?]

김영희는 이제 아예 말을 놓고 서영이를 불렀다. 본인 딴에는 친근감의 표현이라고 생각하겠지만, 강서영은 끝난 인연을 억지로 붙잡으려 하는 김영희에게 더 큰 거부감을 느꼈었다.

김영희의 응답에 백지호는 지체없이 대답했다.

"서영이 남자친구입니다. 서영이한테 이야기 들었는데 더 이상 이런 전화하지 않으시면 좋겠네요."

백지호의 말에 강서영은 놀라서 눈을 동그랗게 뜨고 그를 바라보았는데, 백지호는 강서영을 바라보며 한쪽 눈을 찡긋거렸다.

[남자친구? 야! 너 누구야?! 서영이는 우리 수찬이 여자친구야! 당장 서영이 바꿔!]

"아주머니 흥분하신 것 같은데, 계속 이렇게 전화하시면 저희 회사 사내변호사를 통해서 법적으로 대응 할 수도 있습니다."

[사내변호사? 네가 누구길래 사내변호사 운운하는 거야?!]

"제 할아버지가 백산그룹을 운영하고 계시죠."

[백산? 백산이건 흑산이건 서영이나 바꿔! .아… 그 백산 그룹?! 거… 거짓말 하지마! 배…배…배… 백산은 무… 무…무슨….]

김영희는 당황했는지 말도 더듬으며 말했다.

"거짓말인지 아닌지는 계속 전화 해보시면 아시게 될 겁니다. 농담 안합니다. 저 백산그룹의 후계자 백지호의 이름을 걸고 꼭 법적으로 처벌받게 해드릴 겁니다. 아마 못 믿으시겠죠? 제가 그룹 본사 비서실에 이 이야기 꼭 해 놓을 테니 그쪽으로 전화해서 확인해 보십시오."

[저… 저기… 미안해요… 아…아… 앞으로는 저… 전화 안할게요. 그… 그만 끊어요.]

백지호의 단호한 말에 김영희는 긴가 민가 했지만 혹시 만에 하나 백산그룹의 손자일까 싶어서 당황해 하며 전화를 끊었다.

백지호는 아직 모르고 있지만 한수찬 아버지가 운영하는 회사가 백산그룹 계열사의 하청업체였다. 그럴 일은 없겠지만 만약 백지호가 악의적인 대응을 한다면 그야말로 밥줄이 끊길 수도 있는 상황이었다.

김영희는 법보다 그것이 더 무서웠던 것이었다.

김영희와 통화를 끝낸 백지호는 강서영에게 폰을 돌려주며 백지호에게 말을 하려는 강서영에게 잠시 손을 들어 말을 막았다.

그리고는 자신의 휴대폰으로 그룹 비서실에 전화를 걸었다.

"실장님 지호에요. 부탁 하나만 드릴께요. 혹시 어떤 아주머니가 전화와서 제 여자친구가 강서영 맞냐고 하면 맞다고 해주세요."

[네? 여자친구 생기신 겁니까? 그리고 일반에 공개해도 되는 사항입니까?]

"진짜 사귀는 건 아니구요. 이 친구가 좀 곤란한 상황이라 도와주려고 그럽니다."

[아. 네. 그러시군요. 알겠습니다. 그렇게 대응하도록 하겠습니다. 그런데 혹시 부회장님이나 회장님께서는 아시는 내용이십니까?]

"아니에요. 굳이 말씀드릴 사안은 아닌 것 같네요."

[알겠습니다. 별도 보고는 올리지 않도록 하겠습니다.]

"네. 감사합니다. 실장님."

백지호가 백산의 비서실장과 통화까지 끝내자 강서영은 고마움을 머금은 눈빛으로 감사의 인사를 하였다.

"선배, 아. 아니 오빠 고마워요. 이렇게까지 했으니 그 아주머니 더 이상 연락 안 오겠네요. 헤헷."

"그래? 근데 고맙다면서 맨입으로 넘어갈 거야?"

"네?"

"고마우면 밥 사. 하하."

"헐… 재벌 3세가 일반인에게 밥을 사라하다니. 선배 좀 너무하네요. 흥."

"그렇게 되나? 근데 서영이 너도 일반인? 일반인이라는 말이 좀 이상하긴 하지만 여튼 일반인이라 하긴 좀 그렇지 않아? 우리나라에서 세 손가락 안에 드는 부자 오빠를 두고 있잖아."

"그… 그건…."

"혹시… 민이 형이 용돈 충분히 안주는 거야?"

"아니에요! 오빠는 저 쓰라고 카드까지… 앗!"

강서영의 말에 백지호가 싱글거리며 웃는 것을 보고 강서영은 당했다는 표정으로 백지호를 바라보았고 백지호는 웃음을 터트렸다.

이런 그들의 모습을 지켜보고 있는 시선이 있었다. 이아현이었다.

만찬장에 도착하자마자 백지호가 있는 것을 알아차린 이아현은 백지호가 자신을 알아보고 다가와 주길 바랬다.

하지만 백지호는 유리엘과 강서영과 이야기를 한다고 주위에 신경을 쓰지도 않는 상황이여서 이아현이 만찬장에 들어온지 한참이 지나도 아직 백지호는 그녀의 존재를 모르고 있었다.

사실 그리 멀지 않은 가까운 거리라 백지호가 잠시 고개만 들어서 주위를 살폈어도 자신이 있는 것을 알아차렸을 테지만 유리엘과 강서영과의 대화에 집중한 백지호는 그러지 않았다. 그런.백지호의 모습에 이아현은 숨겨뒀던 질투심이 불타오르는 것을 느낄 수 있었다.

'뭐야? 저 김유리인가 하는 여자는 KM그룹 강민회장의 와이프라고 했잖아. 그런데 또 저 여자야? 오빠가 유부녀 인 걸 알고 계속 그러지는 않았을 텐데….'

처음에는 유리엘과 함께 있는 백지호의 모습에 이아현 은 백지호가 유리엘이 유부녀임을 알고도 포기하지 못한 줄 알았다. 하지만 한참동안 그들의 모습을 살펴보던 이아 현은 그것이 아님을 알 수 있었다.

'음… 아냐. 저 여자가 아니네… 이번엔 강서영인가 하 는 애구나….'

일전에 조사를 통해서 강민의 가족 관계를 먼저 알고 있 었던 이아현은 강서영의 얼굴 역시 알고 있었다.

좋아하는 남자에 대한 여자의 촉은 대단한 것이었다. 백 지호가 강서영을 생각하는 것은 아직 좋아한다는 단계까 지도 가기 전의 단순 호감의 단계였지만 이아현은 백지호 의 관심이 강서영에 있다는 것을 그 짧은 시간에 눈치 챌 수 있었다.

더 이상 분위기가 화기애애 해지는 것을 볼 수 없었던 이아현은 자존심을 잠시 접고 먼저 백지호에게 다가가며 크게 인사했다.

"오빠~! 먼저 와 있었네?"

"아. 아현아. 너도 온 거야? 너 이런 자리 잘 안 나왔잖 아."

현세귀환록 83

"그래. 근데 이번엔 다들 가족 동반으로 많이 온다고 해서 나도 할아버지께 말씀드렸지. 호호호."

사실 이아현은 백지호가 나온다는 소식을 듣고 온 것이지만 그렇게 까지 말하기엔 자존심이 허락지 않았다.

이아현과 잠시 인사를 나눈 백지호는 유리엘과 강서영에게 이아현을 소개했다.

"다들 처음 보죠? 무슨 그룹 손자 손녀 이렇게 소개하는 건 개인적으로 좋아하지는 않지만 일단 다들 그렇게 소개하니… 여기는 SKY그룹의 손녀 이아현양이구요. 이쪽은 이번에 이슈가 된 KM그룹 회장님의 사모님이신 김유리님과 동생 강서영 양이야."

"안녕하세요. 이아현입니다."

유리엘은 한쪽 옆에서 자신의 일행을 바라보며 감정의 기복을 일으키던 이아현의 존재를 당연히 알고 있었지만 모른 척 인사를 했다.

"만나서 반가워요. 김유리에요."

"안녕하세요. 강서영이라고 합니다."

부드럽게 목례로 인사하는 유리엘과 달리 강서영은 고개를 푹 숙이며 인사를 했고, 백지호는 그런 모습에 웃음기 띤 목소리로 말했다.

"서영아, 다들 비슷한 또래인데 그렇게까지 고개 안 숙여도 돼. 하하하."

"그… 그래도…."

백지호가 강서영을 부드럽게 바라보며 대화를 하는 것을 느낀 이아현은 분위기를 끊으며 백지호에게 말을 걸었다.

"오빠, 왜 그간 연락 없었어. 그날 밥 먹고 나서 자주 연락하기로 했었잖아."

"아. 그랬지. 근데 이것저것 하다보니 좀 바빠서. 미안. 하하."

"미안하다했으니 다음 주말에 밥 사줘."

"다음 주말? 요즘 하는 일이 당장 다음 주는 좀 곤란하구. 나중에 일정보고 다시 연락줄게."

"이번엔 꼭 연락 줘야해~! 그런데 요즘엔 운동 잘 안해? 피트니스 센터도 가입해 놓고 잘 안나오는 거 같던데."

"아. 그건 말이지…."

이아현은 백지호와 친하다는 것을 강조하듯 예전의 이야기를 꺼내며 백지호와의 대화를 이어갔고, 백지호는 이아현의 말을 받아 주면서 유리엘과 강서영의 기분을 살폈다.

초면인 사람이 같이 있는 상황에서 그 사람들이 모르는 둘만 아는 옛날이야기를 꺼내는 것은 대화의 예절이 아니었기 때문에 백지호는 대화주제를 계속 바꾸려 했지만 이아현은 줄기차게 옛 이야기를 꺼내며 대화를 이어갔다.

이야기를 이어가던 백지호는 더 이상 안 되겠다 싶어 이아현의 말을 끊고 양해를 구했다.

"아현아. 유리 누나랑 서영이는 오늘 여기가 첫 자리라서 내가 좀 돌면서 소개 시켜주려고 하는데 넌 저기 친구들하고 있는 것이 어떻겠니? 보니까 아까부터 너 기다리는 것 같던데."

이아현이 다가온 뒤부터 한 쪽 옆에서 두 명의 여성이 이아현을 기다리고 있는 것을 알아차린 백지호는 자연스럽게 그 친구들 이야기를 하면서 자리를 피할 생각을 하였다.

오빠 동생으로 지내기로 하였다고는 하지만 아직 자신을 좋아하는 분위기를 풀풀 풍기는 이아현을 대하는 것이 백지호는 편하지만은 않았다.

그리고 여기에는 전에 호감을 느꼈던 유리엘과 지금 호감이 가는 강서영도 있었기에 그녀들과 더 시간을 보내고 싶다는 마음이 든 것도 사실이었다.

이아현은 백지호가 이렇게 노골적으로 그녀를 피하려 하자 이아현의 자존심에 더 이상은 이야기를 끌면서 잡지 못했다.

다만 아랫입술을 씹으며 그들이 자리를 옮기는 뒷모습을 노려 볼 뿐이었다.

"회장님, 이쪽입니다."

장태성 실장은 강민을 총회장으로 인도하였다. 과거 태성그룹의 회장이었을 때 종종 참석했었는데 다시 이 자리에 오게 되어 장태성은 감회가 새로웠다.

그런 장태성의 분위기를 눈치채고 강민이 말했다.

"실장님, 기분이 묘하신가봅니다."

"네. 그러게요… 그렇게 태성이 무너지고 난 뒤로 제가 다시 이 자리에 올수 있을 거란 생각은 못했는데 말이죠."

물론 회장으로 오는 것과 기획실장의 직함으로 수행 차 오는 것은 천지차이였지만 KM그룹에서 장태성의 위치는 단순한 기획실장의 범주를 넘어가는 역할이었기 때문에 장태성은 그런 생각은 하지 않았다.

보통 한경련의 총회에는 500여 개의 회원사 중 60% 정도 규모인 300여 회원사 정도가 참여했다. 그 중 재계서열 30위 그룹 이상에 해당되는 회원사들 중 추천을 받아 회장단을 구성하는데 이 회장단이 한경련의 핵심이라 할 수 있었다.

오늘도 재계 30위 안의 그룹 회장들을 위하여 별도 좌석이 마련되어 있었고, 장태성은 자연스럽게 그리로 강민을 인도하였다.

그 곳에는 예닐곱 명이 앉을 수 있는 원형의 테이블에 다섯 개 정도 마련되어 있었는데, 테이블 위에는 간이 명패가 붙어 있어 자리를 쉽게 찾을 수 있었다.

강민이 자리에 앉자 옆에서 머리가 벗겨진 50대 중년인이 다가와 말을 걸었다.

"KM의 강민 회장이시군요. 반갑습니다. 조그만 유통사를 운영하고 있는 김유철이라고 합니다."

김유철은 강민의 어머니 한미애와 비슷한 연배였지만 감히 하대하지 못하고 존댓말로 강민에게 인사를 하였다.

김유철의 두루뭉술한 소개에 옆에 서있던 장태성이 강민에게 나지막이 귓속말을 하였다.

"김유철 사장은 재계서열 40위 정도의 YC 유통을 경영하고 있습니다."

장태성의 말에 강민도 일어나서 인사를 받았다.

"김사장님 반갑습니다. KM의 강민이라고 합니다."

이런 식으로 몇 차례의 인사를 나누던 중, 저 멀리서 정장을 깔끔하게 입은 한 노인이 다가왔다. 노인의 접근에 주위의 사람들이 바닷물이 갈라지듯 강민에게 올 수 있는 길을 비켜주며 노인에게 고개를 숙였다.

"강민 회장이신가? 현승의 유현승이라 하네."

강민에게 존칭을 하는 다른 사람들과는 달리 유현승은 자연스럽게 하대를 하며 손을 내밀었다. 이에 강민은 유현승의 손을 쥐어 악수를 하며 인사를 하였다.

"반갑습니다. KM의 강민이라고 합니다."

"요즘 강회장 때문에 우리나라 경제계가 시끌시끌 하구만."

"그래봤자, 재계 서열 10위 안에도 못드는 규모입니다. 현승이 아직 시끄럽다 느낄 규모는 아니지 않겠습니까? 앞으로는 모르겠지만."

"앞으로는 모른다? 허. 강회장 배포가 대단하구만."

"배포랄 게 뭐 있겠습니까? 그냥 돈을 놀리는 것보다 움직여주는 것이 우리나라를 위해 좋지 않겠습니까?"

"허허. 나라까지 생각한다니 애국자시오. 애국자."

70대의 노인이라 하기에는 건강해 보이는 유현승 회장은 잠시 강민을 바라보다 눈을 빛내며 무언가를 물으려 하였지만, 또 다른 노인의 출현으로 말을 이을 수 없었다.

"유회장, 먼저 와있었구만."

"백회장님 오셨습니까?"

비취빛이 도는 흰색의 도포를 입은 백산그룹의 회장 백무산이 자리에 나타난 것이었다.

알려져 있기로는 백무산 회장이 유현승 회장보다 3살 연상이라고 했는데 지금 모습을 보니 백무산 회장은 유현승 회장보다 훨씬 어려보였다.

유현승 회장 역시 70대 노인이라 하기엔 건강한 모습이었는데 백무산 회장은 그보다 더 젊어보여 60대라고 해도 믿을 정도로 정정한 모습이었다.

강민과 유현승이 대화를 나누는 자리에 온 백무산은 바로 강민에게 인사를 하였다.

"강회장. 백산의 백무산이요. 이름은 많이 들었소. 우리 지호와도 아는 사이라며? 지호놈이 강회장 이야기를 많이 하더군."

"KM의 강민입니다. 지호가 제 이야기 할게 별로 없었을 텐데 무슨 이야기를 했는지 궁금하네요. 혹시 헛소문을 퍼트린 거라면 제가 혼내줘야겠습니다."

"허허허. 아닐세. 좋은 말만 했다네. 이러다가 우리 손주가 강회장에게 혼쭐이 나겠구만. 허허."

강민과 한창 대화를 하다 백무산의 등장에 대화의 주도권을 놓친 유현승의 인상이 조금 찌푸려졌다.

항상 이런 식이었기 때문이었다. 아무리 우리나라 2위의 큰 기업을 갖고 있어도 현승은 2위였다. 1위인 백산 앞에서는 회사도 자신도 이름을 내세우기 힘들었다.

그래서 그렇게 노력하고 노력했는데 백산의 벽은 높았다. 아직도 현승은 만년 2위를 벗어나지 못하고 있었다.

보는 눈이 많았기에 강민과 백무산의 대화에서 중요한 이야기는 오가지 않았다. 백무산은 어느새 대화의 흐름에 유현승도 끼어넣는 유려한 화술로 대화를 이어갔고 유현승 역시 내심을 감추고 응하였기 때문에 대화의 분위기는 좋았다.

어느새 총회의 시간이 되어 사회자가 회원들의 착석을 부탁하였고 사회자의 말에 백무산은 강민에게 마지막 말을 던지고 자신의 자리로 자리를 옮겼다.

"나중에 만찬장에서 보세."

총회는 큰 이슈 없이 진행되었다.

새로이 재계 30위권에 든 KM그룹의 회장단 참가 문제가 잠시 나오기는 했지만 강민이 아직 신생 기업이라는 이유로 정중히 거부를 표명했고 다들 그에 동의했는지 다른 이야기는 나오지 않았다.

회장단 회의에서 나온 정부에 요구해야 할 사항 몇 가지를 의결하고 총회는 마쳤다.

✣

만찬장에는 이미 많은 사람들이 자리를 하고 있었다.

시간차로 사람들이 들어왔지만 식사를 할 수 있는 원형 테이블과 서서 이야기를 나눌 수 있는 홀이 거리를 두고 분리 되어 있어 그리 번잡스럽게 느껴지지는 않았다.

총회를 마치고 만찬장에 들어온 강민은 자연스럽게 유리엘을 찾아갔다.

"민, 왔어요?"

"그래. 별 일 없었지?"

그때까지 백지호는 유리엘과 강서영의 옆에 있었기에 자연스럽게 강민에게 인사를 했다.

"민이 형. 오랜만이에요."

"그래. 너는 총회로 오는지 알았더니 여기 있었어?"

"할아버지하고 아버지께서 가시는데 제가 거기까지 갈 이유가 없지요. 그리고 아직 아무 직함도 없는 학생인데 거기가는 건 주제넘기도 하구요."

백산 그룹의 손자가 총회장에 온다고 해도 말리는 사람은 없었을테지만 백지호는 그건 주제넘다고 생각했다.

일행이 인사를 나누고 있을 때 백무산 일행도 강민이 있는 자리로 다가왔다. 강민 때문이라기보다는 아마 백지호 때문에 이리로 온 것 같았다.

"지호야. 여기 있었냐."

"네. 할아버지. 아. 여기가 KM그룹의 강민 회장이에요."

"알고 있다. 아까 총회장에서 인사를 나눴지."

"아. 그러셨어요? 그럼 아버지도?"

아버지라는 말에 백무산 옆의 40대로 보이는 중년인이 한걸음 나서서 이야기 했다.

"강회장님 아까는 인사를 못했네요. 백산의 백진일이라

고 합니다. 여기 지호의 애비되지요."

"아. 반갑습니다. KM의 강민이라고 합니다."

여태껏 과묵하게 백무산 옆에만 있기에 수행원 정도로 생각했던 백진일은 놀랍게도 백무산의 아들이자 백지호의 아버지로 현재 백산그룹을 실질적으로 움직이고 있는 백산의 부회장이었다.

사실 백지호의 나이를 생각하면 백진일은 50대는 족히 되었을 것이기에, 모르는 사람이 보았다면 40대로 보이는 그가 백지호의 아버지라는 생각은 하기 힘들었을 것이다.

"여튼 잘 되었군. 강회장, 아까는 사람들이 많아서 이야기를 제대로 나누지 못했는데 이야기 좀 해봄세."

백무산이 아까 총회장에서 못한 이야기를 이어가려고 하였다.

"그러시지요."

"내 우선 하나만 먼저 물어보고 싶네. 강회장은 어떤 목적으로 사업을 하는겐가?"

"목적이라… 백회장님은 어떤 목적으로 사업을 하시는 겁니까?"

"그래, 나부터 이야기하는 것이 맞겠지. 나는 사업으로 나라를 돕기 위해서 사업을 한다네. 우리 백산이 힘을 가지면 가질수록 우리 대한민국 역시 힘을 가질 것이야. 그래서 사업을 시작했네. 자네도 알다시피 우리는 아픈 역사가 있지 않나. 우리가 좀 더 힘을 가졌다면 그런 아픈 역사는 없었을 것이야."

테이블 위의 물을 한잔 마시며 목을 축인 백무산은 말을 이었다.

"일개 기업인이 국가 운운하는 것은 맞지 않을 수 있겠지만, 자본주의 사회에서 돈의 힘은 생각보다 크다네. 할 수 있는 일이 많아. 나는 그 힘을 나라를 위해서 쓰고 싶다네. 자네는 어떤가? 어떤 목적으로 사업을 하는가?"

백무산은 확실한 국가관과 기업관을 가진 사업가였다. 사업보국의 가치를 갖고 사업을 하는 민족주의자라고 할 수 있었다.

그래서 그는 강민이 뜻을 같이 할 수 있는 동지인가 묻는 것이었다. 옆에 있는 장태산은 백무산의 말을 듣고 뱃속 깊은 곳에서 뜨거운 무언가가 울컥하는 느낌을 받고 있었다.

백무산의 빛나는 눈을 본 강민은 천천히 백무산에게 대답했다.

"백회장님의 말씀은 잘 들었습니다. 사업보국이라 정말 좋은 사업관이라 생각합니다. 하지만 제 생각과는 다르네요."

"자네 역시 그냥 그런 장사치와 다르지 않은가? 이익이라면 나라가 어떻게 되어도 상관이 없다는 그런 장사치 말일세!"

백무산이 다소 언성을 높이면서 말하자 장태성이 나서서 해명하려 하였다. 하지만 그런 장태성을 강민이 손을 들어 막았다.

"평범하게 살고 싶었던 제가 기업을 하게 된 이유는. 이 사회에서 힘을 갖고 싶어서 입니다. 회장님께서 말씀하셨듯이 자본주의 사회에서 돈의 힘은 크지요. 그것을 보이면 그만큼 대우를 받겠지요."

"그럼 그 힘을 자네 마음대로 휘두르기 위해서 사업을 시작했다는 건가?"

"힘을 마음대로 휘두르기 위해서라기 보다는 그런 힘에 휘둘리지 않기 위해서, 라고 하는 것이 맞는 말이겠지요. 다만 한 가지 더 말씀 드리자면, 저는 회장님처럼 거창한 마음으로 사업을 하지는 않고 있지만 제 이름을 건 사업에서 제 사리사욕 때문에 다른 사람들에게 지탄 받을 일은 없을 것입니다."

장태성은 강민이 세운 KM그룹이 지향하는 바를 자세히 말하고 싶었지만 강민이 저렇게 말하고 있었기에 더 이상 말을 덧붙이기 힘들었다.

백무산과 좀 더 이야기를 나눈 강민은 그의 사상과 사고 방식을 다소나마 이해할 수 있었다. 그렇지만 그가 원하는 사업의 방식은 강민의 방식과는 맞지 않는 방식이었다.

강민은 '존경받는 회사'가 되기 위하여 다른 사람에게 지탄 받을 행위는 하지 않을 생각이었다.

그로 인하여 다소 수익성이 떨어지더라도 신경쓰지 않을 재산이 있었기에 단지 그 목적만 충실히 할 생각이었다.

반면 백무산의 생각은 국가에 도움이 되는 행동이라면 다소간의 편법도 용인하며 국민이나 노동자들이 조금 힘들더라도 그것을 추진해야한다는 주의였다.

국민이나 노동자들도 국가의 일원이니 국가를 위해서 다소 희생해야 한다는 것이 그 근거였다. 좋게 말하면 애국이지만, 개개인의 가치와 권리를 중요하게 생각하는 현재의 트렌드와는 거리가 있는 사상이었다.

그의 생각대로라면 일을 추진함에 있어 설령 회사가 힘들더라도 국가에 도움이 된다면 그것을 추진해야한다는 것이었다. 물론 회사의 존재가 국가에 도움이 된다고 생각하기에 회사를 크게 해치는 행위는 하지 않을테지만 말이다.

강민과의 대화를 이어가며 확실히 단순한 장사치와는 다름을 느낀 백무산은 약간 힘이 빠진 말투로 한 가지 질문을 하였다.

"자네를 오늘 처음 보았지만 자네 눈을 보고 나는 깜짝 놀랐다네. 자네의 눈빛은 내 형님의 눈빛과 너무 닮았어…

그래서 하나만 더 물어보겠네. 혹시 자네도 순리를 따르는 자인가?"

"순리를 따르는 자가 어떤 사람을 지칭하는지 모르겠지만, 저는 순리를 따르지 않습니다. 저는 제 자신을 믿고 제가 생각한 바를 행할 뿐입니다."

대화를 통하여 서로간의 차이를 알게 된 백무산은 다소 실망한 표정으로 만찬장을 떠나갔다. 아마 자신의 이상과는 차이가 있는 강민에 대한 실망이었으리라.

하지만 그를 따르는 백진일은 강민에게 은밀히 명함을 주며 별도로 연락하겠다는 말을 남긴 후 백무산을 따라 만찬장을 벗어났다.

3장. 복수

NEO MODERN FANTASY STORY & ADVENTURE

현세귀환록

3장. 복수

몇 달전 폭발사고가 있은 직후부터 한국대학교 자유전
공학부가 있던 건물은 몇 개월째 사람의 출입이 극히 적어
진 건물이 되었다.

사고 직후 한 달 정도는 사고 원인 조사를 위해서 건물
을 폐쇄 했었는데, 조사결과 원인을 알 수 없다고 결론이
났다.

하지만 그 이후로는 어떤 문제점도 발견되지 않았고 현
재는 수리 또한 끝났지만 그날의 기억 때문인지 자유 전공
학생들도 자유전공학부 건물에 잘 출입하지 않았다.

어차피 이 건물에서 수업도 없었기에 문제는 없었지만
잘 지어진 건물이 말 그대로 놀고 있어 다른 학생이 본다

면 아깝다는 생각을 할 만 하였다.

사실 폭발사고로 인한 건물피해는 큰 것도 아니었다. 연회장 별실에 있는 거실의 전면 유리창이 파손 되었고, 거실안의 집기류가 파손된 정도였다.

그러나 폭발사고로 인하여 목숨을 잃는 큰 사고는 없었지만, 일광저축은행 사주의 아들인 이형태가 오른손을 크게 다쳐서 아직도 회복할 수 없었다는 점이 사고를 크게 인식한 원인이 되었다.

지금은 깨끗하게 치워진 사고현장에서 검은 정장을 입은 50대 중년인이 흰색 정장을 입은 동년배로 보이는 중년인에게 한탄하듯 말을 건냈다.

"이 회장, 정녕 이대로 넘어갈 건가?"

"그럴 수는 없지… 우리 형태는 오른손까지 병신이 되었어! 그것만 해도 속에서 천불이 나는데, 순간순간마다 머리가 아프다고 바닥을 뒹구는데 이걸 어떻게 그냥 넘어가겠나! 유명하다는 병원은 다 돌아다녀 봤는데 이상은 없다하고, 지금은 머리 아프다고 벽에 계속 머리를 쳐 박아서 병원에 사지를 결박하여 묶고 놓고 있는 실정이라네."

"형태는 아직도 그 정도인가? 우리 창민이도 머리 아프다는 이야기를 하는데 지금은 그 정도까진 아닌데…."

"창민이 상태는 지금 어떤가?"

이형태의 아버지 이일광이 김창민의 아버지 김도관에게

되물었다.

"창민이도 처음엔 한시간에 서너번 정도씩은 머리를 부여잡으며 바닥을 뒹구는데 최근엔 많이 나아져서 하루에 서너번 정도로 많이 줄었다네."

둘의 대화를 볼 때 김창민은 강민이 건 술법에 어느 정도 적응을 하며 마음을 고쳐먹고 있는 것 같았지만 이형태는 개선의 여지가 전혀 없는 것 같았다.

하지만 이일광이나 김도관은 그 이유를 아직 모르는 듯하였다.

"그래? 대체 이유가 뭐지… 창민이는 별 말 없던가?"

"창민이 말로는 마음을 다스려야 한다더군. 악한 마음을 먹으면 안된다고. 창민이는 명상 책 같은 걸 많이 보던데, 형태도 그런 책을 한번 보는 게 어떻겠나?"

"마음을 다스려? 악한 마음? 무슨 뜬구름 잡는 소린지… 그리고 그 놈이 책 같은 걸 읽을 놈도 아니고… 최근에는 눈까지 빨갛게 달아올라서 내 그녀석만 보면 가슴이 미어진다네."

폭력조직인 일광회를 이끌고 있는 이일광은 다른 사람들 눈에 피눈물을 나게 한 경우가 한두번이 아니었지만, 세상은 약육강식의 정글이라고 생각했기에 한번도 뉘우친 적은 없었다. 약자가 강자에게 먹히는 것은 당연하다 생각했기 때문이었다.

그러나 자신의 자식이 이유도 모르고 그런 처지가 되자, 이제야 이것이 하늘의 벌이 아닌가라는 생각을 했다.

하지만 아직 개과천선까지 한 것은 아니었다. 지금 당장이라도 그렇게 만든 놈을 찾으면 갈갈이 찢어 죽여버리겠다는 생각을 하고 있으니 말이다.

❖

"으아아아악! 으아아악!"

침대에 묶여있는 이형태는 발버둥을 치며 비명을 질렀고, 이것이 익숙했는지 남자 간호사 3명이 다가와 2명은 이형태를 붙잡고 나머지 한명은 진정제를 투여했다.

급성 발작을 막는 진정제인지라 이형태는 곧 잠잠해졌는데 몸의 움찔거림은 남아있었다.

"이 환자 대체 왜 이런데?"

"몰라. 최박사님도 이런 경우는 처음이라더라구. 처음엔 나름 열심히 치료하시려는 것 같았는데 지금은 손 놓은 거 같더라."

"근데 다른 곳으로 옮겨야하는거 아냐? 이대로라면 다른 환자들에게도 피해가 갈 거 같은데."

"그러게 말야. 그치만 이 환자 배경이 장난이 아니라더라구. 그래서 아직도 여기 있는 거라더라."

"그래? 여튼 이렇게 진정제 너무 많이 맞다보면 정말 안 좋을 건데… 오늘 만해도 벌써 10번 가까이 되지 않아?"

"뭐 박사님이 다 생각이 있으시겠지."

이형태를 진정시키느라 문 앞에 이일광이 서 있는 것을 간호사들은 눈치를 채지 못했다. 이일광은 간호사들의 말을 듣고는 이를 악물고 서 있었고 뒤늦게 이일광의 존재를 알아챈 간호사들은 눈치를 보며 병실을 빠져나갔다.

잠시 생각을 하다 휴대전화를 든 이일광은 누군가에게 전화를 했다.

"김사장, 이일광이요."

[이회장, 어쩐 일이요? 혹시 형태가 차도라도 있소? 아님 범인의 흔적이라도?]

"아니오, 전에 알아본 기치료는 어떻게 되었소?"

[아. 기치료 말씀이시구려. 창민이한테 물어서 그 친구에게 연락이 닿았는데 아직 별 차도가 없다하여 내 이회장에겐 별도로 말하지 않았소. 사기꾼 아닌가 싶어서 말이오.]

"그렇소? 휴… 그럼 다른 방법은 없겠소? 내 형태의 모습을 더 이상 지켜보기가 힘드오…"

[허… 그 정도요? 음… 우리 창민이가 많이 나아졌으니 형태에게 한번 가보라고 하겠소. 창민이가 쓴 방법을 형태가 듣는다면 나을지도 모르잖소.]

"부탁하오. 우리 형태가 너무 힘들어 한다오."

전화를 끊고 한참을 복도에 서있는 이일광에게 가운을 입은 의사가 다가오더니 말을 걸었다.

"저 환자 보호자 되시는가요?"

"그렇소만…."

"저렇게 힘들어 하는 환자는 제 의사생활 동안 처음보네요. 큰 기대는 마시고 이쪽으로 한번 연락해보시지요."

의사는 이일광에게 전화번호가 적힌 메모지를 건넸다.

"이게 누구 전화번호인지?"

"확실한 건 아닌데 정신 질환이 심각한 환자의 보호자들 사이에서 종종 알려진 번호입니다. 100% 치료되는 건 아닌 것 같은데 종종 치유가 되는 경우가 있다더군요."

"아. 감사합니다. 정말 감사합니다."

악인이라 알려진 이일광 역시 한명의 부모임에는 틀림 없었다. 의사의 호의에 저절로 고개가 숙여졌다.

"너무 기대는 하지 마시구요. 차도가 없는 경우도 있다 하니 말입니다. 하나 알아두셔야 되는 건 비용이 좀 부담스러울 정도로 비싸다더군요. 재력이 있다 하시니 알려드립니다."

"괜찮습니다. 비용이 얼마들던 아무 방도가 없었는데 이런 기회만으로도 감사하지요."

의사가 자리를 떠나자마자 이일광은 의사가 준 전화번

호로 전화를 걸었다.

[여보세요? 누구십니까?]

"이일광이라고 합니다. 창신 정신병원의 의사 분 소개로 전화드렸습니다."

[아. 거기… 환자가 있나요?]

"네. 상태가 심각한 환자가 있습니다."

[증상이 어떻지요? 환청? 아니면 환각?]

"환청이나 환각인지는 모르겠고 한시간에도 수차례씩 머리가 아프다고 머리를 부여잡고 고통스러워 합니다. 각종 검사를 다 했지만 아무런 이상이 없다고 해서 일단 정신적인 문제로 생각하고 있구요."

[그런가요? 제가 내일 세시까지 창신으로 가겠습니다. 거기서 뵙지요.]

"비용이 혹시…?"

[최소 10억부터 상황을 봐서 더 오를 수 있습니다. 다만 고치지 못한다면 받지 않도록 하지요.]

"10억!…… 알겠습니다. 잘 부탁드립니다."

10억은 작은 돈이 아니었다. 또한 최소 10억이라 함은 더 오를 수 있는 여지도 많았다. 하지만 고치지 못하면 받지 않는다하지 않는가. 아내와 사별하고 하나 밖에 없는 아들이었기에 10억이라 해도 충분히 낼 용의가 있었다.

또한 치료도 하기 전에 착수금이나 선수금 같은 비용

부터 이야기 했던 수많은 사이비들과는 다르게 고치지 못하면 받지 않는다고 말하는 전화상의 상대가 더 믿음이 갔다.

전화를 끊은 이일광은 혹시 싶은 마음에 김도관에게도 전화를 걸어 이런 상황에 대해서 알렸고, 김도관 역시 내일 김창민을 데리고 오기로 하였다.

✛

이일광과 김도관 부자가 이형태의 병실 앞에서 어제 통화했던 신원미상의 인물을 기다리고 있었다.

"창민이 너는 이렇게 다녀도 될 만큼 괜찮아 진거냐?"

"네. 요즘엔 발작이 많이 줄어들었어요."

이일광이 그 사건이 있고 난 직후에 김창민을 보았을 때는 김창민이나 이형태나 상황이 크게 다르지 않았다.

김창민 역시 이형태처럼 한시간에 수차례씩 발작을 하였었다. 하지만 지금 김창민의 모습은 그런 모습을 찾아볼 수가 없었다.

오히려 표정이 편안해져서 인상마저 전과는 다르게 보였다.

"어떻게 그렇게 된 거냐? 우리 형태도 그럴 수 있는거냐?"

"어떤 원리인지는 모르겠지만 우리를 이렇게 만든 괴인… 윽…"

김창민은 말을 하다가 머리에 통증이 왔는지 잠시 미간을 찌푸리다가 이내 머리를 흔들며 말을 이었다.

"하아… 여튼 그 괴인의 목소리가 머릿속에서 계속 들리는데 정확한 말은 모르지만 그 목소리가 뜻하는 바가 무언지는 알았습니다."

"뭐? 어떤 말이냐?"

"정확하지는 않지만 착하게 살라는 의미의 소리인 것이 분명한 것 같아요. 실제로 제가 봉사활동 등을 나가서 소위 착한 일을 하면 확연히 머리가 아픈 일이 없었거든요. 조금 전에도 그 괴인에 대한 원망을 조금 떠올리니 머리가 아파오기 시작했구요"

"그… 그런… 혹시 형태도 이 사실을 알고 있는 거냐?"

"아마 형태도 머릿속의 말을 들을 수 있을 거니. 아마 알 것 같아요."

김창민의 말에 따르자면 김창민은 어느 정도 개과천선을 해서 머리의 통증을 제어하기 시작하는데, 이형태는 전혀 개과천선이 되지 않아 계속 그런 고통을 느낀다는 말이었다.

최근 들어 아이들을 고치는 일에 관심이 적어진 김도관의 입장이 이해가 갔다. 김창민은 고통을 제어하기 시작했기 때문이었다.

조폭 두목 이일광의 아들인 이형태가 보고 배운 것이 뻔했다. 이일광 역시 사내가 독기가 있어야 한다고 이형태가 거칠고 독선적인 사고방식을 갖는 것을 조장한 감도 있었다.

그래서 범죄를 짓는 것조차 말리지 않았는데 결국 그런 행동들이 이렇게 부메랑이 되어서 돌아왔다.

김창민과는 달리 이형태는 그런 고통에도 마음을 고쳐 먹지 못하고 있는 것이었다.

정확히 세시가 되자 이일광의 휴대전화에서 전화벨 소리가 울렸다. 액정에 표시된 전화번호는 어제 의사가 말한 사람의 전화번호였다.

"여보세요?"

[창신에 왔습니다. 어디로 가면 될까요?]

"아. 307호로 오시면 됩니다. 그 앞에 있습니다."

[알겠습니다. 바로 그리로 가지요.]

전화를 끊고 3분정도가 지나자 복도 끝에 한 인영이 나타났다. 20대 후반에서 30대 초반 정도로 보이는 청년은 검은색 롱코트를 입고 있었는데 노란머리가 인상적이었다.

노란머리 청년은 이일광 일행에게 다가와서 인사를 했는데 이일광 일행은 청년의 인사에 깜짝 놀랐다.

"안녕하세요. 아까 전화 드린 스티븐 파머라고 합니다."

노란머리 청년은 우리나라 사람이 아니었기에 당연히 오늘 보기로 한 사람이 아닌 줄 알았는데 익숙한 한국어로 인사를 하였기 때문이었다.

"아. 반갑습니다. 전화드린 이일광이라고 합니다. 우리 말을 잘하시네요?"

"여기 온지도 10년이 넘었으니까요. 여튼 환자는 옆에 이 분인가요?"

짧게 인사를 나눈 스티븐은 김창민을 보고 환자인지 물었다.

"아. 창민이도 환자이긴 하지만 지금 병실 안에 있는 환자가 더 중환자입니다."

김창민을 보려는 스티븐을 막고 김도관이 나서서 이형태부터 치료해주길 바랐다.

애초에 스티븐을 이일광이 연락해서 불렀고 현재 김창민은 많이 나은 상태기 때문에 중환자인 이형태부터 치료하는 것이 맞다고 생각해서였다.

이형태는 진정제를 맞은지 얼마 되지 않아 잠이 들어있는 상태였다. 보자마자 이형태의 머리에 마나를 이용한 금제가 있음을 알아차린 스티븐은 이형태에 머리에 손을 얹고 집중을 하기 시작했다.

'이 방식은 마법보다는 이 곳의 도술에 가까운 방식인

데… 해제하긴 힘들 것 같네… 하지만 술법 자체의 악기는 없어보이는데… 이 친구 자체의 악기가 너무 심하군. 잘못하면 골수까지 악기가 파고 들겠는데… 악기를 생각한다면 악한 사람이 벌을 받았다고 해야하나? 음….'

술법을 살펴보던 스티븐이 손을 떼려는 찰나 이형태의 머릿속에서 얼굴이 흐려진 괴인이 떠올랐다.

'음? 이건 인식장애가 걸린 기억이군. 이 방식은 올림포스의 방식과 비슷한데? 올림포스 쪽에서 나온 건가? 아… 아니야. 원리는 비슷한데 구현 방식은 조금 다르군… 그럼 이걸 이렇게 노이즈를 지우고 필터링하면….'

한참동안 눈을 감고 이형태의 머리에 손을 대고 있던 스티븐은 눈을 뜨며 이일광에게 말했다.

"좋은 소식과 나쁜 소식이 있습니다. 뭐부터 말씀드릴까요?"

"나쁜 소식부터 듣지요. 여기서 더 이상 뭐가 나빠지겠소."

"나쁜 소식은 제 손으로 치료하긴 힘들다는 것입니다."

"아… 그럼 좋은 소식은요?"

"좋은 소식은 치료해 줄 사람이 있다는 것이죠."

"뭐요? 누구요? 어떤 사람이 치료해 줄 수 있다는 것이죠? 아는 분인가요?"

"치료해 줄 수 있는 사람은 이 술법을 건 당사자입니다."

스티븐의 말에 이일광은 어처구니가 없었다. 그런 말은 자신도 할 수 있는 뻔한 말이이었기 때문이었다.

어이없음은 분노의 감정으로 이어졌는데 화가나서 고함을 치려는 이일광을 스티브의 이어진 말이 막았다.

"아마 지금 이 청년의 기억으로 보아 누가 술법을 건지 모르는 것 아닌가요? 제가 그걸 알려줄 수 있다는 것이지요."

"어떻게… 기억을 못하고 있다던데…."

"기억을 가로막는 수법은 제가 풀 수 있는 수법이라서요."

"아!"

"다만 한 가지 말씀드리자면, 이 청년의 악기가 보통이 아닌 것으로 보아 선한 삶을 살아오진 않았을 것 같군요. 아마 이 청년이 이런 상태가 된 것은 죄에 대한 징벌에 가까울 것 같네요."

스티브의 말에 이일광이 반발하지 못하였다. 그 자신도 그렇고 이형태도 그렇고 선인이라고 말하기는 힘든 인물들이기 때문이었다. 이일광의 표정을 본 스티븐은 말을 이었다.

"그렇다고 해도 이 청년이 이 상태까지 온 건 정도가 좀 심하지 않냐는 생각은 드는군요. 그래서 이렇게 누가 이 수법을 행하였는지 알려드리는 겁니다. 일단 제가 얼굴을 그려드리죠. 얼굴만 안다면 찾기가 힘들지는 않을 것 같네요."

얼굴을 그려 준다는 스티브의 말에 이일성은 반색했다. 어차피 대학에서 발생한 일이었기에 얼굴만 제대로 안다면 거기서부터 탐문해가면 찾기 어려울 것 같지는 않았다.

물론 그림이 엉망이라면 힘들 수도 있지만 자신있게 말하는 걸로 보아선 충분히 알아볼 수 있는 수준으로 그려줄 것 같았다.

만약 찾는다면 자신의 모든 힘들 동원해서 그 당사자에게 지옥의 고통을 보여줄 생각이었다. 그 가족과 지인까지 포함하여.

하지만 스티브의 마지막 말에 이일광은 생각을 멈출 수밖에 없었다.

"다만, 이 청년을 이렇게 만든 인물은 보통 사람이 아닙니다. 보아하니 꽤나 힘이 있는 분들 같은데 복수를 생각하는 건 접어두라고 말씀드리고 싶네요. 그 사람을 섣불리 건드렸다가는 상황이 더 악화 될 수도 있습니다. 세상엔 여러분들이 모르는 세계가 있답니다."

아마 이렇게 말해도 이 사람들은 알지 못할 것이다. 그리고 행동하고 박살난 이후에야 깨닫게 될 것이다. 하지만 스티븐이 거기까지 조언할 이유는 없었다.

"그렇다면 어떡하라는 말이오! 잡아서 족쳐 우리아이를 낫게 해달라 해야하는 거 아니요!"

"아마 그 사람은 악인은 아닐 겁니다. 인정에 호소하여 향후 개선을 약속한다면 다소 강도를 낮춰줄 수 있지 않겠습니까? 지금 저기 있는 청년은 같은 수법에 걸려있지만 상당히 잘 적응한 것으로만 보아도 악의를 품고 했다고 보기는 힘드네요."

말을 마친 스티븐이 종이에다 그림을 그리기 시작했는데 그 실력이 꽤나 좋아 완성되고 나면 충분히 그림 속의 사람을 찾을 수 있을 것이라 이일광은 생각했다.

그러나 그림이 완성에 가까워지자 김도관과 이일광은 경악할 수 밖에 없었다. 그림 속 인물은 경제계의 가장 큰 이슈로 이름나고 있는 KM그룹의 강민 회장이기 때문이었다.

"이… 이 그림이 정녕 범인의 얼굴이요?"

"그렇습니다. 아는 분인가요?"

"요즘 이슈가 되고 있는 KM그룹의 강민 회장이요!"

"그래요? 거기까진 몰랐군요."

스티븐은 최근 일 때문에 미국에 있다가 한국에 들어온 지 얼마 지나지 않아서 강민의 얼굴을 알아보지는 못했다.

"여튼 유명한 분이니 굳이 찾으러 다닐 필요가 없겠군요. 치료까지 끝냈다면 30억은 받을만한 상황이지만 치료가 안 되었으니 약속대로 돈은 받지 않겠습니다. 사람을 찾아드린 건 서비스 정도로 해드리죠. 그럼 이만."

스티븐은 자리를 비웠지만 김도관과 이일광은 멍하게 있을 수 밖에 없었다. 원흉이 일반인도 아닌 KM그룹의 강민 회장이라니 너무도 뜻밖이었기 때문이었다.

"이회장, 어쩔 거요?"

김도관의 질문에 이일광이 정신을 차리고 반문했다.

"김사장은 어쩔 생각이요?

"일단 우리 창민이는 안정을 찾고 있으니 좀 더 두고 볼 생각이오. 착한 마음을 먹는다면 고통이 없다하니 이번 기회에 마음을 수련한다 생각 할 수도 있고…"

과연 안정을 찾고 있는 김창민의 아버지 김도관은 이일광에 비해서 강민과 맞설 의지가 약했다. 하지만 이일광은 아니었다.

"김사장! 발을 빼겠다는 것이오?!"

"발을 뺀다기 보다는 일단 천천히 두고 보겠다는 거요."

"그말이 그말이지! 됐소. 김사장은 빠지시오! 나 혼자라도 그 자식을 잡아 주리를 틀어서라도 형태를 고쳐놓도록 하겠소. 나 이일광, 일광회의 회장이요!"

역시 스티븐의 경고는 이일광에게 먹히지 않았다.

⁘

"야. 김한모, 아직도 강민 회장에 대해서 더 조사된 것

없어?"

"아뇨. 편집장님. 더 조사된 게 어디있겠어요. 에휴."

"아뇨? 이게 죽을라고~ 확! 너 이자식 강민 회장 집 문 앞에 앉아서 기다리더라도 인터뷰 하나 따와!"

"대형 신문사들도 못한 일을 가지고 저한테만 그러세요."

편집장의 질책에 김한모는 자리로 와 외근준비를 하고 다시 일어섰다.

"야. 김한모! 너 어디가!"

"아씨 진짜! 인터뷰 따오라면서요!"

"아씨? 이 자식이 진짜~!"

"네에~ 네에~ 갑니다 가요~."

김한모는 느물거리면서 사무실 문을 박차고 나왔다. 하지만 편집장 말처럼 강민의 집에 갈수는 없었다.

KM그룹 출범 후 강민의 집 주위에는 KM그룹 계열사인 KM 가드에서 철통같이 강민의 집을 경호하고 있어 허락없이 접근하는 것을 철저히 막고 있었기 때문이었다.

현재까지 강민에 대해 알려진 정보는 10년간 실종 후 한국에 들어왔는데 외국에서 막대한 재산을 얻었다는 사실과 한국대 경영학과에 재학 중이다가 지금은 휴학상태라는 극히 피상적인 정보 밖에는 없었다. 어차피 일반인이 알 수 있는 정보는 그것이 전부였다.

'일단 한국대로 가서 탐문을 해봐야겠네.'

돈을 벌어왔다는 외국이 어디인지도 모르는 상황에서 남은 정보라곤 한국대 재학생이라는 정보 밖에 없었기에 김한모는 한국대로 향했다.

하지만 예상대로 경영학과 사무실에서는 아무것도 알 수가 없었다. 알려주지 않으려 한 것이 아니라 실제로 모르는 눈치였고, 이런 일들이 많았는지 상당히 귀찮아 하는 기색이 역력했다.

결국 김한모는 과 사무실에서 나와 막무가내로 주위 학생들에게 탐문을 시도했다.

먼저 남학생 세 명이 담배를 피고 있는 곳으로 다가갔다.

"학생. 혹시 불 좀 빌릴 수 있을까?"

"아 네. 여기."

스포츠 머리의 남학생에게 불을 빌린 김한모는 자연스럽게 학생에게 말을 걸었다.

"경영학과 학생이야?"

"네. 그런데…."

"아. 한울경제신문의 김한모 기자라 하는데 혹시 KM그룹의 강민 회장에 대해서 아는 게 있나 싶어서."

스포츠 머리의 학생은 무슨 일인지 알겠다는 표정을 짓더니 김한모에게 말했다.

"김기자님. 아마 우리과 학생들한테 물어도 대부분 잘

모를 거에요."

"뭐?"

"우리도 신문에서 나오는 정도 말고는 더 아는 게 없다구요."

"그래도 뭐 좀 다른 정보가 없을까? 아님 학교생활에 관한 이야기라도 좋은데…."

김한모의 반복되는 질문에 학생들은 자신들이 아는 이야기를 하였으나 학생들의 말처럼 건질만한 정보는 별로 없었다.

더 이상 학생들에게서 얻을 정보가 없어 보여 인터뷰를 마무리하고 일어서는 김한모의 눈에 익숙한 얼굴이 보였다.

"어? 외삼촌 여긴 무슨 일이에요?"

"아. 세나구나. 인터뷰 할 일이 있어서 말이야. 아. 다들 고마워요. 혹시 더 알려주고 싶은 사항 있으면 아까 명함에 연락처 있으니까 전화줘요."

인터뷰를 한 학생 일행을 보낸 김한모는 오랜만에 만난 김세나와 자연스럽게 이야기를 하였다.

김한모는 김세나가 한국대학교에 다니는 것을 알았지만 불문과였기 때문에 굳이 강민에 정보를 물어보지 않았다. 같은 경영학과 학생들도 모르는 이야기를 불문과인 김세나가 알 것 같지는 않아서였다.

하지만 이야기 중에 김세나가 강민의 여동생 강서영과 절친인 것을 알고 깜짝 놀랐다.

"뭐? 네가 강민 회장 여동생 강서영양 하고 친해?"

"네. 아마 저보다 친한 친구 없을 걸요? 헤헤."

김세나의 이야기를 들은 김한모는 눈을 빛내며 그녀에게 물었다.

"저기 세나야. 혹시 인터뷰 한번 잡아 줄 수 있겠니?"

"인터뷰요? 서영이 그런 거 별로 안 좋아 할텐데… 전에도 기자들이 접근하려는 거 경호원이 막는 거 봤거든요."

"그래? 그래도 친하다며 네 부탁인데 들어줄 수 있지 않겠니?"

김세나는 잠시 고민했지만 몇 안 되는 친척 중에서도 그나마 거의 유일하게 엄마에게 잘해주는 김한모의 부탁을 거절하기가 힘들었다.

"알겠어요. 외삼촌. 일단 제가 전화해볼게요. 오늘 수업 있다 했으니 학교에 있을 거에요."

말을 마친 김세나는 강서영에게 전화를 걸었고 사정을 설명했다.

김세나의 우려와는 달리 강서영은 흔쾌히 승낙했고 30분 후에 그나마 약간 인적이 드문 벤치에서 인터뷰 하기로 결정했다.

학생들이 잘 다니지 않는 길에서 김한모와 김세나는 강서영을 기다리고 있었고, 약속했던 시간이 되자 2명의 경호원을 대동한 강서영이 다가왔다.

"서영아~ 여기~"

김세나가 머리위로 손을 흔들자 강서영도 같은 동작으로 김세나를 반겼다. 강서영이 벤치에 앉자 김한모가 명함을 내밀며 정중히 인사했다.

"한울경제신문의 김한모 기자입니다."

"강서영이에요. 근데 저도 오빠 이야기는 아는 게 별로 없어서 인터뷰 하실 게 없으실 텐데…"

"아. 부담갖지 말고 편하게 이야기 해 주세요."

강서영의 말처럼 그녀 역시 강민이 지닌 부의 출처라든지 10년간의 공백에 대해서는 잘 몰랐다. 하지만 강민의 어린 시절 등에 대한 이야기도 충분히 기사가 될 수 있었기에 충실히 인터뷰를 진행했다.

강서영이 김한모와 한창 인터뷰를 하고 있을 때였다. 멀리서 선팅이 짙게 된 검은 승합차 두 대가 슬금슬금 다가오는 것이 보였다.

인적이 드문 곳이라 차들도 잘 오지 않는 곳인데 검은색 승합차 두 대는 눈에 확 띄었고 차량은 인터뷰를 하는 곳과 얼마 멀지 않은 곳에 차가 멈추었다.

잠시 동향을 파악하는 듯 잠시 멈춰 있던 승합차에서 갑자기 10여 명의 남자들이 뛰어 내려 일행들을 덮쳤다.

달려온 10여 명의 남자들은 가장 먼저 강서영의 경호원을 덮쳤다. 강서영을 전담하는 경호원은 KM그룹 산하의 KM 가드에서도 꽤 실력있는 남녀 경호원 2명이었다.

애초에 강민은 각종 보호 마법으로 보호 받고 있던 강서영에게 경호원은 필요 없다고 생각했으나, KM그룹을 설립한 이후 기자들이 막무가내로 들이대는 경우가 많았기에 이를 막고자 장태성의 건의 하에 남자 한명, 여자 한명의 경호원을 두게 되었던 것이었다.

하지만 아무리 실력이 있어도 결국은 일반인이었다. 일반인 경호원 두 명이서 쇠파이프와 각목을 든 10여 명의 조폭을 감당할 수는 없었다.

두세 명의 조폭을 쓰러트리기는 했으나 결국 중과부적으로 쓰러지고 말았고, 이제 강서영 일행을 지켜주는 이는 없었다.

경호원들이 분투하는 동안 강서영이 경찰에 전화를 걸려고 하였으나 그걸 눈치 챈 조폭 한명이 눈을 부라리며 위협하여 뜻을 이루지 못하였다.

만약 한번이라도 강서영에게 직접 피해를 주려는 행동이 나왔다면 각종 보호마법이 발동하여 강서영은 안전하게 보호받고, 마법의 발동 즉시 유리엘에게 그 사실이 알려져 즉각적인 퇴치가 가능했을 것이다.

하지만 불행인지 다행인지 강서영에게 직접 피해를 주려는 시도가 아직은 없는 상황이었기에 보호마법은 그 순간을 기다릴 뿐이었다.

결국 경호원들이 몰매를 맞고 기절하고 나자, 여학생들을 보호하려고 대거리를 하던 김한모 기자 역시 뒷덜미를 얻어맞고 기절하고 말았다.

강서영과 김세나를 제외한 모두가 바닥에 쓰러지고 조폭들이 그녀들을 둘러싸자 강서영과 김세나는 두려움에 떨 수밖에 없었다.

강서영과 김세나만 남는 상황이 되자 험상궂게 생긴 덩치 큰 조폭이 그녀들에게 물었다.

"야! 누가 강서영이야?"

강서영은 이 말을 듣고 그제야 이 남자들이 자신을 노리고 온 것을 깨달을 수 있었다.

"제가 강서영이에요. 대체 무슨 일이시죠?"

"네가 강서영이야? 곱게 차에 타면 다치지 않게 할 테니 차에 타."

"형님 옆에 있는 년은 어쩔까요?"

그 말에 강서영은 반사적으로 외쳤다.

"만약에 세나를 두고가지 않으면 얌전히 따라가지 않겠어요!"

강서영은 속으로는 두려움에 벌벌 떨고 있었지만 김세

나라도 이 자리에서 벗어났으면 하는 생각에 두려움을 간신히 이겨내고 외쳤다.

덩치는 상처하나 없이 얌전히 데려오라는 회장의 지시를 떠올렸다. 괜히 반항한다고 상처라도 생기면 입장이 곤란해 질 것 같았다.

"크읔. 그래 알겠다. 그럼 저 차에 곱게 타. 그럼 네 친구는 두고 가마."

험상궂게 생긴 덩치의 말을 들은 강서영은 김세나를 향해 속삭였다.

"아마 돈 때문에 그런 거 같아. 우리 오빠한테 꼭 전화해줘. 아마 돈을 노렸다면 날 다치게 하지는 않을 테니 너무 걱정말고. 꼭 전화해줘."

"서… 서영아…."

회장의 지시가 조폭들에게는 천운으로 차량에 탈 때까지 강서영에게는 아무런 피해가 없었고, 차에도 그 스스로 올랐기에 강서영에게 걸린 보호마법은 잠잠했다.

사실 강서영 스스로는 자신이 아주 위험한 상황에 처해 있다고 생각하고 있었지만 그녀에게 걸린 보호마법의 수준을 그녀가 알았다면 그냥 잠시 놀러가는 것이라고 생각했어도 되었을 정도였다. 차에 미사일이 떨어져도 강서영은 안전할 테니 말이다.

강서영이 차를 타고 떠난 후 김세나는 서둘러 KM그룹

으로 전화를 하였다. 강민의 직통번호를 강세나는 알 수 없었기에 KM그룹을 통해서 이야기를 전달하려 했던 것이었다.

대표번호로 전화하여 안내메시지를 듣고 몇 차례의 버튼을 누르자 비서실에 연락이 닿았다.

[네, 비서실입니다.]

"가… 강민 회장님 하고 토… 통화 하고 싶은데요."

[회장님 찾으십니까? 실례지만 누구신지 알 수 있을까요?]

"회장님 동생인 서영이 친구 김세나라고 합니다."

[네. 김세나님이시군요. 무슨 일로 전화드린다고 전달해 드릴까요?]

"서… 서영이가 납치되었어요… 흐… 흐흑!"

그제야 눈물이 터진 김세나는 전화기를 붙잡고 펑펑 울었다.

[네? 납치요? 여보세요? 김세나님! 자세히 이야기 좀 해 주시겠어요?]

납치라는 말과 함께 울어버린 김세나를 수화기 너머에서는 애타게 찾았다.

"흑흑… 네… 흐흑…."

김세나는 울먹임을 꾹 참고 전말을 간단히 설명하고 전화를 끊었다. 사실 전말이랄 것도 없는 게 갑자기 검은 옷을 입은 조폭들이 승합차에서 내려 경호원을 제압하고 강서영을 납치해갔다는 것이 전부였다.

심하게 맞았는지 아직도 경호원들과 김한모는 정신을 차리지 못하고 있었다.

김세나의 말은 곧장 강민에게 연결되었다. 유리엘과 같이 있었던 강민은 유리엘을 통해서 즉시 강서영의 상태를 파악할 수 있었다.

강서영의 팔찌를 통해서 주변까지 확인을 한 유리엘은 강민에게 말했다.

"지금 이동 중인 것 같은데, 서영이한테는 아무런 피해가 없어요. 애초에 피해가 있었다면 저렇게 이동하지도 못했을 테고, 내가 바로 알 수 있었겠죠."

"그럼 순순히 차에 탔다는 이야기인데… 음… 전화 해준 친구를 구하려고 혼자 나선 건가?"

"반항하지도 않고 순순히 탔다면 아마 그럴 가능성이 높아보여요."

"대체 누구지? 단순히 돈을 노리고 덤빈 불나방인가?"

"일단 서영이한테 가죠. 어차피 납치했다면 곧 요구사항을 말할 테니 말이에요."

"그래."

강민의 말이 마침과 동시에 유리엘이 손을 튕기자 강

민과 유리엘은 강서영이 탄 승합차 위로 공간 이동을 하였다. 차량은 이동 중이었지만 강서영의 팔찌에 심어놓은 유리엘의 마나가 고정좌표 역할을 하여 어려움은 없었다.

달리는 차량 위에 갑자기 사람이 나타난다면 모두가 놀랄 일이었지만 공간 이동전에 투명화까지 마친 상태였기에 그런 일은 일어나지 않았다.

한참 이동하던 승합차는 서울 외각의 별장에 이르러서 멈추었다. 별장에는 삼십명이 넘는 건장한 남자들이 정장을 입고 기다리고 있었다. 일견에도 조직폭력배, 조폭으로 보였다.

조폭들 사이에서 흰 정장을 입은 이일광이 의자에 일어나서 승합차에서 내리는 강서영을 맞이 하였다.

"네가 강서영이냐?"

"그래요. 내가 강서영이에요. 그러는 아저씨는 누구죠?"

"그건 알 거 없고. 당장 네 오빠에게 전화를 걸어! 요구사항은 네 오빠인 강민에게 말할 테니."

강서영의 휴대폰을 압수하지 않았기에 강서영은 떨리는 손으로 가방에서 휴대폰을 꺼내 강민에게 전화를 걸었다.

[여보세요? 서영이니?]

"오빠~!"

강서영이 전화를 걸자마자 이일광은 전화를 뺏어서 강민에게 이야기를 하기 시작했다.

"네가 강민이냐? 아마 내가 누군지 궁금하겠지. 나도 우리 형태를 그렇게 만든 네가 몇 달 동안이나 궁금했지."

강민은 여전히 투명화 상태로 유리엘과 함께 승합차 위에 서 있었는데 전화가 울리자 차음막까지 쳐서 소리가 새어 나가지 않도록 하였다.

즉, 강민은 이일광의 행태를 눈으로 보면서 통화를 하고 있었다.

전화가 연결되자 강민은 유리엘에게 눈짓을 했고 그녀는 고개를 끄덕이더니 강서영에게 슬립을 걸었다.

주모자가 누군지 안 이상 더 이상 강서영이 몹쓸 꼴을 볼 필요는 없었기 때문이었다.

멀쩡하던 강서영이 갑자기 힘을 잃고 주저앉자 이일광은 잠시 당황하였으나 강민의 목소리를 듣고 긴장이 풀려 기절했다 생각하였다. 어차피 나중에 고통을 가하면 깨어날테니 억지로 깨우려 하지도 않았다.

강서영이 잠드는 것을 본 강민은 계속 대화를 이어갔다.

[형태? 그게 누구지?]

"누군지도 모른다? 하. 한국대학교 자유전공학부 건물에서 네가 한 짓을 벌써 잊은 거냐?!"

[한국대학교에서라면… 아. 그 발정 난 미친개 두 마리

말이군. 그 중 어느 쪽 애비지? 손이 박살난 쪽?]

으득!

이일광이 이를 악물어 이가 바드득 거리는 소리가 강민에게까지 들렸다.

"그래. 손이 박살난 쪽이다. 내가 형태의 아버지 이일광이다. 넌 사람을 잘못 건드렸어. 네가 아끼는 동생도 그 꼴이 될테니 두고보자! 그때도 지금처럼 웃을 수 있었으면 좋겠군! 야. 오함마 준비해!"

사람을 잘못 건드린 사람이 누군지 아직 모르는 이일광에게 한쪽 옆에 서있던 깍두기 머리의 덩치가 건설현장용 해머를 들고 다가왔다.

지금 이일광은 물불 가릴 마음이 없었다. 어차피 이번 일을 벌이기 전에 일광저축은행의 지분도 다 처리하여 현금화 시켰고, 전국구는 아니었지만 서울에서 십위권 정도인 조직인 일광회도 불곰파에 다 넘겼다.

여기에 모인 조직원들 또한 자신에게 충성심이 깊거나 급전이 필요한 애들로만 모아 일이 끝나면 몇 년간 함께 필리핀 등에 잠적하기로 결심까지 하고 시작한 일이었다.

이형태 또한 서울 외각의 조그만 병원으로 이송시켜 놓았기에 강민이 협박에 굴복해 이리로 온다면, 즉각 이형태를 원상태로 돌리고 강민과 강서영을 죽여버린 후 밀항할 계획이었다.

하나밖에 없는 아들을 살리기 위해서 이제 남은 건 독기뿐인 이일광에게는 가릴 것이 없었다.

하지만 해머를 들고 오라는 이일광의 목소리에도 강민은 태연하게 물었다.

[그런데 내가 했다는 사실을 어떻게 안 거지?]

"그건 알 거 없고, 네 동생년 손이 박살나는 소리를 라이브로 들으면 아마 우리 형태 비명 듣는 내 마음도 이해하겠지? 네 동생년을 죽이지 않으려면 우리 형태를 원래대로 만들어줘야 할꺼야. 일단 손모가지 하나만 먼저 시벌케이스로 날려주마. 야~ 쳐!"

강민의 비명소리를 기대하였지만 전화기에선 아무런 소리도 흘러나오지 않았고, 해머 내리치는 소리 또한 들리지 않았다.

"야. 뭐하는 거야?"

해머를 내려치지 않는 덩치를 타박하려고 그쪽을 바라보니 기절한 강서영의 몸 주위 1미터 정도 유백색의 구체 형태를 갖춘 막이 둘러싸고 있었고 해머를 내려친 덩치는 해머와 함께 뒤로 튕겨져 나가있었다.

"이건 뭐야?"

이일광은 손가락으로 그 구체를 찔러보았지만 강한 탄성을 지닌 구체의 막은 마치 고무공을 찌르는 듯한 느낌을 주며 손가락을 튕겨냈다.

구체의 탄성에 이일광은 전화기를 내팽겨치고 평소에 품고 다니는 회칼을 꺼내서 다시금 구체를 찔렀지만 해머도 튕겨내는 구체는 회칼 역시 튕겨냈다.

"이익! 이게 뭐야!"

이일광의 짜증에 대한 대답은 바로 옆에서 나왔다.

"뭐긴 뭐야 너 같은 새끼들에게서 내 동생 보호하는 마법이지. 이 정도로 일을 벌린 걸 보면 각오는 되었겠지?"

마치 유령처럼 강민은 이일광 옆에 서서 대답을 하였고, 같이 나타난 유리엘은 강서영을 수습하였다.

강민의 갑작스러운 출현에 이일광은 깜짝 놀랐지만 내색하지 않고 한걸음 물러났다.

"어…어떻게… 이렇게 빨리 왔지? 크… 아니 어떻게 온지는 모르겠지만 잘 왔다. 여기서 널 반 죽여서 우리 형태를 건든 걸 후회하게 해주마!"

사실 강서영의 몸에 둘러쳐진 구체의 막이나 강민이 갑자기 나타난 것만 하더라도 상식선에서는 이해할 수 없는 사안들이었지만 이미 분노에 휩쓸린 이일광은 그런 사안들에 대한 생각조차 하지 않았다. 아니 못했으리라.

"얘들아! 쳐라!"

이일광은 강민에게서 빠르게 뒤로 물러난 뒤 주위에 있는 조폭들에게 명령을 내렸다. 사전에 이야기 된 것인지 조폭들은 다들 연장을 꺼내 들고선 강민을 덮쳐갔는데 덮친 것보다 빠른 속도로 튕겨져 나갔다.

퍼퍼퍽!

삼십여 명의 조폭 중 우선 가까이 있던 예닐곱 명이 먼저 덤볐다가 튕겨져 나갔고 이어 두세 차례의 같은 상황이 반복되자 대여섯 명을 제외하고는 모두 10여미터 이상씩 나가떨어져서 뒹굴고 있었다.

이런 상황을 보자 남은 대여섯 명은 덤벼들기를 망설일 수밖에 없었다.

"안 온다면 내가 가지."

말을 마침과 동시에 강민이 번개처럼 그들에게 붙어서 팔다리 한쪽씩을 박살내고 원래 자리로 돌아왔다.

결국 모든 조폭들은 팔 다리 중 한군데 이상씩 부러져서 바닥을 뒹굴며 끙끙대고 있었는데 그런 조폭들을 잠시 바라보던 강민이 말했다.

"하나같이 쓰레기 같은 놈들이군. 이 정도 악기라면 그냥 지워버리는 게 낫겠어."

일광회의 정예 조폭들이었는지 하나하나마다 쌓여있는 악기가 보통이 아니었다. 결정을 내린 강민은 오른손을 살짝 들어올려 쓰러진 조폭들을 향해서 손을 휘저으려 하였다.

그때였다. 건물 안에서 한 인영이 총알처럼 빠른 속도로 튀어나와 강민에게 검격을 날렸다.

30여 명이 넘는 조폭들이 쓰러지는 것에 당황했던 이일광은 그 인영을 보고 회심의 미소를 지었다. 하지만 그 미소는 나타난 것 보다 빠르게 사라졌다.

그 총알 같은 인영 역시 날아왔던 속도, 아니 그 이상의 속도로 튕겨나갔기 때문이었다. 하지만 튕겨져서 바닥에 나뒹구는 다른 조폭들과는 다르게 그 인영은 제대로 착지하여 다시금 강민을 노려보며 일본도를 부여잡고 있었다.

그러나 전력을 다 했는지, 아니면 충격을 다 이기지 못했는지 그 일본도를 부여잡은 손은 다소 떨리고 있었다.

"마지막에 처리하려 했더니 벌써 나온 건가. 네가 믿고 있던 최후의 보루가 저 녀석인가?"

강민은 당연하게도 이일광이 기대하고 있던 그 인영의 존재를 알고 있었다.

앞에 있는 조폭들을 쓸어버리고 마지막으로 그를 잡아 배후를 물으려 하였기에 먼저 처리하지 않은 것뿐이었다.

"유니온 기준으로 대충 C급 정도의 능력자인 것 같은데 행색을 보아하니 일본 쪽이군."

강민의 말처럼 일본 사무라이 전통의 복식을 한 괴인은 한눈에도 날카로워 보이는 일본도 중단세로 들고 강민을 노려보고 있었다.

하지만 강민의 말을 알아듣지 못했는지 별다른 반응 없

이 그저 강민을 노려보고만 있었다.

일본인이 우리말을 못한다는 것을 알아차린 강민은 일본어로 다시 물었다.

"우리 말을 못하는가? 넌 누구냐?"

강민과 유리엘은 지구상에 있는 주요 언어들은 이미 원어민 수준으로 할 수 있었기에, 통역마법 없이도 자연스러운 일본어로 괴인의 정체를 물었다.

강민이 일본어에 흠칫 놀란 괴인은 이내 표정을 굳히고 대답했다.

"난 사이토 하나부사다. 넌 누구냐! 아니 어디 소속이냐? 천왕가는 아닐 테고 화랑이냐? 백록원이냐! 아니 백록원은 아니겠군. 명맥만 간신히 유지한다 했으니…"

"화랑? 백록원? 난 그런 소속은 없는데? 그러는 너는 어디 소속이지?"

"소속이 없다고? 그럼 그레이울프인가? 그레이울프 치고 이 정도 수준은 드문데?"

소속이 없다는 강민의 말에 사이토는 잠시 생각하다 하나의 제안을 하였다.

"소속이 없다면 어떠냐 우리 야마토와 함께 하는 것이! 우리 야마토는 이름 높은 헤이안 산하 계열 조직이다. 너 정도 능력이라면 헤이안 본진에서도 높이 살 것이야. 그레이울프로서 사는 것보다 많은 것을 누리면서 살 수 있을 것이다!"

사이토는 제안을 하면서 강민이 알고 싶은 정보를 제입으로 술술 말해주었다. 굳이 배후를 물어볼 필요도 없었다.

이일광은 일본어를 할 줄 알았는지 사이토의 제안에 깜짝 놀라며 물었다.

"사이토상 무슨 소리요! 저 놈을 처리해 주기로 하지 않았소! 사이토상을 모셔온다고 우리가 들인 돈이 얼만데! 당장 저 놈을 처리해 주시오!"

"칙쇼! 하찮은 조센징이 어디서 입을 나불거리느냐! 우리 야마토가 그깟 돈 때문에 날 여기까지 보낸 줄 아느냐!"

"그… 그럼 무엇 때문이오! 약속을 지키시오!"

이일광의 재촉에 사이토는 잠시 눈을 빛내다가 이일광을 향해 크게 검을 휘둘렀다. 약하지만 분명 검풍이었다. 검풍을 쏘는 것을 보니 확실히 C급에는 오른 인물임에 분명했다.

하지만 사이토의 검풍은 뜻을 이루지 못하였다. 강민이 손을 휘저어 막았기 때문이었다.

"내 먹잇감에 손대지 마라."

"큭… 그래 저 놈은 네가 처리하면 될 것이고, 내 제안은 어떻게 생각하느냐! 그레이울프로서 있어보아서 알 것 아니냐. 소속이 없다는 것의 어려움을!"

말을 쉰 사이토는 이일광에게 잠시 눈길을 주다 다시 강민을 보며 이야기를 이었다.

"이놈들과 원한이 있는 것 같은데 우리 야마토로 들어온다면 이놈들을 처리하는 것에는 우리가 전혀 개입하지 않겠다. 네 뜻대로 하면 될 것이야. 어떠냐?"

"누굴 처리하고 말고는 내 뜻으로 하는 것이지, 네 놈들 따위의 허락을 받을 필요는 없다. 그리고 야마토건 헤이안이건 내 뜻을 막는다면 같은 꼴로 만들어주지."

강민의 말에 사이토는 이를 악물더니 내뱉듯이 말했다.

"지금 네가 나보다 실력이 좋다고 우리 야마토를 얕보는 것 같은데. 우리 야마토에는, 아니 헤이안에는 너 보다 월등한 능력자가 수십 수백 명이다. 이쯤에서 우리 헤이안과 손 잡는 것이 좋을 걸!"

처음엔 야마토의 이야기를 하던 사이토는 어느새 상급 단체처럼 말했던 헤이안과 야마토를 동일시 하며 강민을 협박했다.

아마 헤이안의 이름이라면 충분히 강민이 겁을 먹을 것이라 판단했기에 그렇게 말을 했던 것이었다.

"여튼 네놈이 지금 저 이일광의 사주를 받아서 온 것 아니냐? 네 놈을 처리하고 야마인지 야마토인지 하는 놈들이 오면 그놈들도 같이 처리해 주마. 헤이안인가 하는 놈들도 오면 같이 처리해 줄 테니 너무 아쉬워는 말고."

강민의 비아냥에 사이토는 분노를 담은 눈빛으로 일본 도에 마나를 주입했다. 분노가 치밀지만 사이토는 섣불리 덤벼들지 않았는데 처음 충돌에서 강민의 실력을 가늠해 본 사이토는 강민이 자신보다 뛰어난 강자임을 인정했기 때문이었다.

마나의 주입에 따라 일본도가 점차 빛을 내는 샤이닝 상태, 즉 어기충검에 들어갔는데 그런 사이토의 모습을 강민은 기다려주고 있었다.

'네 오만이 결정적인 실수가 될 것이야!'

C급에 들어선지 오래되지 않았던 사이토는 샤이닝 소드를 발현하는 것에 능숙하지 않았지만 그 파괴력만은 자부하고 있었다.

그런 샤이닝 소드를 기다려준 강민에게 사이토는 내심 비웃음을 지었다.

사이토의 검이 화려하게 빛을 발하자 그는 지체없이 자신의 가장 확실한 검격을 강민에게 펼치며 번개처럼 강민의 왼쪽 목덜미를 갈라갔다.

하지만 사이토의 예상과는 달리 사이토의 검은 강민의 검지와 중지사이에 잡혀버리고 말았고 프레스 기기로 누른 것처럼 빠지지 않았다.

"어… 어떻게…"

땅! 푸슉!

사이토의 신음과도 같은 말이 끝나기도 전에 강민은 손가락으로 잡은 검극의 끝은 부러트려 사이토의 가슴에 쏘아서 박아넣었다.

그제서야 조금 전 그가 예상했던 실력보다 강민의 실력은 훨씬 윗줄에 자리하고 있었다는 것을 사이토는 깨달을 수 있었다.

"쿠… 쿨럭… 우… 우리의… 형제…들이… 욱… 쿨럭… 쿨럭… 복수…."

사이토는 복수라는 마지막 말을 끝으로 눈을 감고 말았다.

믿었던 사이토가 그렇게 비명횡사 하는 것을 본 이일광은 벌벌 떨 수밖에 없었다. 아무리 아들의 복수로 눈이 돌았다고 하지만 지금까지 상황이 비현실적이라는 것을 인정하지 않을 수가 없었던 것이었다.

"나… 나…를 어… 어쩌려는 것이냐!"

나름 호기있게 외치고 싶었지만 떨려서 나오는 목소리까지 막을 수는 없었다.

"여기에 오면서 생각했지. 그간 고생했던 우리 가족을 건드린다면 세상을 엎어버릴 수도 있다고 말이야."

이일광은 강민이 말하는 여기가 여기 이 장소를 뜻한다고 생각했지만, 강민이 말하는 여기는 여기 이 차원을 말하는 것이었다. 강민은 이일광에게 독백처럼 말을 이었다.

"내가 힘이 없어서 그냥 두고 보는 것이 아니야. 난 우리 가족이 행복하길 원해서 두고 보고 있는 것이라고. 내가 힘을 쓰는 게 우리 가족이 더 행복하다는 판단이 선다면 지구상에 존재하는 너 같은 쓰레기들은 전부 다 지워버릴 수 있어."

강민의 선언과도 같은 말과 함께 발하는 그의 기도에 이일광은 압도되어 아무런 말도 할 수 없었다.

"오늘은 네 놈들만 먼저 처리하마. 네 놈들의 악기를 보아하니 네 놈들 같은 쓰레기는 그냥 치워버리는 것이 낫겠구나."

말을 마친 강민은 손을 휘둘러 바닥에서 뒹굴고 있는 모두를 '지워' 버렸다. 여기에는 아까 쓰러진 사이토 하나부사의 시체도 포함되어 있었다.

누군가 이 모습을 보았다면 컴퓨터 그래픽이 아니냐고 할 정도로 비현실적인 모습이었다.

멀쩡한, 아니 어디 한군데는 다 부러져 있어서 멀쩡했던 것은 아니었지만 그래도 살아있던 사람이 비명조차 지르지 못하고 먼지처럼 사라져버리는 것은 너무나도 비현실적인 모습이었다.

만일 필요했다면 팔다리를 끊고 목을 자르는 등 잔인하게 죽이는 모습을 피할 강민은 아니었지만 지금은 굳이 누군가에게 보일 전시효과를 노릴 것도 없었기에 깔끔하게 처리하였다.

하지만 강민은 사라진 그들이 지르는 영혼의 단말마를 들을 수 있었다. 강민의 기술은 그냥 단순히 영육을 끊어내는 것을 넘어 각자에 그 악기만큼 영혼에게 더 고통을 주는 방식으로 악인에게는 그것처럼 고통스러운 것이 없을 것이다.

조폭들을 처리한 강민에게 잠든 강서영을 안은 유리엘이 다가왔다.

"서영이는 어때?"

"잘 자고 있지요. 호호."

"그런데 저 녀석들이 어떻게 내가 한 일인지 알았을까? 그 때 유리가 만들어준 인식장애 마법도 펼쳤는데 말야."

"아마 그 마법을 만든 쪽 사람이 풀었던 것 같네요. 어차피 그 때 잠시 본 마법의 원리를 그대로 적용해서 만든 거니 원천 기술이 있다면 쉽게 풀 수 있었겠지요. 일반인들만 그 대상으로 생각했더니 이런 단점이 있네요. 여튼 인식장애의 원리는 파악했으니 나중에 제 술식으로 변환해서 다시 걸어줄께요. 아마 제 술식으로 건다면 여기 수준으로는 풀어내지 못할 거에요."

유리엘의 독창적인 마법 술식이라면 이 곳의 수준으로

는 힘들 것이다.

만약 9서클 이상의 대마법사가 있다고 하더라도 유리엘의 마법은 그녀 스스로가 오랜 세월동안 체계를 세워 올린 것이었기에 단순히 술식을 이해하는데만 해도 매우 오랜 시간이 걸리리라.

✣

강서영이 눈을 뜨자 눈 앞에는 익숙한 모습들이 보였다. 강민과 유리엘이었다.

"오빠~!"

눈을 뜨자마자 강서영은 강민의 목을 감싸며 울음을 터트렸다.

엉엉~

한참동안 울음을 멈추지 못하던 강서영은 그제야 진정이 되었는지 주위를 살펴보았는데 익숙한 주변의 모습은 자신의 방이었다.

"오빠, 어떻게 내가 여기에…?"

"내가 다 해결했어. 기절해 있는 널 이리로 옮긴거야."

기절이 아니라 수면마법이었지만 강서영에게는 그렇게 설명하는 것이 나으리라.

"해결? 어떻게 해결한 거야?"

강서영이 만약에 앞으로 이런 일을 겪을 수 있는 경우를 생각해보면 어느 정도의 사실은 말해주는 것이 그녀를 위해서 좋겠다는 판단에 강민은 입을 열었다.

"서영아. 오빠는 잃어버린 10년 동안 돈만 벌어온게 아니야."

"갑자기 무슨 소리야?"

"우리 가족을 지킬 수 있는 충분한 힘도 생겼어. 그 때 산동네에서 조폭들 만난거 기억해?"

"아… 기억나. 근데 그게 왜?"

"그 때 널 보호하는 막이 생겼던 거 기억나?"

"아…"

당시에 강서영은 구체의 막이 생겼던 것이 꿈인 줄 알았다. 실제로 강민이 나타나자마자 잠이 들었기에 꿈이라는 생각을 의심치 않았는데 지금 강민이 이렇게 이야기하자 그 때의 상황이 떠올랐다.

'아. 분명히 조폭들이 날 공격하지 못하고 허우적댔던 거 같은데… 설마….'

생각을 정리한 강서영이 강민에게 말했다.

"그럼, 그걸 오빠가 한 거야?"

"내가 했다기 보다는 유리가 만든 장치가 한 일이지."

강민에 말에 강서영은 옆에 서있는 유리엘을 바라보았다. 강서영이 본 유리엘은 예의 따뜻한 미소를 짓고 강민의 말이 맞다는 듯 고개를 살짝 끄덕였다.

"어…떻게 그런 일이…."

"서영아. 세상엔 네가 모르는 많은 일들이 있잖아. 이것
도 그중의 하나지. 여튼 지금 말하고 싶은 건, 널 보호할
만한 충분한 힘이 내게 있으니 앞으로 어떤 상황이라도 두
려워 할 필요가 없다는 거야."

"보호할 힘…."

"이번에도 그들이 널 조금이라도 다치게 하려 하였다면
그 때와 같은 보호막이 생겨서 넌 안전하게 보호 받았을
거야."

강민의 말에 강서영이 돌이켜 생각해보니 자신은 아무
런 상처가 없었다.

강서영이 잠시 생각하는 모습을 보이자 옆에 있던 유리
엘이 부드러운 음성으로 그녀에게 말을 건넸다.

"이제까지는 서영이 네가 위급한 상황이 되면 그 보호
장치가 스스로 발동되게 하였는데, 이번 일을 겪고 보니
네 판단에도 발동할 수 있도록 하는 것이 필요하다고 느꼈
어. 지금 하고 있는 팔찌를 보렴."

유리엘의 말에 강서영은 유리엘이 선물했던 팔찌를 보
았다. 거기엔 여태까지 보지못했던 자그마한 붉은 수정 장
식이 달려있었다.

"어? 이건 없던 장식인데…."

"그래, 이번에 조금 고친 거야. 앞으로는 네가 스스로를 지킬 필요가 있다고 판단하면 그 팔찌에 있는 붉은 수정장식을 앞으로 빼서 살짝 돌려보렴. 그럼 그때처럼 널 보호하는 장치가 가동 될 거야. 장치가 가동되자마자 우리가 알 수 있으니 조금만 기다리면 될 테구."

수정 장식은 의도적으로 빼서 돌리지 않는다면 생활하면서나 실수로나 작동될 가능성은 없도록 조치되어 있었다.

"서영아. 이번 일로 충격이 컸겠지만, 넌 지금까지도 그랬고 앞으로도 항상 안전하게 보호 받고있고 보호 받을 거야. 그러니 이제는 걱정하지 마."

강민은 나지막하지만 강하게 말하며 강서영의 머리를 끌어안았다.

"오빠…"

4장. 인연

NEO MODERN FANTASY STORY & ADVENTURE

현세귀환록

4장. 인연

　납치는 이십 년 넘게 평범하게 살아온 강서영에게는 엄청난 충격이었다.

　물론 본인이 잠든 사이에 모든 것이 해결되고, 잠에서 깨어보니 자신의 방에 있는 침대였기에 어떤 상황이 벌어진지는 몰랐지만 납치되었다는 사실 하나만으로도 어린 나이에 큰 충격인 것이었다.

　물론 강민이 그녀가 항상 보호 받고 있다는 사실을 알리며 다독였기에 지금은 어느 정도 마음이 안정된 상태지만 아직 평상시와 같은 쾌활함은 찾지 못하고 있었다.

　이런 강서영의 기분을 풀어주고자 강민은 가족여행을 계획하였다. 한미애 역시 강서영의 기분이 안 좋은 것을 걱정했었기에 여행에 즉각 찬성하였다. 다만 강서영이 그녀의 납치사건을 알리지 말아달라고 했기에 그 사건은 모르고 있었다.

처음엔 해외로 계획하였으나 아직 심신이 불편한 강서영 때문에 가까운 제주도로 일정을 잡았다.

1,500억원 가량을 들여서 구매하고 인테리어를 한 KM그룹 전용기의 첫 비행치고는 제주도는 너무도 가까운 곳이었지만, 전용기에 들어서자 표정이 밝아진 강서영의 모습에 그 돈은 충분히 값어치를 했다고 할 수 있었다.

영화에서나 보는 전용기의 모습에 눈이 휘둥그레 해진 강서영은 전용기 안의 시설들을 하나씩 이용해보았다.

비서실 직원들 또한 교육 때를 제외하고는 처음 전용기에 탑승한 것이라 어색한 모습이긴 하였지만 이내 적응하여 강서영의 이런 저런 질문에 대답하였다.

서울에서 제주까지의 비행시간은 1시간도 채 걸리지 않았기에 금방 제주공항에 도착하였고 예약된 렌트카를 수령하였다.

장태성은 어차피 주중 근무시간이었기에 비서실의 직원을 교대로 강민 옆에 대기시키려 하였지만, 강민은 가족들과 오붓히 보내고 싶다는 말로 거부 하였다.

평일이라 텅 빈 해안도로를 달리는 기분은 서울의 꽉 막힌 도심에서 운전하는 것과는 차원이 다른 쾌감을 선사했다.

흰구름이 드문드문 있는 높고 푸른 하늘과 우측편에 반짝거리며 빛나는 파랗게 펼쳐진 바다는 저절로 입가에 미소를 띠우게 하였다.

"와~ 제주도도 좋구나~ 그러고 보니 나 해외는 처음이네."

"제주도가 해외야?"

"바다 건너 왔으니까 해외지~ 헤헷."

"으이그, 담엔 진짜 해외가자. 하와이나, 몰디브나 뭐그런 곳 말야."

"몰디브는 안 돼."

"왜?"

"몰디브는 예전부터 신혼여행으로 가려고 마음먹고 있었단 말야. 히히."

"허~ 그래 알겠다. 대신 제대로 된 놈 구해와야 오빠가허락할 거야!"

"그래~ 알겠어~"

이미 전적이 있었기에 강민의 말에 별 다른 반박을 하지못하는 강서영이었다.

"근데 오빠는 신혼여행 어디 갔었어?"

"신혼여행?"

"그래. 설마 안 간 건 아니지? 결혼한지도 오래 되었던거 같은데…."

강서영이 강민을 공격하려는 눈치가 보이자 유리엘이 타이밍 좋게 끼어들었다.

"민과 난 삶이 여행이야. 매 순간순간 여행을 하고 있는 걸."

"뭐야~ 안 갔다는 말이잖아요. 언니~!"

강서영의 말에 그녀 옆에 앉아 있는 한미애도 한말을 거들었다.

"민아. 그래도 이제 대기업 회장인데 안사람 신혼여행도 안 갔다는 말 들으면 남들이 욕하겠다. 조만간 시간 내서 다녀오도록 해."

"네. 어머니, 한번 다녀오도록 할게요."

"근데 그러고 보니 결혼식도 못했구나. 원래는 졸업하고 한다 생각했는데 이미 이렇게 결혼한 사이인 걸 다 알았으니 다시 거창하게 하기도 좀 그렇긴 하고… 어쩐다…."

"어머님. 저희는 괜찮아요. 어머님 말씀대로 민하고 신혼여행만 한번 다녀오죠 뭐. 호호."

"그래, 그렇게라도 해. 그래야 내 마음이 편하겠어."

웃고 떠드는 사이에 차량은 첫 번째 목적지인 한림공원에 도착하였다. 많은 세상의 기이한 광경과 웅장한 자연경관을 무수히 보았던 강민과 유리엘에게는 빈약하기 그지없는 공원이었지만, 수학여행을 제외하고는 처음으로 여행을 나온 강서영은 모든 것에 신기해하였다. 한미애 역시 이제까지는 여행은 엄두도 못내는 상황이었기에 이런 여행이 무척 즐거웠다.

한림공원을 거쳐 인근의 협재해수욕장을 들렀다. 여름이 지난 상황이라 해수욕을 즐기기엔 힘들었지만 고운 흰 모래사장과 대비되는 푸른 바다를 보는 것만으로도 충분히 올 가치가 있는 곳이었다.

몇 군데 명소를 더 들른 후 저녁 무렵 한라산 자락의 예약된 리조트에 도착하였다. 예약한 숙소는 독채로 떨어져 있는 풀빌라 스위트룸이었기에 다른 사람의 이목을 신경쓸 필요는 없었다.

가족끼리 이렇게 여행을 온 것은 강민이 웜홀에 빠지기 전까지를 포함해도 처음있던 일이었다.

강철수가 살아있을 당시에는 강철수가 너무 일에 몰두해 있어서 가족여행을 갈 엄두를 내지 못하였고 강철수 사후에는 힘들어진 집안 형편상 여행은 불가능했다.

강민이 돌아온 뒤에야 이렇게 여유가 났는데 한미애와 강서영이 이렇게 좋아하는 모습을 보이니 강민은 앞으로 자주 여행을 다녀야겠다고 마음먹었다.

더군다나 납치 사건으로 힘들어졌던 강서영이 한결 편해진 얼굴을 하고 있어 더욱 여행온 보람을 느끼고 있었다.

숙소를 두고 여기저기 명승지와 관광지를 다닌 강민 일행은 어느덧 3박4일의 일정의 마지막 밤이 되었다.

강서영은 아쉬워하였지만 대기업을 운영하는 강민이 이렇게 자리를 비우는 것조차 힘들다는 것을 알고 있는 강서영은 대놓고 아쉬움을 표현하지는 않았다.

다만 강민은 그런 강서영의 심정을 알아차리고 앞으로는 자주 여행을 가자며 강서영을 달랬다.

모두가 잠든 밤, 숙소 뒤편의 산에서 마나의 뒤틀림을 느낀 강민과 유리엘이 동시에 눈을 떴다.

"웜홀이군."

"그러게요. 인적이 드물고 마나가 충만한 곳이다 보니 웜홀도 생기나봐요."

사실 서울에서는 웜홀 보기가 극히 힘들었고 왠만한 도시들도 마찬가지였다. 자연의 기운이 충만한 산간벽지에서나 마나의 응집에 따른 웜홀이 가끔 발생하였다.

"여기도 웜홀을 지키는 무리가 있나보네요. C급 두 명에 E급 한 명이군요."

유리엘의 말처럼 웜홀이 등장하자 인근의 능력자들이 급히 웜홀로 이동하였다.

"가볼까?"

"그래요. 어떤 녀석이 튀어나오는지 궁금하기도 하네

요. 호호."

강민과 유리엘은 순식간에 허공으로 공간이동을 하여 웜홀의 발생장소로 이동하였다.

전과 마찬가지로 투명화 마법과 함께 기척을 감추는 마법을 사용했기에 웜홀의 발생장소에 도착했지만 다른 능력자들은 강민과 유리엘을 알아차리지 못하였다.

웜홀의 발생장소에는 조선시대에나 볼만한 도복을 입은 남자 세 명이 있었는데, 그들은 40대로 보이는 중년의 남자 한 명과 20대 청년 한 명, 10대 소년 한 명으로 이루어져 있었다.

웜홀이 생성된지 한참이 지났지만 웜홀 밖으로는 아무것도 나오지 않았다. 사실 웜홀이 열린다고 모든 웜홀에서 마물이 출현하는 것은 아니었다. 이처럼 때때로는 아무런 마물없이 잠깐 열렸다가 사라지는 웜홀도 많았다.

시간이 흘러 웜홀이 임계점에 달하여 없어지려고 하자 40대 중년인이 입을 열었다.

"이번엔 아무것도 나오지 않을 것 같구나. 새벽에 자는데 괜한 헛수고를 했군. 하지만 우리가 이렇게 즉각적으로 대응해야 일반 사람들의 피해를 막을 수 있으니 향후…에도 경계석를 확인하는 것을 게을리 해서는 안 된다."

향후라는 부분에서 잠시 망설인 중년인은 말을 끝냈고 나머지 두 남자도 즉각 대답을 하였다.

"네. 사부님."

"네. 아버지!"

20대의 남자는 사부라 불렸고 10대 남자는 아버지라 불렸으니 그들의 관계를 짐작할 수 있었다. 하지만 오늘 40대 중년인의 판단은 틀렸다.

웜홀이 없어지기 직전 웜홀의 규모에 맞지 않는 강대한 마나를 지닌 사람 크기의 두배 정도 되는 마물이 웜홀을 찢고 나타났다.

웜홀의 규모를 보았을 때 절대 C급 이상의 마물이 나타날 수 없는 규모였는데 그 마물은 웜홀이 임계점에 달하는 시점을 노려 웜홀의 경계가 옅어질 때 웜홀을 찢으며 등장했다.

다른 타차원의 마물들과 마찬가지로 마나충돌로 전신이 파지직 거리는 스파크로 둘러싸여져 있었는데 인간형의 마물로 마나량으로 보았을 때 B급은 족히 되어 보이는 마물이었다.

마물은 3미터가 넘는 키와 비늘처럼 보이는 검붉은 피부를 가지고 있었는데 머리에는 손가락 두마디 정도 되는 작은 뿔이 나와 있어 날개만 달려 있다면 일반적으로 알려져 있는 악마의 모양새와 흡사했다.

마물은 흰자가 없고 검은자만 있는 눈동자를 번들거리더니 갑자기 입을 열고 괴음을 내질렀다.

"캬악~!"

마물이 내뱉는 소리에 세 명의 남자들은 주춤거리며 뒤로 물러났는데, 그 중 가장 마나가 약해보이는 10대 소년이 머리를 쥐고 쓰러지고 말았다. 정신파 공격이 섞인 괴음이었던 것이다.

"수강아!"

"강훈이 네가 수강이를 수습하거라. 내가 저 마물을 상대하겠다."

"사부님!"

한진문은 한수강이 쓰러지자 최강훈에게 그의 수습을 부탁하고 마물의 앞에 섰다. 마물은 온 몸에 튀는 마나불꽃이 그리 고통스럽지 않았는지, 별로 불편한 기색도 없이 고개를 갸웃거리며 한진문을 바라보았다.

[민, 저 마물 최소 인간 정도의 지능은 있어 보이는데요?]

[그러게, 게다가 웜홀을 찢고 나온 타이밍을 봤을 때 마나를 느끼는 기감도 상당한 것 같아.]

[마나충돌이 약한 걸 보니 애초에 마나 성질이 비슷한 차원에서 온 것 같네요.]

[그래, 아니면 마나 성질을 바꿀 수 있는 특수한 능력이라도 있겠지. 저 피부색이 변하는 걸로 봐선 적응력이 뛰어난 마물 같아.]

[어떡할까요? 저대로라면 마물에게 쓰러지고 말텐데.]

[잠깐 기다려봐, 저 뒤의 아이가 합류할 것 같아. 둘로도 조금 위험할 것 같지만 위험해지면 나서지.]

유리엘의 말처럼 내뿜는 기세를 보았을 때 한진문은 마물의 상대가 되지 못했다. 한진문 역시 그 사실을 파악했는지 선수필승의 자세로 마물이 덤벼들기 전에 먼저 마물에게 덤비며 검격을 펼쳤다.

마나를 잔뜩 머금은 샤이닝 소드를 전개하며 빛나는 검으로 마물의 목을 갈라갔지만 마물이 팔을 들어 한진문의 검을 막았다.

팡~!

하지만 마물의 팔에서 난 소리는 잘리는 소리가 아니라 무언가에 막힌 소리였다.

마물의 거죽은 한진문의 생각보다 더 질겼던 것이었다. 한진문은 막은 마물의 팔까지 일거에 잘라버리려 하였으나, 검붉은 피부가 은은히 빛을 내며 마나까지 띄고 있어 그의 검은 마물의 거죽에 약간의 붉은 기운만을 남긴 채 튕겨져 나갔다.

공격에 실패한 한진문이 뒤로 물러나며 다시 자세를 잡으려고 하였지만 마물의 움직임은 그것보다 빨랐다.

한진문이 자리 잡기도 전에 마나를 머금은 마물의 검붉은 팔이 한진문이 있는 곳으로 떨어졌다.

그는 처음보다는 약간 기세가 떨어져 있었지만 아직 충분한 마나가 남아있는 샤이닝 소드로 마물의 팔을 빗겨내려고 하였으나, 마물의 팔에 담긴 역도는 한진문이 빗겨내기에는 역부족이었다.

쾅!

굉음과 함께 한진문은 마물의 팔을 빗겨내지 못하고 정통으로 막아냈다. 마물의 팔에 실린 마나 역시 상당하였는지 한진문의 검은 빛을 잃어가고 있었으며, 그의 입가에도 한줄기 피가 흐르며 내상을 입었음을 가늠케 하였다.

한진문의 기세가 떨어짐을 느낀 마물은 한번 더 팔을 들어 한진문을 끝장내려고 하였다. 이때 뒤에서 한수강을 돌보던 최강훈이 역시 샤이닝 소드를 빛내며 마물에게 덤벼들었다.

최강훈의 샤이닝 소드는 한진문의 것 못지않았는데 그의 검을 막은 마물의 팔을 약간 갈라진 것이 오히려 그 절삭력은 한진문의 샤이닝 소드 보다 더 높아 보였다.

푸쉬쉭~

최강훈의 검격에 갈라진 마물의 팔에서 검은 피가 나왔는데 독성이 있는지 바닥에 떨어지며 아래의 잡초를 태웠다.

화가 난 것처럼 보이는 마물은 내상을 입은 한진문은 두고 아까보다 더 빠른 움직임으로 최강훈의 왼쪽을 노리며 오른팔을 휘둘렀다.

샤악~

한진문과는 다르게 최강훈은 마물을 팔을 가까스로 빗겨내 막았다. 그 절삭력 또한 남아있었기에 마물의 팔은 최강훈의 검을 지나며 더 많은 출혈을 일으켰다.

하지만 마물의 힘은 그것이 끝이 아니었다. 공격이 실패하여 분노한 마물의 검은 눈에서 검붉은 기운이 줄기줄기 뻗어져 나오며 한층 더 강한 기세가 느껴졌다.

안 그래도 자신보다 강한 기세가 느껴졌었는데 거기에서 한층 더 강해지는 마물의 기운에 최강훈은 절망할 수밖에 없었다.

그러나 포기할 수는 없었다. 자신이 피한다면 아직 내상을 수습하지 못하고 있는 사부와 정신도 차리지 못하고 있는 한수강은 마물의 먹잇감이 되고 말 것이었다.

마물의 기세가 올라가는 것을 느낀 한진문 역시 애써 다스리던 내상의 기운을 무릅쓰고 다시금 자세를 잡고 최강훈 옆에 섰다.

하지만 쓰러질 것 같은 정신을 다시금 부여잡고 있는 그들에게 한줄기 빛이 내렸다.

"여기까지."

투명화를 풀고 강민이 나타난 것이었다.

강민의 등장에 한진문과 최강훈은 한시름을 놓을 수 있

었다. 강민이 의도적으로 뿜어내는 존재감이 마물의 존재
감을 눌러버렸기 때문이었다.

족히 B급은 되어 보이는 마물의 존재감을 지울 정도라
면 A급 이상의 강자임에 분명했다.

같이 나타난 유리엘은 쓰러진 한수강의 마나를 안정시
켜 정신을 차리게 하였다.

"도와주셔서 감사합니다."

한수강의 정신을 차리게 한 것을 본 한진문은 내상을 입
은 몸에도 불구하고 정중히 인사를 하였다.

"일단 저 놈부터 처리하고 말씀 나누지요."

강민의 등장에 마물은 검은 눈을 굴리며 빠져나갈 틈을
찾고 있는 것처럼 보였다.

강민이 내뿜은 기세를 느끼고 그 기세가 자신의 힘보
다 강함을 본능적으로 알아차리고 도망치려고 하는 것이
었다.

마물의 적응력이 무척이나 뛰어났는지 어느새 마나충돌
에 따른 스파크는 미약하게만 보였고 곧 안정기에 들어설
것만 같았다.

그렇기에 이대로 도망쳐서 일반인들을 공격한다면 유니
온의 수호대가 출동할 때까지 일반인들이 엄청난 피해를
입을 수도 있는 상황이었다.

하지만 마물에게 그런 기회는 없었다. 강민이 의도적으로

도망갈 길에 기세를 돋워 도망치는 것을 막고 있었기 때문이었다.

결국 마물은 강민을 처리하지 않고서는 자리를 벗어날수 없다고 판단했는지 강대한 마나를 두른 팔로 강민을 내리쳤다.

쾅!

굉음과 함께 먼지까지 났지만 마물의 팔은 강민의 머리1미터 정도 허공에 가로막혀 있었다.

쾅쾅쾅쾅!

마물은 강민의 호신막을 마나를 두른 팔과 다리로 수차례 가격하였지만 당연히 그의 팔다리는 강민의 호신막을뚫지 못했고 시간이 갈수록 가격하는 강도가 약해져갔다.

"더 이상 볼 필요가 없겠군."

나지막이 중얼거린 강민은 가볍게 손을 휘둘러 마물의팔과 다리를 끊어냈다.

화기를 머금은 공격이었기에 팔다리가 끊어졌음에도 아까와 같은 독성이 있는 피는 흐르지 않았다. 공격하는 순간 접촉면을 태워버렸기 때문이었다.

순식간에 팔과 다리를 잃은 몸뚱이만 남은 마물은 바닥에 쓰러졌고, 잘린 팔다리는 아직 기운이 남아 있는지 움찔거리고 있었다.

강민이 일격에 마물을 죽이지 않고 이런 번거로운 일을

한 것은 알아볼 것이 있었기 때문이었다.

강민은 배가 바닥에 닿아있는 마물의 등에 올라가서 두부를 가르듯 손쉽게 마물의 등에 손을 넣었다.

"쿠에에에에~~엑!"

팔다리가 잘릴때는 순식간에 잘린 것이라 고통을 느낄 새도 없어서 그랬는지 비명을 지르지 않았지만, 강민의 손이 등에 파고들 때에는 마물은 엄청난 괴성을 질렀다.

하지만 강민은 그 괴성에도 아랑곳 않고 주먹크기 만한 붉은 색 돌을 마물의 등 가운데 부분에서 꺼냈다.

붉은 돌이 꺼내진 마물은 아까보다 더 격렬히 버둥거렸는데, 어느새 거의 잦아들었던 마나 불꽃이 처음 웜홀에서 나올 때 보다 더 격렬하게 튀었다.

아마 붉은 색 돌이 빠져나오면서 마물의 검붉은 피부색이 검게 변하는 것과 관계가 있는 것 같았다.

마물의 몸에서 나온 붉은 돌 역시 격렬한 마나 불꽃을 내며 빛나더니 어느새 원래 크기의 반의 반 정도의 작은 검은 돌로 변했다.

강민이 너무도 손쉽게 마물을 처리하는 모습을 본 한진문 일행은 경악한 표정으로 아무말도 하지 못하고 있었다.

아무리 A급의 능력자라 하더라도 저렇게 허수아비에다 칼질하듯이 쉽사리 마물을 처리할 수는 없었을 것이다. 그랬기에 한진문 일행은 더욱 놀랄 수 밖에 없었다.

마물을 처리하고 검은 돌을 쥐고 있는 강민에게 어느새 유리엘이 다가와서 말을 건넸다.

"역시 제대로 된 마나 변환이 일어난 것이 아니라, 카멜레온 같은 표피만 이 곳의 마나에 적응했던 것이네요."

"그래, 마나 코어가 그대로 타 버리는 것을 봐선 그런 것 같네. 대신 이놈이 썼던 방법을 이용하면 다음 이동 때는 몸을 숨겨서 신체를 재구성 할 필요가 없겠는데?"

강민이 괴물의 공격을 그대로 받고 있었던 것은 마물이 이 곳의 마나에 적응 했던 방식을 알아보려 한 것이었고, 나름 성과가 있었다.

강민의 말에 유리엘 역시 동의했다.

"음… 그렇겠네요. 외부 파장만 그 곳의 마나와 성질을 동일하게 변화 시키고, 점차적으로 내부의 마나와 신체를 그곳의 마나에 적응 시키면 될 테니 말이에요. 그치만 이 방법이면 순간적으로 강한 힘을 내기는 힘들 것 같은데요?"

"그렇긴 하겠지, 아무래도 내부 마나는 그 쪽 마나와 적응시켜 변환하는데 전력을 해야 할테니. 그래도 손실을 조금 감안한다면 순간적으로 마스터급의 무위는 충분히 낼 수 있을 것 같아."

"좀 무리하면 검강도 뽑아낼 수 있을 테지만, 마법 쪽으로는 4서클도 힘들 것 같아요."

"하긴. 마법은 외부 마나에 간섭해야하니…."

"쿨럭… 쿨럭…."

한진문은 강민과 유리엘의 진지한 대화에 내상도 참고 있었으나 결국엔 피를 동반한 기침을 하였다.

이미 마물의 움직임도 멈추었기에 강민은 마물의 움직임을 제압한 마나를 풀고 한진문에게 다가갔다.

"쿠… 쿨럭… 죄… 죄송합니다. 내상에 기침을 참을 수가 없었네요. 두 분의 대화를 방해했습니다."

"아닙니다. 먼저 부상자를 돌보았어야 했는데 저희 불찰이지요."

"쿨럭… 여튼 도와 주셔서 감사합니다. 분명 C급 이상의 마물이 나올 웜홀의 규모가 아니었는데, B급이라니… 최근 들어 상급 마물의 출현이 잦아졌군요."

보통 A, B 급의 마물을 상급 마물, C, D 급의 마물을 중급마물, E, F급의 마물을 하급마물로 편의상 분류하고 있었다.

"몸은 좀 괜찮으십니까?"

"아. 네. 이 정도 내상은 금방 회복하지요."

애써 밝은 모습을 보이는 한진문에게 강민이 다시 물었다.

"아니, 방금 입은 내상 이야기가 아니라 원래 몸상태 말입니다. 지금 기맥이 엉킨지 상당히 오래 된 것 같은데…

이렇게 마나를 쓰면서 움직이시는 것 자체가 대단하시군요."

"어… 어떻게… 그 사실을…."

한진문은 강민이 한눈에 자신을 알아본 것에 놀라며 말했다.

가까이서 살펴본 한진문의 기맥은 엉킬대로 엉켜서 어떻게 마나를 발현하는지 조차 의문스러운 상황이었다.

또한 엉킨 기맥으로 마나를 발현한다고 선천진기까지 자주 사용했던지, 생명의 불꽃이 언제 꺼질지도 모르는 상황이었다.

강민의 말에 옆에 있던 제자와 아들이 충격을 받았는지 놀란 표정을 지으며 외쳤다.

"사부님!"

"아버지!"

한진문은 강민에게 쓴웃음을 짓더니 제자와 아들을 돌아보며 말했다.

"난 괜찮다 괜찮아. 어서 유니온에 연락하여 아…."

말을 하다 무언가 생각난 듯 멈춘 한진문은 잠시 강민을 바라보다 긴장된 목소리로 말했다.

"혹시 저 마물의 처리는 어떻게 하실건가요? 저 정도 마물이면… 족히 100억은 쳐줄 것 같습니다만."

웜홀 포인트를 수호하는 조직의 가장 큰 수익은 마물의

시체였다. 마물의 종류에 따라 그리고 그 마물이 남기는 것에 따라 대가는 천차만별이었는데, C급 마물만 해도 평균적으로 20~30억정도의 가치가 있었으니 이 정도 B급 마물의 시체는 100억 정도는 충분히 받을만한 가치가 있었다.

만약 스스로가 마나 장비를 만들 수 있는 역량이 있다면 자체 제작해서 시장에 팔아 더 큰 수익을 낼 수도 있겠지만 그런 역량이 되는 조직은 드물었기에 대부분 소규모 조직에서는 유니온에 사체를 매각하였다.

유니온 역시 이런 마물의 시체를 가공하여 만든 마나기반 무구나 장치가 시장에서 인기가 많았기에 매입에 적극적이었다.

일반적으로는 웜홀 포인트를 지키는 조직에 우선권이 있으나 지금의 경우에는 자신들이 처리하지 못하였고, 오히려 죽을 뻔한 상황에서 그들을 구하고 강민이 잡은 것이었기에 우선권을 말하기조차 부끄러운 상황이었다.

하지만 한진문은 지금 돈이 급한 처지였다. B급 마물의 사체면 상당한 기간 사용할 수 있는 약재와 포션을 구할 수 있을 것이다.

자신을 위해서가 아니라 자신의 딸을 위한 약재와 포션이었기에 부끄러움을 무릅쓰고 강민에게 물었던 것이었다.

마물의 처리에 대한 부분은 유니온 가입 당시 규약집에 그 내용이 있었기에 강민 역시 알고 있던 부분이었다.

우선권에 대한 것도 알았지만 지금의 경우 자신이 사체를 처리하고 돈을 받아도 아무런 문제가 없을 것이라는 것 또한 알고 있었다.

하지만 강민은 굳이 푼돈 때문에 유니온에 마물을 처리를 부탁하고 싶지는 않았다.

다른 사람에게는 큰 돈이었지만 강민에게는 푼돈이었고, 강민이 유니온에 부탁하는 것만큼 유니온도 나중에 강민에게 부탁을 할 수 있을 것이다.

그랬기에 강민은 유니온에 마물 처리 따위의 쓸데없는 빚을 만들고 싶지는 않았다.

따라서 강민은 이 무리의 몫이었던 마물의 사체를 탐하지 않았다. 특히, 중년인의 간절한 눈빛이 무슨 사연인지 강민을 궁금하게 만들었다.

"마물의 처리는 그 쪽에서 하시죠. 어차피 이번일로 피해도 많았을 텐데요."

"감사합니다. 감사합니다."

중년인 뿐만 아니라 20대 청년과 10대 소년도 고개를 숙여 감사를 표했다. 100억이 넘는 돈을 그냥 주는 것이나 마찬가지였기 때문이었다.

"강훈아, 유니온에 연락해서 사체를 처리해달라고 하거

라. 대금의 10%는 전처럼 약재와 포션으로 달라고 하고, 나머지는 유니온 통장으로 입금 해달라 하고."

"네. 사부님! 대신 이번엔 사부님 약재도 좀 쓰시지요. 매번 괜찮다 하셨지만 지금은 내상마저 입으셨지 않습니까."

최강훈의 간절한 말에도 한진문은 씁쓸한 미소로 고개를 저었다.

어차피 얼마 남지 않은 처지였기에 상황을 보아서 이야기를 털어놓으려고 하였다.

우연치 않게 다 알게된 상황이 되어버려서, 이왕 이렇게 된 것 잘 되었다는 생각으로 한진문은 사실을 이야기했다.

"난 이미 늦었다. 선천진기마저 다 사용해서 남은 날이 얼마 되지 않아. 지금 내게 약재를 써봤자 밑빠진 독에 물붓는 짓이지. 차라리 수아를 살려야지 우리 수아를."

"사부님!"

최강훈도 사부가 요즘 부쩍 피를 토하는 일이 많았기에 사부의 건강을 우려하고 있었다. 하지만 사부는 새로운 무공을 익히며 잠시 기혈이 흔들린 것이라고 최강훈을 안심시켰고, 사부가 백록원의 부흥을 위해서 얼마나 노력하고 있는지 알았기에 최강훈도 한진문을 말리지는 못했다.

"아마 앞으로 한 달을 장담하기 힘들 것 같다. 어차피 이번 일을 끝으로 이 포인트를 지키는 일도 유니온에 반납하려 했어."

"사부님!"

"아버지 정말이에요?"

아직 미성년자로 보이는 한수강은 눈물이 그렁그렁한 눈으로 한진문을 바라보았다. 잠시 둘을 바라보던 한진문은 다시 강민과 유리엘 쪽으로 몸을 돌려 둘을 한참 바라보았다.

다소 어색한 침묵의 시간이었는데 이내 한진문을 말을 이었다.

"은인분들께 이런 이야기 드리게 되어서 죄송스럽기 그지없습니다만, 혹시 부탁하나 드려도 되겠는지요."

"어떤 부탁입니까?"

"저 불쌍한 녀석들 세상에 적응할 때까지 일이 년간만이라도 뒤를 보아주시기 않겠습니까?"

한진문은 원래 이번일이 끝나고 나면 자신이 밖에서 아이들의 자리를 잡아주고 조용히 생을 마치려고 하였다.

만일 이번 내상만 없었다면 자신의 판단에 6개월 정도는 더 버틸 수 있었을테고 그 정도면 아이들을 세상에 적응시킬 수는 있다고 생각했다.

특히, 최강훈이라면 한수아와 한수강이 성인이 될 때까지는 봐줄 수 있으리라.

하지만 이번 부상으로 그것조차 불가능할 것 같았기에

이런 무리한 부탁을 하게 된 것이었다.

한진문은 강민이 KM그룹의 회장이라는 것은 몰랐지만 100억이 넘는 돈을 아무런 댓가없이 내어주는 것을 보고 물욕을 탐하는 사람이 아니라고 생각했고, 강민과 유리엘의 눈빛이 너무도 맑고 의지가 굳건해 보여 이런 부탁을 하게 된 것이었다.

강민이 아무 말 없이 잠시 생각하는 것처럼 보이자, 한진문이 급하게 말을 이었다.

"아무 대가 없이 무리한 부탁을 드리려는 것은 아닙니다. 저는 백록원의 36대 원주 한진문이라고 합니다. 우리 백록원은 1천년의 역사가 있는 유서 깊은 무문이었지만 일제 강점기 시기에 일제의 이능단체들에게 갖은 핍박을 받으며 그 세가 크게 약화 되었고, 십여년에도 한번 일제의 공격을 받은 후 지금은 이렇게 간신히 명맥만 유지하고 있는 실정입니다. 하지만 우리 백록원이 천년간 쌓아온 무학과 무리는 남아 있습니다. 그 비의을 알려드릴테니 저희 제자와 제 아이들을 좀 돌보아 주십시오. 은인!"

한진문의 구구절절한 말에 한진문의 제자 최강훈은 눈물을 흘리며 외쳤다.

"사부님! 저희 백록원 아직 죽지 않았습니다! 제가 남아 있고 여기 수강이가 남아 있습니다! 반드시 저희가 백록원을 다시 일으켜 헤이안에 복수를 할테니 사부님은 그런 말씀 거둬주십시오!"

"아버지! 강훈이 형 말이 맞아요. 강훈이형이랑 제가 노력할께요. 그런 말씀하지마세요. 엉엉."

한수강은 아직 어린 나이라 감정이 복받쳤는지 결국엔 크게 울음을 터트리고 말았다.

아이들의 눈물에 한진문은 비감어린 표정을 지을 수밖에 없었다.

하지만 자신의 고집으로 여태까지 꾸역꾸역 백록원을 이어왔는데 더 이상은 그럴 힘도 여력도 없었다. 또한 최강훈에게 무거운 짐만 떠넘기기도 싫었다.

그리고 백록원의 새원주가 되어 아직 세상물정을 모르는 최강훈이 어린나이에 혼자가 된다면 백록원의 복수를 한다고 무리를 하다가 비명횡사 할까봐 걱정이 되었다.

한진문에게 최강훈은 성인은 되었지만 수련에 집중하느라 아직 세상을 잘 모르는 아이로만 보였다.

처음에 자신이 사라진 다음 아이들을 생각한 마지막 방법은 유니온에 의탁시키는 것이었지만 20대 초반의 어린 나이에 뒷 배경도 없어 C급에 오른 최강훈이 시기와 질투를 받을까 걱정되기도 하였고, 그러다가 다른 집단과의 전투에서 총알받이가 되는 것이 아닌가 하는 우려도 되었다.

그랬기에 굳이 이능을 드러내지 말고 일반세상에서 살

아가며 수련을 하는 방식으로 생각을 달리 먹고 있었는데 그런 상황에서 강민과 유리엘을 만나게 된 것이었다.

이 상황을 보던 강민은 잠시 생각하다 한진문을 보고 이야기했다.

"백록원의 비의는 놓아두십시오. 다른 사람의 길을 참고할 시기는 지났으니…."

"그럼…."

"이렇게 하시는 것이 어떻겠습니까? 제가 강훈이를 고용하는 것으로요. 어차피 한 원주님도 아이들이 세상에서 자리잡기를 원하셨으니 제가 고용해서 그 기간을 돌보아주지요."

이번 강서영의 납치사건으로 인하여 강민은 이능력자 수하가 필요하다는 생각을 하고 있었다.

물론 강서영이 보호장치를 발동시키면 자신이나 유리엘이 달려와서 처리할 수도 있지만 사소한 일에도 매번 그러는 것은 개미를 잡는데 미사일을 사용하는 것과 마찬가지라 할 수 있었다.

그렇기에 믿을만한 능력자가 있으면 그에게 강서영의 경호를 맡겨볼까 하는 생각을 하고 있었고 선한 마나를 지닌 의지견정한 최강훈은 그 적임자라 할 수 있었다.

"고용이라면?"

"제가 운영하는 회사의 직원으로 고용한다는 이야기입

니다. 저 KM그룹을 운영하고 있는 강민이라고 합니다."

"아… KM그룹…."

한진문은 KM그룹 회장의 얼굴은 몰랐지만 이름 정도는 들어보았다. 강민의 이름에 100억이라는 큰 돈을 그냥 넘겨 줄만하다는 생각을 하였다.

"대가라면 좀 그렇지만, 그 대가로 아이들도 돌봐주겠습니다. 물론 강훈이의 급여는 별도로 지급하지요."

강민의 말에 한진문은 미안하다는 표정으로 대답했다.

"죄송하지만 한 아이가 더 있습니다."

"아까 말씀하셨던 수아라는 아이인가요? 그 아이까지 포함해서 돌봐드린다는 것이지요. 그런데 아까 약재 이야기 하시는 것 보니 어디가 아픈가요?"

"네. 수아는 수강이 쌍둥이 누나인데 절맥증이 있어서 늘 자리에 누워있지요."

"절맥증이라… 음… 일단 그리로 가볼까요?"

강민의 말에 그제야 상황을 알아차린 듯 한진문은 강민에게 집으로 가길 권하였다.

"아… 은인을 이렇게 세워두고 있었네요. 일단 자리를 옮기시죠."

새벽1시에 마물과 조우한 뒤 1시간도 채 지나지 않았기에 아직 한미애와 강서영이 일어나려면 시간이 많이 남아 있었다.

강민과 유리엘은 한진문과 한수강을 따라 몸을 날렸고, 최강훈은 유니온의 직원에게 마물을 사체를 인계한 후 곧 따라왔다.

한진문이 안내한 백록원은 한라산 중턱에 있는 고풍스러운 장원이었지만 최근에 손보지 않았는지 많은 곳에서 쇠락한 모습이 보였다.

"누추하지만 이리로 오시지요."

"아닙니다. 바로 수아를 보러가시죠."

장원의 중앙 대청 오른쪽에 한수아의 방이 있었는데 들어가자마자 진한 약재냄새가 코를 찔렀다.

"우리 수아입니다."

침대에 잠들어 있는 한수아는 10대 중반으로 병약한 미소녀의 모습이었다. 강민이 본 그녀는 한진문이 이야기한대로 다수의 세맥이 군데군데 끊겨 있고 주요 대맥 또한 가느다랗게 간신히 연결되어 있는 절맥증을 앓고 있었다.

이런 절맥증을 앓는 사람은 태어날 때부터 기맥이 약한데, 그 약하게 이어져 있던 기맥이 나이가 들면서 점점 끊어져 성인이 되기 전에 목숨을 잃는 경우가 많았다.

하지만 지금 한수아는 약재와 포션의 힘으로 그 약한 대맥을 간신히 부여잡고 있는 상황이었다.

한진문이 자신의 상황을 밑빠진 독에 물 붓는 행위라고

하였지만, 한수아의 상황도 크게 다르지 않았다.

"힘든 상황이군요."

"그렇지요. 유니온에 요청하며 치유마법사도 불러보았는데 방법이 없다하더군요…."

통상적으로 치유 법사는 생명체의 활기를 불어넣는 방식이라 선천적으로 약한 대맥의 기운을 일시적으로는 완화시킬 수 있을지는 몰라도 원천적으로 낫게 하기는 힘들었다.

다만 일시적으로 완화시키는 효과가 있기에 엄청난 비용의 회복 포션을 투여하고는 있는 상황이었다.

한수아가 살기 위해서는 한 달에 1억 가까이 되는 포션과 약재를 투여해야 했는데, 이번 마물을 처리한 대가로 상당한 시간을 벌수 있었다.

한수아를 잠시 살펴보던 강민은 한진문에게 이야기 하였다.

"이 아이의 절맥증은 제가 고쳐볼 수 있겠군요."

"네? 정말입니까? 기공 치료사나 치유 마법사들도 포기했는데… 어떻게…."

강민의 말에 최강훈이 고개를 번쩍 들고 강민에게 물었다.

"저… 저희 사부님도 치료가 가능하신지요?!"

"안타깝게도 한 원주님은 치료가 불가능하겠구나. 선천

진기의 소모가 너무 심해서 더 이상 손댈 수가 없단다. 이 년 정도만 빨리 만났어도 다른 방도가 있었을 것인데…."

한진문의 상태는 그야말로 꺼지기 직전의 촛불이었다. 언제 꺼져도 이상하지 않는 상황을 그간 수련했던 마나가 간신히 붙잡고 있는 실정이었다. 즉, 한진문은 수명이 다한 것과 다름없는 상황이었다.

최강훈의 질문에 한진문 또한 약간의 기대를 품으며 강민을 바라보았으나 어쩔 수 없다는 말에 다시금 씁쓸한 미소를 지었다.

양초로 보자면 한수아는 선천진기인 심지는 길게 남아있는데 그것을 지탱하여 줄 몸통이 거의 없는 것이고, 한진문은 몸통 부분은 많이 남았으나 심지자체가 거의 다 타서 남아있지 않는 상황이었다.

그렇기에 한수아는 맥만 이어 마나만 보충하면 살수가 있었으나 한진문은 그것이 불가능하였다. 물론 맥을 잇는 것 자체도 불가능하다고 알려져 있었지만 강민에게는 그것이 가능했다.

"그런데 이 아이를 살리는 대가는 무엇이지요?"

"대가라면…?"

100억에 달하는 금전도 포기를 했고, 천년의 무공도 거부를 한 강민에게 한진문이 줄 수 있는 대가는 없었기에 그로서는 강민에게 반문을 할 수 밖에 없었다.

"한사람을 살리는 일이지요. 그 대가는 한사람의 목숨으로 받겠습니다."

"제 목숨이라도 드리겠습니다. 은인! 우리 수아를 살려주십시오!"

"한 원주님의 목숨은 이미 경각에 달했으니 제가 받을 목숨은 저기 강훈이로 하지요. 어떠냐 최강훈. 네 목숨을 내어 놓을 수 있겠느냐!"

강민은 다소 강한 어조로 최강훈에게 물었다.

"어찌 강훈이를…."

한진문은 딸을 살리고 싶은 마음과 제자를 아끼는 마음이 충돌해서 그런지 무척 혼란스러운 마음인 것 같았다.

하지만 최강훈은 약간의 망설임도 없이 대답했다.

"네. 저는 사부님이 살려주신 목숨. 사부님을 위해서라면 내어놓을 수 있습니다. 제 목숨을 받고 수아를 살려주십시오!"

고아로서 한라산을 떠돌던 최강훈이 죽어가는 것을 한진문이 거두어 살린 것은 사실이었다.

하지만 최강훈이 스스로의 목숨을 버리면서 까지 자신을 생각하는 것을 몰랐던 한진문의 눈에는 눈물이 흘렀고 그제야 마음을 정리하였다.

"강훈아… 안 된다. 수아가 아무리 중하다하여도 창창한 네 삶을 포기하게 할 수는 없다! 은인, 사람이 목숨이 필요한 일이라면 수아를 그대로 두시오. 강훈이를 죽일 수는 없소."

최강훈의 다짐을 받은 강민은 미소를 짓고 말했다.

"누가 강훈이를 죽인다고 했습니까?"

"네? 아까 목숨을 받겠다고…."

"목숨을 받겠다는 것은 목숨을 바쳐서 내가 시키는 일을 해줄 사람을 원한 것이오. 목숨을 뺏으려는 것이 아니고."

"아…."

최강훈도 다행이라는 표정으로 말했다.

"수아만 살려주신다면 무슨 일이시든지 시키는 일은 다 하겠습니다!"

"그리 어려운 일은 아니니 걱정 말거라."

강민은 최강훈이 단지 직원으로서 강서영의 경호원을 하는 것을 넘어, 충심으로 강서영을 지키겠다고 생각하는 진정한 수하가 되기를 원했기에 목숨을 운운하며 최강훈에게 확인을 시킨 것이었다.

"누나를 살려준다면 저도 뭐든지 다하겠습니다!"

최강훈의 뜨거운 분위기에 한수강 역시 같은 말을 하였지만 강민은 머리를 쓰다듬으며 말했다.

"너는 얼른 커서 너희 누나를 지키는 것이 앞으로 네가 할 일이겠지."

"네~!"

한수강의 말에 분위기는 다소 완화되었고 강민이 이어서 말했다.

"지금 수아의 상태는 너무 가라 앉아 있으니 제가 진기를 활성화 시켜놓고 가도록 하겠습니다. 일주일 뒤에 돌아올 테니 그때 치료하는 것으로 하지요. 그 때까지는 수아를 그냥 두시면 됩니다."

단숨에 치료하기에는 지금 한수아의 상태가 그것을 받아들일 수조차 없는 상태였기에 일주일의 시간을 두었다.

"감사합니다. 감사합니다. 은인."

강민과 유리엘은 한진문 일행의 인사를 받으며 백록원을 벗어났다.

"민, 개정대법을 펼치려고요?"

"그래 지금 수아의 상태는 그 방법 밖에는 없겠어. 일주일간 가라앉은 선천진기를 띄워 활성화 시킨 다음에 일거에 몸 전체의 악기를 몰아내고 새 기맥을 뚫어서 강화시켜주면 괜찮아 질 것 같아."

최소 화경, 즉 마스터의 단계에 오르지 못하면 힘든 치료법이었고, 마스터라고 할지라도 치료한 이후에는 상당한 후유증이 남는 치료방법이었지만, 강민은 손쉬운 것처럼 유리엘에게 이야기하였다.

숙소를 떠나 마물을 만나고 백록원까지 다녀왔지만 아직 해가 뜨려면 시간이 남았다. 밤바람을 맞으며 천천히 하늘을 날던 강민에게 함께 있던 유리엘이 말했다.

"민, 이왕 이렇게 된 것 수영이나 할까요?"

"수영?"

"그래요. 수영. 예전엔 가끔 했는데 여기 와서는 아직 한번도 못했잖아요."

사람들이 많은 곳을 별로 좋아하지 않은 유리엘이었기에 강민과 유리엘은 종종 아무도 없는 천공의 데이트나 심해의 데이트를 즐기곤 하였다.

그런데 이번 차원에서는 가족과 함께 있고 싶어 하는 강민을 이해하여 둘만의 데이트를 가진 적이 별로 없었다.

유리엘의 말에 강민은 새삼 미안해지며 유리엘의 제안에 동의하였다.

"그러네 정말. 앞으로는 종종 하늘도 날고 수영도 해. 이왕이면 공기 좋은 곳이나 물 좋은 곳을 찾아야겠네. 하하하."

"그래도 제주도 정도면 공기도 물도 괜찮은 편이죠. 호호."

저기 멀리보이는 바다까지 직선거리로는 10 킬로미터가 조금 넘어 보였는데 강민과 유리엘은 눈 깜짝할 사이 바닷가에 도착했다.

바닷가에 도착한 유리엘은 손가락을 튕겨 자신의 옷을 갈아입으며 강민의 옷 또한 수영복으로 바꿨다.

아직 새벽이라 어두워서 일반인들은 아무것도 볼 수 없 겠지만 강민의 눈에는 화려한 붉은 색의 비키니가 너무도 잘 보였고, 그 비키니는 유리엘의 폭발적인 몸매와 어우러 져 만약 누군가가 보았다면 연예인의 화보 속 한 장면이라 고 했을 것이다.

강민 역시 검푸른 빛의 사각 수영팬츠를 입었는데 늘씬 한 키에 탄탄한 근육이 잘 드러나는 상체가 뭇 여성들이 보았다면 한참동안이나 시선을 돌리지 못했을 것이다.

둘은 한번의 도약으로 해변에서 1 킬로미터 이상 떨어 진 곳으로 다이빙하여 거기서부터 수영을 시작했다.

단순한 유흥이었기에 마나를 사용하지 않고 신체의 힘 만으로 수영을 하였지만 그리 힘들이지 않아도 웬만한 배 보다 빠른 속도로 앞으로 나아갔다.

강민과 유리엘은 해변에서 백여 킬로미터 떨어진 곳까 지 수영도 했다 잠수도 했다 하면서 즐겁게 바다 속 데이 트를 즐겼다.

[여기 자연환경이 많이 파괴되었다고 하는데 아직 여기 는 괜찮은 것 같네요.]

[그러네. 나도 이곳의 자연이 많이 훼손되었다고 해서 별로 기대 안했었는데 생각보다 괜찮네.]

제주도의 앞바다는, 아니 앞바다라 하기엔 많이 나왔지만, 해외 휴양지 광고에서 나오는 깨끗한 바닷물 못지않았다.

　바다 속의 다양한 물고기들과 산호 및 해초들이 어지럽지만 자연스럽게 그리고 아름답게 어우러져 있었다.

　한참 동안 수영을 즐기던 둘은 바다 수면에 둥둥 떠서 하늘을 바라보았다. 주위에 인공적인 불빛이 없었기에 검은 하늘 속에서 아득히 반짝이는 별들이 쏟아질 것처럼 눈에 박혔다.

　"아름답네요."

　"그러게. 그리고 평화롭네."

　"그렇죠. 평화롭네요. 여기는."

　삶의 터전에서 치열하게 살아가는 많은 사람들은 평화롭다는 말에 동의하기 힘들 것이지만, 전쟁이 일상사인 과거의 차원들에 비해서 이곳은 상당히 평화로운 곳이었다.

　물론 중동에서는 아직까지 인종과 종교 등으로 전투가 한창이었고 한반도만 하더라도 휴전상태이긴 하였지만, 과거에 있던 차원에서 전 대륙이 전화에 휩쓸려 몇 백년씩이나 전쟁이 지속되었던 것에 비하면 여기는 평화로운 곳이 분명하였다.

　강민과 유리엘은 이 평화를 위해서라도 과도한 힘을 쓰고 싶지 않았다. 전쟁이 심한 차원에서 모두를 힘으로 억눌러서 전쟁을 억제시켜 보기도 하였으나 그것은 오래가지 못했다.

강민이 꾸준히 힘을 쓰지 않는다면 그의 힘을 본 한 두 세대까지가 평화의 한계였다. 그의 힘을 보지 못한 세대에서는 어느새 강민을 추종하는 무리와 반대하는 무리가 세력을 갖추어 또 전쟁을 시작하였기 때문이었다.

이곳도 각종 전쟁 속에서 간신히 형성된 평화였기에 굳이 강민이 나서서 그것을 깨고 싶지는 않았다.

둘은 수면에 떠서 한참 동안 밤하늘의 별들을 바라보았는데, 문득 유리엘이 강민에게 물었다.

"어머님과 서영이에게 마나 수련을 시키지는 않을거에요?"

유리엘의 말에 잠시 생각하던 강민은 나지막이 대답했다.

"…굳이 그럴 필요가 있나 싶어. 제대로 된 수련을 하려면 오랫동안 강한 의지를 갖고 힘들게 수련해야하는데, 행복하게만 지내도 짧은 삶을 그렇게 고행의 길에 나서게 하고 싶지가 않네… 물론 필요하다면 어떻게든 시켜야 할 일이지만 우리가 있는데 그것이 필요할까?"

"하긴 그렇죠…."

강민이 인위적으로 마나를 모아서 마나 수련을 생략하

고 한미애와 강서영의 몸에 마나를 주입하여 단전을 형성할 수도 있었다.

하지만 단기간이라면 모를까 스스로의 의지 없이 외부의 힘으로 가져온 마나는 언젠가는 파탄을 일으키고 말 것이다.

마나 수련의 핵심은 마나를 통제할 수 있는 의지력을 기르는 것이었다. 그 의지력을 만드는 절차를 생략하고 무작정 마나만 퍼 준다면, 어린아이에게 총을 가져다주는 것보다 훨씬 위험한 결과를 가져올 수 있다.

통제되지 않는 마나는 주위 사람을 다치게 할 수 있을 뿐만 아니라, 자기 자신의 기맥까지도 찢어발겨버리는 주화입마로의 지름길이었기 때문이었다.

그렇기에 각성형 능력자들은 폭주를 하는 경우가 많았다. 제대로 된 수련없이 어느날 갑자기 상단전이 열리면서 마나의 힘을 사용할 수 있게 된 각성형 능력자는 올바른 수련을 행하지 않고 그 힘에 취한다면 폭주를 하여 결국 죽음에 이르는 경우가 많았다.

한미애와 강서영 또한 마찬가지였다. 제대로 된 이능력자가 되려면 그 힘에 걸맞는 수련이 당연히 필요하다. 그것이 없이 강민이 주는 힘을 받아만 들인다면 결국엔 통제되지 않는 마나가 주변을, 스스로를 해치고 말 것이다.

물론 강민과 유리엘이 돕고 스스로의 의지가 굳건하다

면 세상 누구보다 빠르게 수련의 성과를 볼 수 있겠지만, 강민은 굳이 그 힘든 수련을 할 필요가 있을까 하는 생각이 더 컸다.

그의 말처럼 가족들의 삶은 유한하였고 행복하게만 살아도 짧은 시간인데 말이다.

"그리고 지금처럼 집에 있는 마나 집적진으로 깨끗한 마나만 받아들여도 충분히 마나 잠재력은 생길 테고 무병장수 할 수 있을 텐데, 굳이 힘든 수련까지 필요하겠어?"

"그래요. 우리가 있는데 굳이 그럴 필요는 없겠죠. 특별한 조치없이 이대로 수명이 될 때까지 둔다면 110살에서 120살 정도까지는 충분히 살 수 있겠죠. 생각해보니 정말 짧은 시간이네요."

"그래 어머니는 앞으로 70년도 채 안 남았고 서영이도 100년도 채 안 남은 짧은 시간이지."

보통사람에게는 평생과 같이 긴 시간이었지만 영원한 삶을 가진 둘에게는 찰나와도 같은 짧은 시간이었다. 강민은 그 짧은 행복 동안 굳이 가족들을 고생시키고 싶지 않았다.

이미 강민의 집에는 유리엘이 펼친 마나 집적진이 있었기에 대자연의 마나가 자연스러운 흐름으로 강민의 집으로 모여 들었고, 그렇게 잠재마나가 쌓인 한미애와 강서영은 잔병 치레 없이 건강하게 지낼 수 있었다.

그 정도의 마나량을 유니온에선 F급이라고 불렀다. 그리고 이렇듯 F급 중에서는 자신이 마나능력자임을 모르는 경우가 더 많았다.

오랜 시간동안 운동을 행하면서 자연스럽게 호흡을 취하다보면 어느샌가 마나가 호흡에 따라 몸에 쌓이고, 특정 동작을 하면 그 미약한 마나를 움직이기도 하였다.

사실 대부분의 이름난 스포츠 선수들은 이렇게 무의식 중에 마나를 움직였고 그로 인하여 일반인들이 보기에는 불가능해 보이는 동작들을 하곤 하는 것이었다.

E급과 F급의 가장 큰 차이는 마나량이 아니라 스스로의 의지로 마나를 컨트롤 할 수 있냐 없냐의 차이였다.

따라서 유니온도 무의식적으로 마나를 쓴다 뿐이지 일반인과 다름없는 F급의 능력자들은 별도로 유니온 멤버로 등록하지도 않았고, 이능세계에 대해서 알리지도 않았다. 당연한 말이지만 일반세계에서 힘을 쓰는 것을 막지도 않았다.

물론 F급 중에서도 성장 가능한 인재라면 유니온에서도 적극적으로 영입하여 가르쳐서 E급으로 만든 후 멤버로 영입하는 경우는 많았다.

결국 유니온이 멤버로 받아들이는 것은 E급 이상이고, 힘에 대한 통제를 하는 것도 E급 이상이었다.

강민과 유리엘이 데이트를 마치고 숙소로 돌아온 것은 날이 밝기 직전이었다. 얼마 지나지 않아 아침이 되자 강서영이 잠옷을 입은 채로 거실로 나왔다.

"하~~암~"

"서영이 일어났어? 어머님은?"

강서영이 일어나기 전에 룸서비스로 가벼운 아침을 준비해 놓은 유리엘은 강서영의 등장에 우유를 따르며 아침 인사를 했다.

"엄마는 피곤하신 가봐요. 근데 오늘도 맛있는 유~러피안식 아침이네요. 매일매일 이랬으면 좋겠다. 히히."

"그래? 그럼 서울 가서도 이렇게 아침 준비하도록 사람 쓰지 뭐. 어려운 것도 아닌데 뭘."

"아. 아네요. 엄마가 집에 사람들 쓰는 거 불편해 하셔서… 그리고 가족들 식사는 엄마가 직접 챙기고 싶으시데요."

"그래? 그러시구나."

강서영과 유리엘이 이야기하는 동안 한미애도 일어나서 간단히 아침을 먹었고, 간단히 짐을 싸서 숙소 근처의 관광지로 이동하였다.

사실 3박4일은 제주도를 모두 돌기에는 턱없이 부족한 시간이었기에 주요 관광지만 둘러볼 수밖에는 없었다.

전용기가 있기에 별도의 비행기 시간이 있는 것은 아니

었지만 오늘은 서울로 가기로 하였으니 점심을 먹고 공항
으로 이동하였다.

"아. 짧다 짧어. 3박4일이 아니라 3.4초 같아."

"서영아. 다음에 또 오면 되니까 너무 아쉬워 말아."

유리엘이 달래는 듯 강서영에게 말을 건내자 강서영이
깜짝 놀란 얼굴로 말했다.

"언니! 다음엔 해외로 가야죠. 해외!"

"올 때는 제주도도 해외라면서. 호호호."

"그렇긴 하지만, 제주도 한번 왔으니 이번엔 여권 들고
가는 진짜 해외도 가고 싶어요. 히히히."

일행이 웃으며 이야기하는 사이에 차량은 공항에 도착
했고, 차량을 반납한 후 왔던 것처럼 전용기를 타고 서울
로 복귀하였다.

❖

"오늘이 일주일째지요?"

"그래, 오늘쯤은 가야지. 별 일 없으면 지금 가볼까?"

"그래요."

강민을 잡은 유리엘은 전에 좌표를 기억해 놓았던 백록
원 앞으로 공간이동을 시행하였다. 일주일 전과 다르지 않
은 백록원의 모습이 보였는데 느껴지는 기척은 네 명이 아

니라 두 명이었다.

한진문과 한수강의 기척이 느껴지지 않았던 것이었다.

강민과 유리엘은 한진문을 부르며 백록원으로 들어갔다.

"한원주님, 강민입니다."

강민의 소리에 한진문이 아닌 최강훈이 나와서 강민과 유리엘을 맞이하였다.

"아. 형님 오셨습니까?"

저번에 회장님이라 부르려던 최강훈을 보고 다음에 볼 때는 형님이라고 부르라했더니, 최강훈은 이렇듯 강민을 형님이라고 불렀다.

하지만 최강훈이 강민을 부르는 목소리는 비감에 젖어 있었다. 최강훈의 옷차림만 보아도 한진문의 상황을 알 수가 있었다. 최강훈은 상복을 입고 있었기 때문이었다.

"한원주님 돌아가신 거냐?"

강민의 말에 다시금 터져나오려는 울음을 꾹 참고 최강훈은 대답하였다.

"네. 형님."

"어찌된 일이지? 그 때 분명히 한 달 정도는 충분히 버틸 수 있는 상태였는데. 혹시 다시 마물이 출현한 것이냐?"

"아닙니다. 수아가 갑자기 발작하려하여 그걸 막으려

진원까지 쏟아 부으셨다가 이틀 전에 타계하셨습니다. 흐흑…"

강민에게 이야기 하던 최강훈은 다시금 그 때 생각이 났는지 결국 울음을 참지 못하고 약간 흐느꼈다.

"허… 그냥 두었다면 수아의 상태가 갑자기 나빠질 리가 없을 텐데… 그럼 수강이는 어디로 간거냐?"

"수강이는 죄책감에 집을 나갔습니다."

"죄책감이라면…."

최강훈의 이야기에 따르면 강민이 서울로 돌아가고 난 뒤 이틀째 되던 날, 선천진기를 활성화시킨 한수아의 상태가 안 좋아 보였다고 한다.

그 말을 들은 강민은 일시적인 명현 현상임을 바로 알았으나, 당시 한수아를 지키고 있었던 사람이 한수강인 것이 문제였다.

아직 17살 밖에 되지 않아 관련 지식이 짧은 한수강은 한수아의 상태가 절맥증 때문에 안 좋아졌다고 판단하여 기존에 먹던 포션과 약재를 투여한 것이었다.

하지만 활성화 된 선천진기와 약 기운이 상승작용을 일으켜서 시기가 도래하지 않았는데 선천진기가 급속히 활성화 되며 그 기운을 쏟아내 버리기 시작한 것이었다.

급격히 커지는 한수아의 선천진기에 그녀의 상황을 알아챈 한진문과 최강훈이 그 방으로 달려왔지만 이미 상황은 걷잡을 수 없을 정도였다.

최강훈은 이런 사안에 대한 지식이 짧았기에 어쩔 수 없이 몸이 좋지도 않은 한진문이 한수아의 상태를 바로잡으려고 하였다.

결국 한진문은 얼마 남지 않은 자신의 선천진기까지 모조리 동원하여 한수아의 선천진기에 고삐를 매었고 전과 같은 상태로 돌릴 수 있었는데, 그 과정에서 한진문의 선천진기는 모두 소모가 되어 결국엔 숨을 거둘 수밖에 없었다고 한다.

그리고 이 모든 것이 자신의 탓이라 생각한 한수강은 최강훈이 말릴 새도 없이 집을 나서서 돌아오지 않았기에, 지금은 최강훈과 한수아 둘만 남게 된 것이었다.

"사부님은 수강이의 탓이 아니라고… 제게 수아와 수강이를 잘 부탁한다는 마지막 말씀을 남기고 돌아가셨습니다… 수강이도 그 말을 들었지만 자신의 탓이라 생각하는지 편지 한 통만 남기고 나가 그 이후로 아직도 돌아오지 않고 있습니다…"

최강훈의 입장으로서는 한수아를 돌보아야 했기에 한수강을 찾으러 갈 수조차 없었으리라.

한수아는 늘 정신을 잃고 있는 것은 아니었지만 하루에 몇 시간도 채 움직이지 못하고 거의 자리에 누워 있었고, 강민이 선천진기를 활성화 시킨 다음엔 가수면 상태로 일주일을 누워만 있어야 했기에 옆에서 돌보아 줄 필요가 있었던 것이었다.

"허⋯."

강민은 짧은 한탄을 표했다. 백록원의 운명은 참으로 기구하였다. 천년이 넘는 오랜 역사가 있었지만 일제 강점기이후 쇠락하다, 일본 이능집단의 공격으로 명맥만 유지하는 힘든 시기를 겪었는데 지금은 그 명맥조차 간당간당한상황이 된 것이기 때문이었다.

"일단 수아부터 치료하고 보자."

백록원의 기구한 상황에도 한수아가 이렇게 강민을 만나 기회를 가진 것은 행운이었다. 강민이 없었다면 약물로좀 더 연명하다가 그리 오랜 시간이 지나지 않아서 기맥이끊겨 죽을 운명이었기 때문이었다.

한수아의 상태는 한진문이 마지막 불꽃을 태워 원래대로 돌려놓아서 그런지 치료하기에 적합한 상태였다.

강민은 한수아의 옆에 서서 그녀를 바라보았고, 침대 위의 그녀는 강민의 가슴 부근까지 천천히 떠올랐다.

한수아는 지금 가수면 상태로 지금 상황을 아예 기억 못하지는 않을 것이다. 아마 한진문이 운명을 달리하고, 한수강이 떠나간 것도 어렴풋이 알 수 있었을 것이다.

그렇기에 강민은 낮지만 강한 어조로 한수아에게 이야기 했다.

"아버지의 죽음을 헛되게 하고 싶지 않다면, 마음 단단히 먹어라."

강민은 한수아의 눈꺼풀이 살짝 떨리는 것을 볼 수 있었고, 공중에 떠오른 그녀의 이마와 배에 한 손씩 얹고 기맥의 움직임을 파악해 갔다.

강민이 한수아를 자세히 살펴보니 한수아의 기맥은 세 맥들은 이미 많이 끊어져 있었고 대맥 또한 매우 약해져 있었기에 이대로 가다가는 성인이 되기도 전에 목숨을 잃었을 상황이었다.

절맥증 중에서도 매우 중증에 해당하는 심각한 절맥증이었다.

이내 활성화 시킨 선천진기가 미약하게 이어진 대맥을 흐르는 것이 느껴졌고, 강민은 한수아의 몸, 특히 그 대맥을 통로로 하여 오른손과 왼손의 마나를 맹렬히 회전 시켰다.

미약했던 대맥을 강민의 마나로 보호하며 막혀 있던 대맥을 뚫어내기 시작하였다. 동시에 끊어진 세맥도 강민의 마나로 임시로 이은 다음 막힌 곳을 뚫어내었다.

한수아는 가수면 상태였지만 모든 맥의 막힌 곳이 뚫렸고, 끊긴 곳이 이어져 융통무애한 상태라는 것을 깨달을 수 있었다.

한수아의 기맥이 제 상태를 잡으면서 한수아 체내의 나

쁜 기운이 검은 땀으로 분출되기 시작했다. 처음엔 약간 배어나오는 정도였지만 점차 옷을 적시며 나중엔 뚝뚝 흐르며 침대까지 검게 적셨다.

한참동안 한수아의 전체 기맥을 대주천 시켜 몸의 악기까지 내쫓은 강민은 보호했던 기맥 하나하나에 자신의 마나를 스며들게 하여 기맥을 강화시켜 주었다.

건강한 체질이었다면 단지 막힌 기맥을 뚫어내는 개정대법만으로도 충분히 효과를 볼 수 있을테지만 한수아는 맥 자체가 끊기거나 약한 상태였기 때문에 맥을 살려야 했다.

아마 단순한 마스터였다면 이 치료에만 자신의 기 대부분을 소모하여야 했을 것이고, 진원조차 상처를 입을 수도 있는 상황이었지만 강민은 큰 힘을 들이지 않고 치료를 마쳤다.

강민의 손이 한수아의 머리와 배에서 떨어지자 한수아는 천천히 원래 자리로 돌아갔다.

치료를 마치며 가수면 상태에서 깨어났는지 침대에 내려오자마자 누워있던 한수아는 억지로 몸을 일으켜 강민에게 인사를 하였다.

"살려주셔서 감사합니다."

하지만 고개를 숙여 말을 끊낸 한수아는 다시 고개를 들지는 못했다. 고개를 숙인 상태로 어깨가 들썩거리는 것이 분명 한진문의 죽음에 엮인 일을 알고 있는 것 같았다.

"흐…흑…흑…."

옆에 서있던 최강훈은 그런 한수아를 가만히 앉아주었다.

강민이 치료를 마치고 유리엘과 함께 대청에 앉아 있은
지 얼마 되지 않아, 상복을 벗고 티셔츠와 면바지의 평상
복을 입은 최강훈이 봇짐을 싸들고 나왔다.

"너도 평상복이 있구나."

"네. 누님. 가끔은 시내로 나가기도 하는데 도복은 너무
눈에 띄니까요. 사부님 말씀도 있었으니 수아가 나오는 대
로 떠나시죠."

"수강이는 어쩔 생각이냐?"

최강훈의 차림을 보고 강민이 물었다.

"수강이는… 예전부터 외골수적인 성격이 있었지요. 아
무리 자기 책임이 아니라고 해도 스스로가 그렇게 여긴다
면 스스로 납득이 되는 상황이 되기 전까진 돌아오지 않으
려 할 겁니다."

"그렇지만 아직 아이 아니니?"

"누님, 저도 처음엔 찾아서 데려가려고 했는데, 편지에
쓰인 글을 보고나니 그럴 수가 없었습니다…."

한수강이 집을 나서며 쓴 편지에는 아버지, 즉 한진문은
자신의 탓이 아니라 하였지만, 한수강 자신은 아버지를 그

렇게 죽게 만든 스스로를 용서 할 수 없다고 하며, 자신이 아버지 영전에 떳떳한 사람이 될 수 있을 때까지는 나타나지 않겠다고 쓰여 있었다.

그리고 쌍둥이 누님인 한수아를 잘 부탁한다고 하였다.

"떳떳한 사람이라는 이야기를 했으니, 아마 나쁜 생각은 하지 않을 것 같습니다…."

"그래. 수강이도 마음고생이 많겠구나."

사실 강민과 유리엘이 한수강을 찾으려면 못 찾을 것도 없었지만, 보호의 책임을 받은 최강훈이 그렇게 판단한다면 그의 의지를 존중해주기로 하였다.

그리고 17살은 어리다면 어린 나이이지만 스스로 하고자 한다면 못할 것도 없는 나이였기 때문이었다.

그들이 이야기 하는 동안 한수아가 나왔다. 아까 몸의 악기 때문에 악취가 일었기에 샤워를 한다고 다소 시간이 걸렸는데, 창백했던 예전의 얼굴에 혈색이 돌아서 보기 좋은 얼굴빛을 하고 있었다.

한수아 역시 전에 입고 있던 헐렁한 베옷이 아닌 하늘색 원피스의 평상복을 입고 있었는데, 황소처럼 큰 눈망울과 집안에만 있어 하얀 얼굴이 인상적이었다.

가느다란 몸매에 허리정도까지 내려오는 까만 생머리가 한눈에 보아도 미소녀라 할 만했다. 물론 유리엘에 비할 바는 아니었지만 말이다.

"아까는 경황이 없어서 제대로 인사도 못드렸는데 다시 인사드리겠습니다. 한수아라고 합니다. 살려주셔서 감사합니다."

한수아는 다시금 허리를 꾸뻑 숙이며 인사를 하였다. 강민은 한수아를 두 번째 보지만 한수아는 강민을 처음 보는 것이나 다름없었다.

"강훈아, 수아에게 이야기 했어?"

"네, 누님. 수아도 상황은 잘 알고 있습니다… 수강이 건도 어렴풋이 알고 있는 걸 제가 아까 말해줬습니다…."

"그래? 수아야. 괜찮겠어? 이렇게 살던 곳을 떠나야 하는데 말이야."

"네… 이제는 아버지도 안 계시고… 수강이도 없으니까요… 그리고 건강해졌으니 학교도 다녀야 하잖아요."

한수아는 슬픔을 머금은 얼굴로 애써 웃음 지으며 유리엘에게 말했다.

❖

순간이동으로 최강훈과 한수아를 집으로 데려온 강민과 유리엘은 그날 저녁 가족들에게 그들을 소개하였다.

강민의 소개에 강서영이 반문하며 말했다.

"그러니까 여기 이 여자아이는 오빠 지인의 딸이고, 이 청년은 그 분 제자라는 거야?"

"안타깝게 세상을 떠나시면서 애들을 내게 맡기셨지."

애라고 하기에 최강훈은 이미 성인이었지만 최강훈은 긴장하고 있어 아무 말도 하지 않았다.

간단한 사정을 이야기한 강민은 가족들에게 최강훈과 한수아를 인사시켰다.

"자, 인사하렴. 여기는 내 어머니시고, 이쪽은 내 동생."

"안녕하십니까!"

"안녕하세요."

긴장했는지 큰 목소리를 낸 최강훈과 부끄러웠는지 작은 목소리를 낸 한수아가 대비되어 웃음을 자아냈다.

한미애는 그런 둘은 인자한 미소로 맞이하였다.

"저는 여기 민이 엄마인 한미애라고 해요. 아버지께서 돌아가셨다니 얼마나 상심이 크겠어요. 우리집에서 편히 쉬어요."

강서영도 한수아의 귀여운 모습에 호감이 갔는지 환영하며 말했다.

"반가워 수아야. 난 오빠 동생 강서영이라고 해. 혹시 몇 살이야?"

"열일곱살이에요…."

"아 그렇구나. 그런데 그 쪽은 나이가…?"

겉모습으로 보기엔 누가 더 나이가 많은지 알 수 없었기에 강서영은 말끝을 흐리며 최강훈에게 물었다.

"스물두 살입니다."

"난 스물세 살이니 누나라 부르렴. 히힛."

"네. 누님."

"엥? 누님 말고 누나. 누님은 너무 나이 들어 보이잖아."

"네. 누님. 아. 누나."

"호호호~"

그렇게 최강훈과 한수아는 강민의 가족과 함께 하게 되었다. 한미애와 강서영은 강민에게 구체적인 사정까지는 묻지 않았다.

강민의 잃어버린 10년부터 시작해서 KM그룹을 세우고, 강서영과 한미애를 지킬 수 있는 특별한 힘까지, 세상에는 그녀들이 모르는 많은 일이 있다는 것을 알 수 있었다.

하지만 필요한 부분이 있다면 그렇게 강민이 알려줄테니 굳이 먼저 파고들어 강민을 곤란하게 하고 싶지는 않았다.

그녀들이 강민을 생각하듯 강민 역시 언제나 가족을 생각한다는 것에는 의심할 여지가 없었으니 말이다.

5장. 공세

NEO MODERN FANTASY STORY & ADVENTURE

현세귀환록

5장. 공세

　일본 전통의 다다미방에서 일본 전통의복을 입은 흰머리의 70대 노인과 선이 가늘게 생긴 30대 중년인이 이야기를 나누고 있었다.

　"사이토는 아직 연락이 안되느냐?"

　"네, 사부님."

　야먀토의 회주인 야스오는 오늘도 사이토를 찾았다. 벌써 사이토가 한국에 간지 한 달이 넘었는데 아직 연락 한번 없었기에 야스오는 대제자인 슈운스케를 불러서 사이토의 행방을 확인하였다.

　원래부터 천방지축이었던 사이토는 회주이자 아버지인 야스오의 말조차 잘 듣지 않았지만, 일주일에 한번 있는 가족 식사자리에는 꼭 나왔다.

하지만 벌써 몇 번이나 그걸 건너뛰고도 아무런 연락도 하지 않았기에 야스오는 사이토의 행방을 확인하게 된 것이었다.

사실 사이토가 한국에 간 것을 알게 된 것도 처음 가족 식사에 참석하지 않아서 알아보니 한국에 갔다는 것을 알 수 있었다.

수련에 집중한다고 대부분의 일은 유키오 장로에게 맡겨 놓았더니 이런 사소한 일은 보고조차 되고 있지 않았던 것이었다.

한국에 간 것을 알고난 뒤로는 한국이니 곧 돌아오겠지 라고 생각했지만 계속 가족식사에도 빠지면서 한 달이나 연락이 안 되자 다소 걱정이 되기 시작했다.

아무리 C급에 오른 능력자이지만 야스오에게는 철모르는 천방지축 아들일 뿐이었다.

야스오는 다소 걱정스러운 말투로 슈운스케에게 말했다.

"분명 별일 아니라고 하지 않았느냐."

"네, 저도 그렇게 알고 있었습니다. 한국 야쿠자의 가벼운 요청에 응해서, 며칠 놀다 온다고 생각했는데 어찌된 영문인지 아직도 연락이 안 되고 있습니다."

"음… 한국 야쿠자는 어떤 곳이냐?"

"일광회라는 조직입니다. 조직의 규모는 그리 크지 않지만, 회장인 이일광은 한국에서 저축은행을 갖고 있는 재력가라고 합니다. 이능과는 무관한 일반인 조직입니다."

처음엔 가벼운 일이라 생각했기에 어떤 일인지 자세히 알아보지도 않았지만 이렇게 오래 연락조차 안 되니 살짝 걱정되기 시작한 야스오는 슈운스케를 통하여 좀 더 자세한 정보를 파악하여 하였다.

"그 가벼운 요청이라는 건 무엇이지?"

"일광회에 문제가 생겼는데, 이일광이 그와 예전부터 알고지낸 카도쿠라구미에 칼 잘쓰는 애들을 한둘 요청했던 것 같습니다."

"그런 곳에 왜 사이토가 갔지?"

"일광회에 빚을 씌워 두고, 우리 야마토의 힘을 제대로 보여주려 했기에 유키오 장로님은 카도쿠라 칼잡이 애들 대신 우리 야마토에서 D급으로 두세 명 보낼 생각이었습니다. 어차피 일반인 수준에서는 그 정도면 충분하니 말입니다."

"그렇겠지."

"그런데 사이토가 자신이 가겠다고 자원을 하여 가게 된 것입니다. 사이토가 이번에 깨달음을 얻어 C급으로 올라선지 얼마 안 되었지 않습니까. 아마도 자신의 실력을 과시하고자 자원했던 것 같습니다."

"사이토가 혼자 간 것이냐? 수행원도 없이?"

수행원도 없냐는 부분에서 잠시 망설인 슈운스케였지만 이내 아무 일도 아니라는 식으로 대답하였다.

"사부님도 사이토 녀석 성격 잘 아시지 않습니까? 필시 그 녀석 귀찮다고 붙여준 수행원도 떼놓고 출발 했을 것입니다."

슈운스케의 말에는 이상한 점이 없었다. 다만 자신이 대부분의 일을 유키오에게 맡겨 놓았다하지만 아들이 움직이는 것 정도는 말해주었어야 하지 않았나라는 생각이 잠시 들었다.

하지만 굳이 그 생각은 언급하지 않고 슈운스케에게 말했다.

"어쨌든 사이토 소식을 다시 한 번 알아보거라. 알게되면 즉시 내게 보고하고."

"네. 알겠습니다. 사부님."

야스오가 있는 다다미방을 나온 슈운스케는 입술을 깨물며 생각했다.

'대체 어떻게 된 것이지… 준이치가 처리한 것도 아니라 하는데… 실종이라니… 살아있는지 죽었는지를 확인해야 다음 단계로 넘어갈 텐데….'

최강훈은 강민이 계획했던 대로 KM 가드에 들어가서 강서영의 특별 경호원이 되기로 하였다.

처음에는 목숨을 걸고 해야 할 일이 무엇일지 고민하며 무척 긴장하고 있었으나, 그 일이 강서영의 경호라는 말에 약간 맥이 빠진 최강훈이었다.

하지만 천성이 진지한 최강훈은 이내 마음을 고쳐먹고 진지한 자세로 임무를 대하였다. 자신은 수아를 살려주면 목숨을 내어준다는 약속을 하였고 강민은 수아를 살려 그 약속을 지켰다.

이제는 자신이 그 약속을 지킬 차례였다.

최강훈의 능력은 어떤 경호원보다 뛰어났으나 경호에 대한 기본적인 지식이 부족하여 KM 가드에서 한 달간의 특별 훈련을 받았다.

하지만 C급에 이른 최강훈은 그의 능력을 절반도 보이지 않았음에도 불구하고 그의 신체 능력에 모든 경호원들이 경악을 금치 못했다.

한 달간의 훈련이 끝난 최강훈은 35살의 배테랑 여 경호원 이은실과 한조를 이루어서 강서영의 경호를 시작하였다.

사실 재벌 2세들도 특별한 행사를 제외하고 일상생활에

서까지 경호원을 붙이고 다니지는 않았다.

강서영 역시 KM그룹 설립 초창기에 많은 기자들이 들러붙는 바람에 경호원을 두었던 것이지 특별히 경호 자체가 필요해서 경호원을 둔 것은 아니었다.

처음에는 그룹이 안정권에 들어가면 강서영의 경호원도 모두 돌려보낼 계획이었다. 그러나 강서영의 납치 사건으로 인하여 경호는 더욱 더 필요하게 되었다.

강서영의 납치 사건 이후 KM 가드에서는 강서영의 경호에 대한 큰 경각심을 느끼고 10여 명의 경호원을 상시적으로 붙이려 하였다. 하지만 강민은 그런 경호원들을 불필요하다고 돌려보냈다.

특별한 행사도 아닌데 일상생활에서 10명의 경호원이 지속적인 경호활동을 한다면 일상생활 자체가 힘들어질 것이었고, 사실 강서영의 안전에는 문제가 없었기 때문이었다.

대신 KM 가드 입장에서는 절충안으로 최강훈과 다른 여성 경호원만 한명 붙이기로 하였다.

강서영의 납치라는 큰 사건을 겪은 다른 경호원들은 이의를 제기하였지만, 그들 역시 최강훈의 실력을 보고 난 뒤에는 별 말을 하지 않았다. 최강훈 혼자서 원래 투입하려던 10여 명의 경호원을 제압했기 때문이었다.

"누나, 이제 어디로 가나요?"

다른 경호원들은 과묵함을 원칙으로 하였는지 항상 조용하고 묵묵히 강서영이 가는 곳을 따랐는데, 최강훈은 아직 초보여서 그런지 아니면 강서영과 친분이 있어서 그런지 종종 그녀에게 이것저것을 물었다.

처음에는 이런 최강훈의 행동에 이은실이 주의를 주었으나, 강민이 최강훈의 후견인으로 강서영과 한집에서 같이 살고 있다는 사실을 안 이후에는 굳이 최강훈의 행동을 막지 않았다.

후견인으로 한집에 산다는 것 자체가 강민가족이 최강훈을 고용인이 아니라 가족과 같이 생각하고 있다는 의미였기 때문이었다.

또한 최강훈이 그런 포지션에 있다는 것은 그럴 일은 없겠지만 위험한 상황에서 강서영이 고집을 부릴 때 최강훈이 그 친분을 이용해서 좀 더 안전한 경호를 할 수 있겠다는 생각을 하였기에 그리 부정적으로 보지도 않았다.

강서영 또한 한집에 사는 동생같은 최강훈을 다른 경호원처럼 대하기는 불편하였기에 이렇듯 말을 걸어주는 것을 더 편하게 생각하였다.

"오늘 수업 끝났으니 이제 집으로 가려고 해. 근데 강훈이 넌 대학 안가고 싶어? 너만 가고 싶다면 내가 오빠한테 말해서 그냥 다른 경호원으로 바꿔달라고 말해줄게."

"대학은 괜찮아요. 수련할 시간도 모자란데요 뭘."

한진문은 백록원의 종지를 일부러 최강훈에게 전해 주지 않았다. 한진문의 유언에는 백록원을 부탁한다는 이야기는 없었던 것이었다.

한진문 그 자신의 삶을 돌이켜 보았을 때, 사부님이 비명에 가고 자신이 백록원을 이은 이후 한순간도 자신을 위해 살지 못했고 한순간도 쉬지를 못하였다.

처음에는 그도 복수심에 가득차서 헤이안 복수하고 싶었지만 능력은 되지 않았고, 자신은 물론 자신의 딸조차 절맥증으로 죽어가고 있는 입장이었기에 백록원의 부흥과 복수는 자신에게 무거운 굴레이기만 하였다.

그 굴레를 최강훈에게 물려주고 싶지는 않았기에 백록원 천년의 역사는 자신의 손으로 닫기로 하였고, 최강훈은 스스로 오롯히 서기를 바랐다.

굳이 백록원의 원한을 갚아달라고 하지도 않았다. 자신이 느꼈던 절망과 고난을 최강훈에게 겪게 하고 싶지는 않았기 때문이었다. 다만 한수강과 한수아가 성인이 될 때까지만 돌보아 주기를 바랐을 뿐이었다.

하지만, 최강훈 스스로는 자신이 백록원의 37대 원주라는 자각이 있었다.

한진문이 최후의 순간에는 마음을 달리먹고 백록원을 닫겠다 하였지만, 10살 어린 나이에 한진문에게 구해져서

10년이 넘도록 백록원의 대제자로서 교육을 받아온 최강훈은 한진문이 타계한 지금 당연히 스스로가 백록원의 원주라는 생각을 하고 있었다.

"그래 밤마다 고생이겠더라."

"고생은요. 가끔 민이 형님께서 막혔던 부분에 대해서 가르침을 주셔서 제주도에 있을 때보다 훨씬 실력이 빨리 늘고 있는 것 같아요."

강서영도 이제 자세히는 몰라도 초인적인 힘을 사용하는 세계가 있다는 것 정도는 알고 있었다. 그랬기에 최강훈의 수련이 그에게는 중요하다는 것도 알았다.

"대학이 필요 없다면 내가 오빠한테 말해서 그냥 너 수련에 집중하게 하면 안 될까?"

"누나. 진짜 괜찮아요. 지금 제가 이 정도도 하지 않으면 형님께 얼굴을 들 수도 없을 것 같아요.

"네가 왜 얼굴을 못 들어?"

"누나를 지키는 일에 제 목숨을 드리기로 했는데, 이 정도는 당연히 해야죠."

또래의 남자가 목숨을 바쳐 자신을 지킨다는 이야기를 진지한 표정으로 하자, 순간 강서영은 얼굴이 화끈거렸다.

최강훈은 강서영의 표정을 보지 못했는지 말을 이었다.

"그리고 밤에 하는 수련으로도 충분해요. 또 형님께서 집은 안전하니까 집에 있을 때는 자유롭게 수련하라고 했으니까요. 그것만으로도 충분하지요. 뭐든 무작정 시간만 많이 투자한다고 좋지는 않잖아요. 하하."

최강훈은 강서영보다 한 살이 어렸지만 그 눈 속에 담긴 슬픔의 깊이는 나이답지 않았다. 다부진 몸과 훤칠한 키와 함께 우수에 젖은 듯한 그의 눈은 그리 잘생긴 얼굴은 아니었지만 남자답게 생긴 최강훈의 매력을 돋보이게 하는 마력이 있었다.

얼굴이 화끈거리며 잠시 가슴이 두근거려 부끄러운 마음이 드는 강서영에게 때마침 전화가 오며 어색한 상황을 벗어날 수 있었다. 물론 어색한 감정은 아직 강서영 혼자 느끼고 있었지만 말이다.

휴대전화의 액정에 뜬 이름은 백지호였다. 최강훈의 말에 갑자기 얼굴이 화끈거렸던 강서영은 잘되었다는 생각으로 평소보다 더 쾌활하게 전화를 받았다.

"선배~ 무슨 일이에요?"

[또 선배야? 오빠라고 하라니까?]

"아. 오빠 헤헤. 아직 입에 붙지가 않아서요. 근데 무슨 일이에요?"

[뭐 우리가 무슨 일이 있어야 연락하는 사이야? 하하.]

"음… 그런 사이 아니었어요? 난 그런 줄 알았는데…."

[서영아~ 섭섭하다 섭섭해. 내가 너 곤란한 상황도 해결해 주었는데. 이렇게 말하기야?]

강서영의 정색에 백지호는 애써 과장된 말투로 섭섭함을 표시했다.

"농담이에요 오빠. 히힛."

[그… 그렇지?]

"근데 진짜 아무 일 없이 연락한 거에요?"

[아. 별일은 없고 시간 되면 밥이나 먹자 하려고. 어때?]

"음. 그렇게 해요. 어차피 저도 수업이 끝나서 집에 갈까 하는 중이었거든요."

[그래 그럼 학교 정문에서 보자. 더 스시 어때?]

"괜찮아요. 그럼 좀 있다 봐요."

전화를 끊고 정문으로 가니 백지호는 미리 거기서 기다렸는지 손을 흔들며 강서영을 맞이 하였다.

강서영이 다가오면서 뒤에서 따르던 최강훈과 이은실 또한 보였는데 눈썰미가 좋은 백지호는 강서영의 경호원이 바뀐 것을 알아차렸다.

"서영아~ 여기~"

"오빠. 빨리 도착했네요."

"그럼 어떤 분 만나는데 내가 기다려야지 하하. 근데 경호하시는 분들 바뀌신 거야?"

"아. 네. 일이 좀 있어서…."

강서영의 납치 사건은 이슈화 시키지 않아서 다들 모르고 있었다. 김한모 기자가 자신도 피해자라며 언론에 알려야 된다고 방방 뛰었지만, 나중에 강민과의 단독 인터뷰를 잡아 준다는 말로 무마 시켰다.

전에는 30대 중반의 남성과 여성이었는데 지금은 여성의 나이대는 30대 중반이지만 남성은 20대 초반으로 보여 눈길을 끌었다.

20대 초반이라면 상식적으로 생각했을 때 경험이 적어서 경호가 용이치 않을 것이기에 백지호는 약간 의아한 감정도 들었다.

호기심이 생긴 백지호는 굳이 그 호기심을 감추지 않았다.

"이 분은 경호 하시기에 연배가 낮아 보이는데⋯."

"아. 강호는 오빠 지인 제자인데 그 분 돌아가시면서 우리 집에서 같이 살고 있어요. 우리 오빠가 후견인 해주기로 했다 하더라구요."

"민이 형님이 후견인이라고? 근데 왜 경호를⋯."

"저는 괜찮다는데 강훈이가 오빠랑 약속이라면서 고집하네요. 고집불통이에요. 아. 인사해요. 여기는 제 경호해 주시는 두 분이구요. 저쪽은 아는 오빠에요."

강서영의 아는 오빠라는 말에 백지호는 또다시 섭섭한 표정을 지었지만 최강훈과 이은실이 인사를 해 오기에 같이 인사를 하였다.

"안녕하세요. KM 가드의 이은실이라고 합니다."

"안녕하십니까. KM 가드의 최강훈입니다.

"아. 저는 백지호라고 합니다. 민이 형님, 아니 강민 회장님과 친분이 있어서 이렇게 서영이하고도 알게 되었지요. 우리 서영이 잘 부탁드립니다."

백지호는 이은실과 최강훈과 각각 악수를 나누었는데, 특히 최강훈과 악수할 때 그를 유심히 보았다.

백지호 역시 선이 굵게 생긴 남자다운 타입이었지만, 십 년이 넘게 수련만 해온 최강훈과 비교할 수는 없었다.

단순 운동을 위한 격투기 등과 헬스장을 다녀서 갖춘 백지호의 몸과는 질적으로 다른 실질적인 근육과 기세가 최강훈에게서 느껴졌다.

최강훈의 다부진 몸과 왠지 모를 슬픔이 있어 보이는 깊은 눈이 백지호에게는 인상적이었다.

백지호가 최강훈을 살펴보고 있을 때 강서영의 말이 분위기를 환기했다.

"우리 서영이? 내가 언제 오빠 서영이가 됐지? 흥."

"민이 형이 나보고 널 잘 돌봐주라고 했으니, 동생이나 마찬가지 아니겠어? 그러니 우리 서영이지. 하하."

"우리 오빠가 선배한테 그런 말을 했다구요? 우리 오빠가 그럴 리가 없는데 확인해봐야겠다."

당연히 거짓말이었기에 뜨끔한 백지호는 과장되게 손을 저으며 되려 강서영을 뭐라고 했다.

"민이 형 바쁜데 그런거 물어보지 말고. 근데 너 또 오빠가 아니라 선배라 했어!"

"아. 맞다. 너무 그렇게 몰아붙이지 마요. 그럼 계속 선배라 부를 꺼에요!"

"미안 미안. 한번 봐주라. 하하하."

식사는 강서영과 백지호만 한 것이 아니라 최강훈과 이은실 또한 같이 하였다. 경호원과 한 상에서 같이 식사를 하는 것은 드문 일이나 강서영이 권하였고 백지호 역시 최강훈에 대해서 더 알고 싶어 같이 식사를 하자고 하였다.

식사를 할수록 백지호는 강서영이 은근 슬쩍 최강훈을 보는 일이 많다고 생각했다. 아마 그것을 알아차린 것은 백지호 자신이 강서영에게 집중을 하고 있어서 일 것이다.

이아현이 그간 자신을 보는 시선이 지금 자신이 강서영을 보는 시선과 같았을까라는 의문이 들면서 마음 속으로 쓴 웃음을 지었다.

강서영의 그런 행동과 함께 최강훈이 단순한 경호원이 아니라 강민 지인의 제자로 한집에서 같이 사는 사이라 생각하자, 백지호는 왠지 모를 질투의 감정이 생기는 것 같았다.

다만 아직 최강훈은 강서영에게 그런 감정을 느끼는 눈치가 아닌 것 같아서 다행스러운 일이지만, 귀엽고 매력적인 강서영에게 호감을 느끼지 않을 사람이 없을 거라는 생각을 하니 마음을 놓고 있을 수만은 없다는 생각이 들었다.

'아직은 내가 한 발 앞선 것 같지만, 한 집에서 산다면 곧 어떻게 될지 모르니….'

⁘

KM그룹 산하 기업인 KM 마트에서는 오늘도 연신 회의였다. 30대 후반의 김진성 과장은 조사결과를 50대 초반의 최홍식 부장에게 보고했다.

"부장님, 또 경쟁사에서는 할인 행사를 진행한다는데요?"

"경쟁사 어디?"

"SL하고 홈마트하고요."

김진성 과장의 보고에 옆에 앉아있던 40대 초반의 대머리 황규복 차장이 말을 덧붙였다.

"이번엔 ABC는 빠졌네?

"ABC 는 얼마 전에 했었잖아요. 지금 돌아가면서 하는 것 같아요. 담합이 있는 것 같기도 하구요."

"근데 그래서 납품업체들이 버틸 수나 있겠어? 벌써 하반기만 해도 세 번째잖아."

최홍식 부장의 말에 황규복과 비슷한 연배로 보이는 조동일 차장이 말을 받았다.

"설마 그 회사들이 자기들 마진율 깎아서 하는거야? 그렇지 않고서는 납품업체들 반발도 상당할건데?"

"걔네들이 자기들 마진율을 깎을 리가 없죠. 그냥 납품업체 반발 무시하고 강행한다더군요."

"왜 그렇게까지 하는거야?"

"왜긴 왜겠어요. 우리 때문이지요."

"우리가 왜. DC 때랑 다른 것도 없잖아."

지금 회의에 참석 중인 김진성 과장이나, 황규복 차장, 조동일 차장 및 최홍식 부장은 KM 마트의 전신인 DC 마트 때부터 근무했던 직원들이었다.

김진성 과장의 말에 다른 직원들은 상황을 이해하는 듯했으나, 최홍식 부장은 나이가 들어서 그런지 상황파악이 다소 늦었다.

그래서 황규복 차장이 상황을 잘 모르는 최홍식 부장에게 상황을 설명했다.

"부장님도 참… 이젠 모기업이 있잖아요. 예전에야 모기업도 없는 조그만 유통사가 세상물정 모르고 덤빈다는

인식이었지만 지금은 KM그룹이 버티고 있으니 자기들도
부담이 되겠지요."

사실 DC 마트의 정책은 KM 마트로 인수된 지금에도
크게 바뀐 것은 없었다. DC 시절에도 사장인 황대창이 건
전한 유통구조를 만들고 싶다는 일념으로 시작하여 납품
업체를 후려치는 시장 관행을 DC 마트에서는 막았고, 그
로 인해서 타사보다 수익률이 많이 낮았었다.

황대창 사장은 자신이 앞장서서 이렇게 나선다면 점차
적으로 올바른 유통 구조로 나아 갈 것이라고 생각했지만
그것은 타사에서 생각한 것처럼 순진한 생각이었다.

업계의 관행은 생각보다 견고했고, 강한 유통망과 자
금력을 동원한 빅 3의 공세에 매출액은 나날이 떨어져갔
다.

이것이 누적되다 보니 점포별 수익률은 점차 떨어졌고
적자를 보는 점포도 있었다. 그리하여 결국 황대창은 사업
자체를 포기하고 KM그룹에 DC 마트를 넘기게 된 것이었
다.

하지만 이제 DC 마트가 KM그룹의 품에 안기면서 이야
기는 달라졌다.

일단 점포의 개수부터 거의 두 배 가까이 늘어났는데,
DC 마트 시절에는 전국 점포가 50여개로 유통 빅3인 SL
마트나 홈마트, ABC 마트의 점포수의 절반 정도 밖에 되

지 않았다.

그러나 KM그룹에서 DC 마트를 인수한 이후 전국 브랜드가 아닌 지역 브랜드 업체의 점포를 인수하고, 체인이 아닌 개별 점포 등을 인수하여 지금은 다른 유통 빅3에 버금가는 점포수를 가지게 되었다.

이런 점포 개수에 모기업인 KM그룹의 자금력까지 등에 업은 KM 마트는 이제 세상물정 모르는 조그만 유통사라고 보기에는 힘들었다.

자칫 잘못하면 업계의 모든 관행들을 뒤흔들 폭탄이 될 수도 있었기에 유통 빅3에서는 대규모 할인을 통해 KM 마트의 수익률을 줄여 결국엔 KM그룹에서 유통업을 포기하도록 만들 계획이었던 것이었다.

그래서 3사에는 돌아가며 대규모 할인행사를 계획하고 각종 사은품 등의 고객을 끌어 모을 수 있는 수단을 강구하였다.

물론 고객들은 이런 조치를 환영했다. 상품을 할인해서 살 수 있었고 사은품도 받을 수 있었으니, 하지만 납품업체는 죽을 맛이었다.

시장의 관행상 행사는 하면 마트에서 전적으로 부담을 지는 것이 아닌 납품업체와 공동으로 부담을 지는 것이기 때문이었다. 아니 오히려 납품업체에 더 많은 부담이 가는 경우가 훨씬 많았다.

심한 경우에는 하도 쥐어 짜내다보니 제품을 납품하면서 수익이 아니라 손실을 보는 경우마저도 발생하였다.

하지만 그런 상황에서도 '을'인 납품업체가 '갑'인 대형마트에다 따질 수는 없었다. 잘못하면 대형마트라는 큰 유통 라인하나가 날아가 버리기 때문이었다.

그래서 결국 울며 겨자 먹기로 대형마트의 요구를 따를 수밖에 없었고, 그것이 심해지다가 도산하는 업체마저도 있었다.

지금 KM 마트에서는 과거 DC 시절처럼 납품업체의 후려치기가 없는 유통사였다. 그랬기에 많은 납품업체들은 KM 마트와 거래하기를 원하였다.

문제는 DC 시절처럼 KM 마트의 수익이 타사에 비해서 많이 낮다는 것이었다. 할인행사가 적으니 매출액 자체가 적었고, 할인행사를 하더라도 업체를 쥐어 짜는 것이 아니라 자신들의 마진율을 깎아서 진행하니 수익률 또한 타사에 비해서 낮다는 악순환이 있기 때문이었다.

최홍식 부장 또한 유통사에 있은지 30년이 다되어가는 상황이었기에 황규복 차장의 설명에 그 뜻을 바로 이해하였다.

"아. 하긴… 근데 계속 이러다가 DC 때처럼 KM그룹도 유통업 포기하는 거 아냐?"

"저도 그게 걱정이에요. 그래서 드리는 말씀인데 부장

님께서 본부장님께 건의를 해보시는 게 어떻겠습니까?"

최흥식 부장이 이해하는 듯하자 황규복이 약간 은근한 말투로 최흥식에게 말을 하였다.

"어떤 건의?"

"너무 업체와 상생만 주장하지 마시고 어느 정도는 시장관행을 따르자구요. 지금 빅3처럼 너무 쥐어짜는 것도 문제겠지만, 지금처럼 우리만 업계 관행 무시하고 독야청청하다가는 조만간 회사 또 넘어가는 건 문제도 아니지 않겠습니까?"

"음… 황차장 말도 일리는 있네. 이제 사장님도 바뀌었으니 내가 한번 건의를 해보겠네."

"네, 부장님. 부장님만 믿겠습니다. 지금 점주 회의하면 다들 난리가 아니에요. 위에서 반대하면 점주회의 한번 가보라고 해보세요."

"그래 그래. 김과장도 수고 많았어. 다들 좀 더 고생하고. 오늘 회의 결과는 내가 본부장님께 보고 드리도록 할 테니, 김과장은 업무보고 형태로 서류 꾸며서 가져오게."

김진성 과장이 업무보고서를 만들자마자 최흥식 부장은 곧장 경영 본부장실로 올라갔다. 김대영 경영본부장 역시 막힌 인물은 아니었기에 최흥식 부장이 하는 이야기를 경청해 주었다.

"최 부장 이야기는 내 잘 알겠네. 하지만 회사의 아니 그룹의 방침이라는 것이 있네. 회장님께서는 수익성이 떨어지더라도 정도 경영을 원하셨지. 어찌보면 전임 사장님과도 일맥상통한 경영 철학인 것이야. 하긴 전임 황사장님도 그랬기에 KM그룹에 DC 마트를 매각한 것일테지만 말일세."

김대영 본부장 역시 DC 마트 때부터 있던 인물이라 회사의 경영철학은 잘 알고 있었다. 그리고 그 역시 너무 허황된 철학은 아닌가 하는 의구심 또한 있었다.

"하지만 본부장님. 각 점포별로 수익률이 너무 떨어져 있습니다. 지금도 빅3 인근의 점포중 30%정도는 적자로 들어갔다더군요."

"음… 납품업체를 짜는 방식은 안될 것 같고, 매출액을 올리기 위해서 추가적인 할인행사는 보고해 보도록 하지."

"판매촉진비 부담비율은 어느 정도로 할까요? 관행상 50% 정도는 업체 부담으로 하는데 말입니다. 사실 50%가 법적 최고 한도인데 심한 곳은 60~70%까지도 한다고 합니다."

"아니야. 그렇게까지 할 수는 없겠지. 지금은 판매촉진비 부담비율이 어떻게 되나?"

"지금은 품목별로 다르지만 20~30% 정도지요."

"일단은 그 수준에서 진행하자고. 내 자네 보고가 아니었더라도 한번쯤은 윗선의 의중을 다시 파악해보려 했다네. 이렇게 계속 적자가 나다가 KM 도 DC처럼 마트를 포기한다고 하면 그게 더 큰 낭패 아니겠나."

"맞습니다. 본부장님."

김대영 본부장 역시 일선 직원들이 하는 고민을 하고 있었다. 그 역시 또 회사가 넘어가길 바라지는 않았다.

KM그룹이야 DC 의 경영철학을 이어받아 감원없이 그대로 사업장과 직원들을 인수하며 오히려 더 공격적인 투자로 점포를 늘렸으나, 만일 KM그룹에서 유통업을 포기하여 다른 업체에서 다시 KM 마트를 인수한다면 감원이 이루어지지 않는다는 보장이 없었다.

실제로 M&A는 인력 절감을 통한 비용절감이 기초가 되므로 대량감원을 동반하는 것이 오히려 더 자연스러울 것이다.

그렇기에 어느 업체가 인수하던지 대량감원은 반드시 있을 것이고 그 규모만이 다소 차이가 있을 것이다.

이러한 사실은 KM 마트 사장을 거쳐 장태성 전략기획실장에게까지 올라갔고 결국 장태성은 강민에게 보고를 하러 회장실에 들어왔다.

"회장님, KM 마트 건 때문에 드릴 말씀이 있습니다."

"무슨 내용이죠?"

"지금 점포별 수익률이 크게 저하 되어 있고, 몇몇 점포

222　現世　2
　　　歸還錄

에서는 적자가 발생하는 경우도 있다고 합니다."

"이유는요?"

강민은 당연히 장태성이 그 이유도 파악하고 있으리라 생각하고 물었다.

"유통 빅3 업체에서 할인행사를 평소보다 더 빈번하게 하여 우리 매출액이 큰 폭으로 감소했다는 것이 표면적 이유입니다."

"표면적 이유가 그것이라면, 실질적 이유도 있겠군요."

"네. 실질적인 이유는 DC 마트 때부터 이어왔던 납품업계와의 상생 노력이지요."

"음… 우리가 그런 DC 마트의 경영철학을 보고 그 곳을 인수한 것 아니었나요?"

"네, 맞습니다. 하지만 타사들은 업계의 관행대로 납품업체를 쥐어짜지만, 우리는 그러지 못하고 있어 수익률 자체가 크게 낮은 상태에서 매출마저 떨어져버리니 적자폭이 크게 발생한 것입니다."

장태성은 이어 가지고 온 보고서를 강민에게 보여주며 정확한 수치를 통하여 현재의 상황을 다시 한 번 설명하였다.

그 설명을 들은 강민은 장태성에게 물었다.

"그래서 지금 장실장님이 하고자 하는 말씀은 우리도 업계의 관행을 따라야 한다는 말씀이신가요?"

"회장님의 경영철학은 저도 잘 알고 있으나 KM 마트에 한해서는 좀 완화시키는 것이 어떨까 하는 생각입니다."

장태성의 대답에 강민은 가만히 장태성을 바라보았다. 심연을 바라보듯 깊은 강민의 검은 눈동자에 장태성은 왠지 압도당하는 느낌이어서 아무 말도 하지 못했다.

가만히 장태성을 바라보던 강민은 이내 말을 이었다.

"장실장님은 제 경영철학을 잘 안다 하시는데, 제 경영철학을 몸에 체화 시키지는 못하셨네요. 아직 옛날 방식처럼 생각하시는 것 보니 말입니다."

"옛날 방식이라면…."

"전 분명히 말했었죠. 돈 때문에 하는 사업이 아니라구요. 돈을 벌고자 했다면 아까 말한대로 그런 기업들 M&A 하는게 빠르다는 것에는 장실장님도 동의하지 않았습니까."

"그…그랬지요… 그래도 만약에 장기간 적자가 난다면… 사업 자체를 유지하기 힘들지 않겠습니까? 만약 회장님의 경영철학상 관행을 따를 수 없다면 차라리 사업 구조조정을 통해서 KM 마트는 매각하는 것은 어떻겠습니까?"

장태성은 강민에게 지속적인 적자를 볼 바에는 매각을 통한 구조조정을 권했다. 사실 이것이 지극히 당연한 사고방식이었다.

어느 누가 지속적으로 적자만 안기는 사업을 계속해서 영위하려 하겠는가. 하지만 강민은 달랐다.

장태성의 말에 보고자료를 잠시 훑어보던 강민이 말했다.

"관행도 따르지 않을 것이고, 매각도 없습니다."

"회장님!"

"장실장님이 제가 파산할까봐 걱정이신 것 같은데, 지금 KM그룹 규모의 회사는 열 개도 더 만들 수 있으니 걱정 마시고 일단 제 말대로 진행하시죠."

지금 KM그룹에 강민이 투자한 돈은 초기 자본금에 중간중간 또 다른 M&A 등 더 필요한 자금을 투입하여 물경 20조원이 넘는 돈이었다.

그런 KM그룹을 10개나 더 만들 수 있다니, 장태성은 강민의 재력을 과소평가하고 있었다는 생각을 하였다.

"어떻게 하시려고⋯."

"누가 살아남는지 한번 해봅시다. 그렇다고 하더라도 납품업체를 쥐어짜는 일은 없을 겁니다. 판매촉진금 부담률은 지금과 같이 유지합니다. 아니 여력을 봐서 좀 더 낮추지요."

"더 낮추신다구요?"

"네, 그리고 지금은 할인 행사의 할인 폭이 경쟁사 보다 낮은데, 앞으로는 더 크게 해서 매출 증대에 최선을 다하십시오. 경쟁사가 따라온다면 더 낮추십시오."

"여력이 있을지… 그런데 그렇게 하면 적자폭이 더 커질 텐데요."

"관계없습니다. 다만 직원들에게 이걸 지시해 주세요. 어차피 그 빅3 업체들도 납품업체를 쥐어짜는 것에는 한계가 있을 겁니다. 브랜드 상품은 일정이상의 손해를 보려 하지 않을테니 정도이상의 과한 할인을 지속적으로 할 수는 없을 것이고, 결국 그쪽에서 마지막까지 쥐어짜내는 곳은 PB 상품이겠죠."

"네, 그럴 수밖에는 없을 것입니다."

"그렇다면 그 쪽 PB 납품업체에 연락을 취해서 굳이 적자를 보지 말고 우리 쪽으로 옮기라 하십시오. 물량은 우리 쪽에서 충분히 소화해 줄테고, 판매촉진 부담도 원래 업체의 반도 안 될테니 기꺼이 옮길 것 같네요. 아마 마트 측에서는 유연성을 높이려고 계약도 기간단위로 한 곳 보다는 물량 단위로 했을 가능성이 높으니 우리랑 계약하는 것이 그리 어렵지는 않을 것 같군요. 아, 굳이 그 쪽 계약을 해지하지 않더라도 우리와도 같이 계약을 체결만 해도 지금 상황에선 그쪽을 포기하고 우리 쪽으로 올 것 같군요."

장태성은 건설로 흥했다가 망한 인물이었기에 유통 쪽은 잘 몰랐지만 강민의 말은 유통쪽에는 큰 지식이 없는 장태성이 듣기에도 합리적이었다.

"회장님 말씀은 타사의 PB 상품을 제작하는 모든 업체를 말씀하시는 것입니까?"

"그렇습니다. 만일 자금이 필요한 곳은 우리가 대출이나 지분투자도 가능하다고 해주세요. 지분투자를 한다면 오히려 우리와 계약할 좋은 명분이 되겠군요."

"그런 영세업체들에게 지분투자나 대출을 시행했다가 부도나는 회사도 매우 많을 것입니다."

"부도나는 회사는 우리가 인수해버리십시오. 100개 중에서 20개만 살려서 큰다면 남는 장사일 겁니다. 그리고 우리가 굳이 납품업체를 쥐어짜내지 않는다면 더 많이 살겠죠. 어떻습니까?"

"마… 말씀은 맞지만…."

"맞는 말이면 그대로 행하세요. 빅3 업체의 우리 KM마트 길들이기가 끝날 때까지는 각 영업점은 수익기준으로 평가하지 않겠습니다. 수익 대신 매출액으로 평가하지요."

매출액만으로 평가를 한다는 것은 상당히 위험한 기준이었다. 예를 들어 가격을 터무니없이 낮추는 덤핑 판매를 하면 매출액은 올라갈테지만 수익성은 더 떨어질 것이다.

결국은 팔면 팔수록 손해가 나는 구조가 될 수 있음에도 강민은 그것을 강행하기로 한 것이었다.

"또한 경쟁업체의 PB 납품업체를 우리와 계약시키는 건수에 따라서 별도의 성과급도 지급하기로 하겠습니다."

이건 누워서 떡먹기나 마찬가지인 상황이었다. 울고 싶은데 뺨때려주듯이 원래 거래 업체의 횡포를 간신히 견디고 있는 기업에게 훨씬 더 나은 조건의 KM 마트에서 계약을 하고자 한다면 어느 업체가 하지 않으려고 하겠는가.

"네, 알겠습니다. 회장님."

"그리고 하나 더 있습니다."

"어떤…?"

장태성은 의문가득한 표정으로 강민을 바라보았다.

"직원들이 KM 마트의 적자폭이 커지면서 고용에 대한 불안이 많다고 보고서에 쓰여져 있군요."

"네, 아무래도 파견직이나 계약직이 많은 유통업계 구조상 점포가 적자를 보면 그런 직원들이 가장 먼저 불안감을 느끼는 것이 사실입니다."

"직원들을 불안하게 할 필요는 없지요. 이번 기회에 전 계약직 및 파견직에 대해서 정규직원으로 채용하도록 합시다."

지금처럼 비정규직이 만연한 기업경영 환경에서 전직원의 정규직화는 엄청난 선언이었다.

"회장님! 그건 너무 과하지 않겠습니까? 모두가 정규직이 된다면 요즘처럼 급격하게 경영환경이 변하는 상황에

서 유연하게 인력 운용을 할 수가 없을 것입니다. 노동 유
연성의 저하는 기업 체질 자체를 변화에 적응하기 힘든 경
직된 기업으로 만들 수 있습니다. 다시 한 번 생각해 주십
시오."

장태성의 말은 지금 경영환경 상 정답에 가까운 이야기
였다. 법이 비정규직, 즉 계약직과 파견직을 인정하는데
회사가 나서서 그들을 보호해줄 필요는 없었다.

그들을 보호하면 할수록 회사의 수익이 떨어지니 오히
려 보호하기 보다는 필요한 만큼만 쓴 다음 쳐내고 버려야
할 존재로 보는 것이 일반적인 경영 상식이었다.

하지만 굳이 강민은 그런 경영상식을 지킬 필요가 없었
다. 수익창출이 가장 우선인 일반회사와는 다른 목적으로
경영을 하고 있었기 때문이었다.

"장실장님은 좀 더 제 경영철학에 대해서 숙지하시는
것이 필요할 듯 하네요. 누누이 말씀드리지만 수익 추구를
가장 우선에 놓고 생각하지 마십시오. 저는 돈 때문에 사
업을 하는 것이 아닙니다."

"그… 그렇지만…."

"물론 계약직이나 파견직 근로자들이 정규직이 된다면
노동의 유연성은 떨어지겠지요. 하지만 그만큼 우리가 얻
는 것도 많습니다. 직원들의 안정과 그에 따른 업무 생산
력 향상. 가장 큰 것이 우리 KM그룹의 이미지 개선이지

요. 그것을 위해서면 다소간의 비용은 충분히 감당하지요. 그리고 우리 KM그룹은 크지 않습니까. 만약 해당 사업부에서 적응을 못하면 다른 사업부로 이동 할 수 있도록 조치하여 적재적소라는 말에 맞는 인력운용을 하면 크게 문제는 없어 보입니다."

수익의 추구라는 대전제만 지우고 본다면 강민의 말이 틀린 것은 하나 없었다. 물론 일반기업체에서는 그 대전제를 지우기 힘들겠지만 말이다.

"치킨 게임을 벌려보자는 건데… 누가 오래 버티나 한번 봅시다. 하하하."

6장. 습격

NEO MODERN FANTASY STORY & ADVENTURE

현세귀환록

6장. 습격

"쥰이치, 나다."

[네, 대사형.]

"아직도 사이토의 행방은 못 찾은 것이냐?"

[죄송합니다. 지금은 일광회도 다 와해된 상태라 다시 하나씩 짚어가며 찾고 있는 중입니다.]

"빠른 시일 안에 사이토의 행방을 찾지 못하면 사부님 이 이번 일을 전면적으로 다시 검토할 수도 있어. 그러기 전에 결론을 지어야 할거야."

[네, 대사형.]

슈운스케가 사이토의 행방을 찾는 일에 이토록 적극적 이었던 것은 애초에 사이토가 일광회를 도우러 한국으로 넘어간 것 자체가 그가 꾸민 일이었기 때문이었다.

사건의 시작은 회주의 망나니 아들인 사이토가 갑자기 C급에 오른 것부터 시작되었다.

천방지축에 안하무인인 사이토는 회주의 아들로 후계자 군에는 속해 있지만 실력이 D급에 그쳐 대제자인 슈운스케나 이제자인 준이치에 비해서 존재감이 미미하였다.

장자 승계의 원칙을 갖고 있긴 하였지만 C급도 안 되는 사이토에게 후계자의 지위를 줄 것이라고는 아무도 생각하지 않았기 때문이었다.

하지만 사이토가 C급에 오르면서 이야기는 달라졌다. 샤이닝 소드를 쓸 수 있는 C급은 D급과는 질적으로 다른 단계였다.

사이토가 C급이 되자 수면에 가라앉았던 장자승계의 이야기가 나오며 사이토는 급속히 야마토의 후계자 후보로 거론되기 시작하였다.

물론 B급 대제자인 슈운스케가 있었으나 야마토 내의 원로들은 장자승계의 원칙을 내세웠고 그 원로들의 입김이 생각보다 강했기 때문에 대제자인 슈운스케의 후계자 자리가 위험해 질 수도 있는 상황이었다.

이에 위기감을 느낀 대제자인 슈운스케는 사이토를 제거할 계획을 세웠고, 실권을 쥐고 있는 유키오 장로 역시 천방지축에 안하무인인 사이토 보다는 슈운스케가 야마토의 발전에 도움이 된다고 판단했기에 슈운스케의 계획를 적극 도왔다.

유키오 장로가 가장 중요하게 생각하는 것은 장자승계의 고리타분한 원칙보다는 야마토의 발전이었기에 이런 판단을 할 수 있었던 것이었다.

또한 이제자인 쥰이치 역시 어릴 적부터 회주의 아들이랍시고 자신과 항상 트러블이 있었던 사이토를 제거하는 일에 적극적이어서 이 일에 동참하게 되었다.

결과적으로 사이토가 카도쿠라구미의 일에 자원한 것은 맞지만 그 과정에는 유키오 장로와 슈운스케의 부추김이 상당히 들어갔다.

최근 C급에 올라 자신감이 붙어 있던 사이토는 한국진출의 교두보가 될 수 있다는 부추김과 함께 일광회에서 지급한다는 5억엔에 넘어가 한국으로 넘어갔던 것이었다.

원래 계획은 사이토가 한국에 가면 몰래 그의 뒤를 따른 쥰이치가 일광회의 일을 마친 사이토를 처리하고 그 책임을 한국의 이능단체에 덮어씌운다는 것이었다.

그리고 아들의 죽음에 분노한 야스오의 주도하에 야마토가 회주 아들의 복수를 한다는 명목하에 한국 진출을 추진하는 것으로 마무리되는 계획이었다.

하지만 이 모든 것이 사이토가 갑자기 실종이 되면서 수포로 돌아갔다.

사이토가 한국에 들어가서 일광회와 접촉한 것까지는 파악했는데, 그 후 사이토를 처리하러 그를 뒤따라간 쥰이치에게서 들은 이야기는 사이토의 행방이 요원하다는 것이었다.

그래서 지금도 쥰이치는 한국에 남아 사이토의 행방을 수소문하고 있는 실정이었다.

"휴~"

전화를 끊은 쥰이치는 한숨을 내쉬었다.

왼쪽 볼에 있는 긴 칼자국 같은 흉터가 인상적으로 보이는 쥰이치는 검은 머리를 올백 스타일로 모두 넘기고 깔끔한 검은 정장을 입고 있었다.

쥰이치는 깔끔한 옷차림과 함께 날렵한 몸매에 눈매가 좁고 날카로운 것이 치밀한 성격으로 보였는데, 보이는 것처럼 완벽주의를 지향하는 그의 성품에 슈운스케는 그를 믿고 사이토의 뒤를 치는데 보냈던 것이었다.

하지만 사이토가 실종된 이후 슈운스케는 치밀하다는 그의 평가를 다소 의심하고 있는 상황이었다.

그것을 느끼고 있는 쥰이치는 다시 한 번 사이토가 남긴 흔적들을 하나하나 짚어가고 있었다.

'조폭간의 단순 세력싸움이 아니란 이야긴데…'

처음에는 이일광의 요청을 조폭간의 단순 세력싸움 정

도로 생각했던 준이치였으나, 이일광의 행태를 하나씩 쫓다보니 그것이 아님을 알 수 있었다.

이일광은 자신이 가지고 있던 일광저축은행의 전 지분을 정리하고, 집이나 땅의 부동산 역시 급매로 다 정리해버렸다.

또한 일광회가 영역으로 삼고 있던 구역 또한 측근들에게 다 할당하여 불곰파 등으로 다 정리해버렸던 것이었다.

'모든 걸 현금화하고 한탕하고 튈 생각이었던 것 같은데…'

이일광의 아들은 미쳐서 정신병원에 있다고 하는데 원래 있었다던 창신 정신병원에 가보았더니 어디로 이송되었는지 알 수조차 없었으며, 이일광 역시 사이토와 함께 그 날 이후로 행방불명이었다.

혼자서는 더 이상 흔적을 찾기는 무리라고 판단한 준이치는 전부터 친분이 있던 불곰파의 불곰에게 이일광을 찾기 위한 협조를 얻어야겠다고 판단했다.

방계까지 다 치면 수백 명의 조직원을 자랑하는 한국에서 3대 폭력조직에 들어가는 불곰파라면, 인력을 동원하여 적극적인 수색이 가능할 것이었기 때문이었다.

처음부터 불곰을 찾지 않았던 것은 최대한 일을 은밀하게 처리해야한다는 지시에 따른 것이었는데, 이제는 은밀함 보다는 신속함이 더 중요하게 되었기에 불곰을 이용해야겠다고 마음을 먹었던 것이었다.

"쥰이치. 한국에는 어쩐 일이오?

"철민, 도움이 필요하다."

"하. 천하의 쥰이치가 도움이 필요하다니, 이 일개 조폭인 이철민한테 말이야. 세상이 뒤집어 진 것 아닌가 싶네. 하하하하."

"이번 도움으로 자네와 나 사이의 빚은 없는 것으로 하지."

쥰이치가 빚을 운운하자, 불곰 이철민의 기세가 달라졌다. 날선 칼을 보듯이 날카로운 기세로 다시 쥰이치에게 반문하였다.

"정말이오?"

"그렇다. 사무라이는 한 입으로 두말하지 않지."

"원하는 것이 무엇이오?"

"일광회의 이일광의 행방과 그와 함께 있던 일본인 사이토에 대한 정보."

일광회라는 말에 이철민은 눈을 반짝였다.

"좋소. 야! 쌍칼 들어와봐."

이철민의 부름에 문밖에서 대기하고 있던 조직원 한명이 응접실에 들어왔다. 얼굴에 칼자국이 있는 깍두기 머리의 전형적인 조폭에게 이철민은 지시를 내렸다.

"여기 쌍칼이 이일광의 조직 일광회에서 얼마 전·우리

에게 넘어온 인물이지. 쌍칼, 여기 준이치상의 질문에 충실히 대답하도록."

이철민의 말에 준이치는 쌍칼에게 질문을 하기 시작했고, 쌍칼은 이철민의 지시에 따라서 준이치의 질문에 성실히 대답하였다.

쌍칼이 대답을 못하는 질문에 대해서는 다른 수하를 불러서 대답하게 하였고, 그 대답들을 종합해본 결과 이일광의 마지막 행적으로 추정되는 곳을 찾을 수 있었다. 사이토 역시 정황상 그와 함께 있었던 것으로 생각되었다.

어느 정도 윤곽이 나오자 불곰은 쌍칼에게 말하여 이일광의 마지막 행적이 드러난 곳으로 준이치를 안내하도록하였다.

그리하여 결국 도착한 곳은 서울 외각의 이일광의 별장이었다. 준이치는 쌍칼과 불곰이 보내준 운전사를 차에 두고 혼자 내려 별장 안으로 들어갔다.

별장은 관리하는 사람이 없는지 마당에 잡초가 무성히 돋아나 있었고, 문도 잠궈놓지 않아 손쉽게 집안으로 들어갈 수 있었다.

청소한 흔적도 몇 달이 넘어보였는데, 거실과 부엌에는 먹다 남은 음식들이 상한채로 식탁위에 있었다.

준이치는 먼저 가장 큰 규모인 안방으로 들어갔는데 그곳에는 여행을 떠나려는 듯 잠겨있는 캐리어가 있었고 그

위에는 군청색 코트가 올려져 있었다.

코트를 살피던 준이치는 안에서 이일광의 여권과 밀항 일정이 메모 된 쪽지를 발견할 수 있었다.

'역시, 이일광은 밀항하려 했던 것 같은데… 캐리어나 여권도 챙기지 못하고 사라졌다니 어떻게 된 것이지?'

방을 나온 준이치는 자세하게 별장의 이곳저곳을 살펴 보았는데 그 중 한 방에 들어갔을 때 눈을 번뜩였다.

"이것은!"

사이토의 캐리어였다. 사이토의 옷가지가 캐리어 위쪽에 널 부러져 있었기에 한눈에 알 수 있었다.

사이토가 이곳에 머물렀다가 사라졌음을 확인한 준이치는 샅샅이 방을 수색하였는데, 사이토가 있었다는 사실이 외에는 사이토의 실종에 대한 더 이상의 정보는 없었다.

답답한 마음에 다시 마당으로 나온 준이치의 눈에는 새로운 것들이 보이기 시작했다.

처음에 올 때는 별장 안에 관심을 두었기에 잡초가 무성한 마당은 자세히 보지 않았었는데, 별장의 계단 위에서 마당을 내려다 보자 한눈에 싸움이 있었다는 것을 알 수 있었다.

잡초풀이 무성하게 돋아난 사이사이로 부러진 각목이나 휘어진 쇠파이프, 널부러진 사시미 칼들이 눈에 띄었다.

싸움이 있었다는 사실을 확인 준이치는 마당으로 내려

가 잡초 사이사이의 바닥을 좀 더 자세히 살폈는데, 결국 그는 마당의 한 곳에서 끝이 부러져 있는 사이토의 일본도를 찾을 수 있었다.

"이거다!"

모든 게 수작업인 야마토의 일본도는 각 일본도마다의 특색이 있었지만, 사이토의 일본도를 한눈에 알아본 것은 손잡이인 검병 부분 하단에 묶어놓은 붉은 색 끈 때문이었다.

죽은 사이토 어머니의 유품과도 같은 것이었기에 주변에서 그것을 달고 다니는 것을 좋지 않게 보았음에도 사이토는 꼭 자신의 일본도에는 끈을 달고 다녔다.

그런 사이토였기에 이렇게 자신의 일본도를 챙기지도 못하고, 아니 그 끈도 챙기지도 못하고 그의 일본도를 끈과 함께 부러진 채로 방치했다는 것은 사이토가 치명상을 입었거나, 죽었다고 보아도 괜찮을 듯 하였다.

이일광 또한 처음에는 종적을 감추었다는 것을 알고 사고를 치고 밀항을 했다고 판단했으나, 싸움의 흔적과 정리되지 않은 집, 사이토의 일본도까지 놓고 보니 그들 역시 죽었다고 보는 것이 타당한 결론이었다.

문제는 이일광과 사이토가 누구와 싸웠냐 하는 것이었다.

C급 능력자인 사이토의 일본도를 부러트린 존재가 있었다면 그 역시 분명 C급이상은 되었을 것이다.

그렇다면 일반인 조폭사이의 다툼과는 한참 거리가 있어진 상황이었기에 별도의 보고가 필요하다고 판단한 준이치는 슈운스케에게 전화를 걸었다.

"대사형, 준이치입니다."

[그래, 사이토 찾았느냐?]

"사이토는 아마 죽은 것 같습니다."

[죽어? 누가 그랬느냐? 그런데 아마라니? 확인 하지도 못하는 이야기를 하는 것이냐?]

슈운스케의 당연한 의문에 준이치는 자신이 확인한 정황을 말했다. 특히 C급의 사이토를 죽인 사람이나 단체가 있을 것이라는 부분을 강조했다.

[음… 확실히 일리가 있어… 그런데 대체 누가 그런 것이지?]

"그 부분은 아직 알 수가 없었습니다. 하지만 분명 이능단체가 개입되어 있음이 분명합니다."

[당연한 말이겠지… 천왕은 아닐 테고… 설마 백두?]

"백두일맥은 최근 활동이 없었지 않습니까?"

[그래도 모를 일이지… 어쨌든 좋다. 어차피 사이토는 죽을 운명이었구나. 누가 그랬는지는 차차 밝혀볼 문제이고 사이토의 죽음도 확인했으니 다음 단계로 가야겠구나.]

"다음단계라면…"

애초의 계획에 따르면 다음단계는 사이토의 죽음을 야

스오에게 알리고, 복수를 천명하는 단계였다.

[그래, 사이토의 부러진 검 정도면 사부도 인정하는 증거가 될 수 있을 것이야. 사이토의 복수를 천명해서 한국에 진출할 때가 온 것이지.]

"그럼 백록원이 가지고 있는 제주도의 웜홀 포인트를 다시 노리는 것입니까?"

[그래, 십여 년 전 어쩔 수 없이 포기해야 했었던 제주도의 고정 웜홀 포인트를 이번에는 가져올 수 있을 것이야.]

"이번엔 한국의 이능단체들도 섣불리 막을 수 없겠지요?"

[죽은 후계자의 복수인데 그들도 막기에는 부담스러울 것이야.]

"그렇겠지요."

[당시 백록원에서 탈취한 신물 등이 있으니 내가 그곳에 사람을 보내 백록원에서 한 짓이라는 증거를 만들 것이다. 준이치, 넌 사이토의 검을 갖고 있다가 증거물과 함께 귀국하거라.]

"네, 대사형."

✢

"뭐야! 사이토가 죽어!"

"네, 사부님. 사이토가 남긴 일본도를 보면 그의 죽음

말고는 설명할 방법이 없습니다."

예상대로였다. 사이토의 죽음을 알게된 야스오는 쥰이치가 가져온 증거에 불같이 격노하며 말을 제대로 잇지 못하였다.

"… 누가 그런 것이냐."

"쥰이치가 가져온 증거를 분석해 본 결과, 10여년전 우리가 공격했던 백록원의 짓으로 판명 되었습니다. 아마 우리가 그 때 공격했던 것에 대한 복수를 한 것이 아닌가 합니다."

사실 이런 조작 증거는 조금만 더 상황을 찬찬히 알아보면 여러 허점을 발견할 수 있었으나 이미 머리 꼭대기까지 분노에 찬 야스오는 그것을 알아볼 생각조차 하지 않았다.

"…쇼군께 보고하고 출전하겠다. 실행조를 준비 시키거라."

"네! 사부님."

고개를 숙이며 대답하는 슈운스케의 입에는 회심의 미소가 번졌으나 야스오는 알아차리지 못하였다.

헤이안의 쇼군에게 보고를 한 야스오는 백록원의 정벌을 명했다.

백록원을 정벌하고 10년 전 취하지 못한 제주도의 고정 포인트를 취하겠다는 천명을 하였다.

하지만 야마토가 제주도에 도착하면서 뭔가 잘못되었다

는 것을 알아차릴 수 있었다.

야스오를 비롯한 야마토의 정예 20여명이 백록원에 도착하니 이미 백록원이 있던 장원은 폐허가 되어 있었고, 급하게 고정 웜홀 포인트 쪽으로 가보니 그곳은 이미 유니온에서 나온 요원들이 지키고 있었던 것이었다.

"슈운스케! 어찌 된 일인 것이냐!"

뜻밖의 상황에 슈운스케 역시 당황하여 말을 잇지 못하였다. 이미 멸문지경에 있는 백록원이었기에 별도의 척후를 운용하지 않고 소수 정예로 급습을 계획했던 것이었는데 이런 상황이 벌어져 있어 슈운스케도 제대로 된 대답을 하지 못하였다.

또한 국제적 분쟁은 유니온에 사전 통보하는 것이 관례였지만 관례는 관례일뿐 그것을 지키지 않는 경우도 많았다. 특히 이번에 유니온 한국지부에 통보하지 않은 것은 정보통제 차원에서였다.

만일 미리 정벌 사실을 알려주었다가 그 사실이 백록원에 새어나가 그들이 도망을 치거나, 조력자를 구한다면 괜한 피를 흘릴 수도 있었기에 일단 점거를 하고 유니온 한국지부에 통보를 해서 승인을 받을 생각이었다.

그러나 백록원이 이 포인트를 유니온에 반납한지 몇 달이 넘었다는 요원들의 말에 야스오를 비롯한 야마토의 정예들은 망연자실할 수밖에 없었다.

하지만 유니온의 요원들과 이야기 해본 결과 백록원이 폐쇄된 시기를 보니 사이토가 죽은 시기와 비슷한 것이 백록원에서 사이토를 죽인 후 야마토의 복수가 두려워 잠적했다고 야스오는 최종적으로 판단했다.

슈운스케의 입장에서는 제주도의 포인트는 차지하지 못했지만, 차기 후계자로 거론되던 사이토를 해치울 수 있었기에 소기의 목적은 달성했다 할 수 있었기에 내심 미소를 짓고 있었다.

고정 포인트를 떠나 야스오와 슈운스케 일행은 혹시나 싶어 다시 백록원으로 돌아온 왔다.

야스오와 슈운스케가 정벌을 위해서 데려온 수하들은 최하가 D급의 능력자로 야먀토에서는 살행조라고 불리는 정예들이었다.

하지만 그들이 뽑은 칼은 쓰여 지지도 못하고 칼집에 곱게 꽂혀 있었다.

분노를 풀지 못한 야스오는 백록원의 현판을 보다가 안면을 굳인 채로 옆의 수하에게 명했다.

"당장 저 꼴도 보기 싫은 장원을 불 질러 버리거라!"

"네!"

야스오의 분노에 씩씩하게 대답한 수하는 이내 장원의 여기저기에 불을 놓았고 장원의 곳곳은 어느새 불길이 오르기 시작했다.

그 때였다. 야마토의 수하 한 명이 장원 위를 바라보며 손가락질 하며 외마디 말을 외쳤다.

"저…저기!"

그 말을 신호로 모두가 하늘 위를 바라 보았는데, 하늘 위의 허공에는 선남 선녀의 두명의 남녀가 떠있었다. 강민과 유리엘이었다.

"이건 웬 놈들이야. 보니까 일본놈들 같은데."

"그러게 말이에요. 혹시나 수강이가 돌아올까 싶어서 마나 감지기를 깔아놓았더니, 잡것들이 왔네요. 그냥 두고 볼랬더니 장원에 불까지 지르다니 말이에요."

둘의 등장과 함께 번지려던 불은 일순 꺼져서 연기만 날렸는데, 야마토의 살행조는 그것이 둘의 소행이라 생각하지는 못하였다.

다만 야스오만이 둘의 등장에 따른 기파로 인하여 불이 꺼졌다는 것을 어렴풋이 눈치챘을 뿐이었다.

허공에 있다 장원의 마당으로 내려온 강민과 유리엘에게 슈운스케는 일본도를 빼어들며 외쳤다.

"네놈들은 누구냐! 혹시 백록원 놈들이냐!"

슈운스케가 백록원을 운운하자 20명의 살행조 역시 칼을 빼어들며 전의를 불태웠다.

"그 말은 백록원을 알고 왔다는 것인데. 그러는 네놈들은 누구냐?"

"백록원을 안다라? 역시 백록원 놈들이구나! 우리는 네 놈들의 손에 죽은 사이토의 원수를 갚기 위해서 온 야마토다! 아마 10년 전 공격에 대한 복수를 한 것 같은데 사람을 잘못 건드렸다는 것을 알려주마!"

슈운스케는 행여 백록원 놈들이 사이토의 죽음에 관해서 발뺌을 할까봐, 옆에 있던 살행조에게 눈짓을 하여 공격할 것을 신호했다.

슈운스케의 눈짓에 가슴에 대화(大和)라는 한자를 붙인 닌자 복장의 복면인은 일본도를 빼어들고 강민에게 검격을 날렸다.

깡~!

하지만 강민에게 접근도 하지 않았는데 검격은 허공에 막혔고 그 복면인은 공격했던 것과 같은 속도로 튕겨져 나왔다.

첫 번째 공격이 실패하면서 나머지 복면인들도 공세에 나서려고 하였다. 하지만 강민은 공격에도 아랑곳 않고 슈운스케에게 물었다.

"사이토? 사이토 하나부사 말이냐?"

강민의 말에 슈운스케는 깜짝 놀라고 말았다. 사이토를 죽인 인물은 미궁에 빠져있었고 지금 백록원은 자신들이 꾸민 증거로서 범인으로 몰아서 공격하려 한 것인데, 백록원의 인물로 추정되는 사람이 사이토의 전체 이름을 알고 있었다.

"네… 네 놈이 정녕 사이토를 죽인 것이냐?"

"아, 그렇지. 네 놈들이 그 야마토군. 사이토가 죽으며 복수 운운하더니 이렇게 온 것이군. 그런데 날 찾아온 게 아니라 왜 백록원을 건드는 것이지?"

"그야 네놈이 백록원 소속이니 그렇지!"

"내가 백록원 소속이라고? 백록원 소속을 거둔 적은 있지만…"

강민의 말에 야스오는 무언가 이상한 점을 느꼈다. 슈운스케 역시 강민이 사이토를 죽인 진정한 범인은 맞지만 백록원 소속은 아님을 알 수 있었다.

괜히 대화를 더 이어가면 야스오에게 전말이 들통 날 수도 있을 것 같기도 슈운스케는 둘간의 대화에 멈칫거리고 있는 복면인들에게 수신호를 보내 다시 한 번 공격을 감행토록 하였다.

20여명의 살행조가 강민과 유리엘을 향해 공격하는 것을 보고 슈운스케는 어차피 잘 되었다는 생각을 하였다.

사이토를 죽인 자가 누구인지 찜찜했었는데 공교롭게 이렇게 나타났으니 가짜 복수가 아닌 진짜 복수를 행하면 되는 것이었다.

챙챙챙~ 우당탕탕~

하지만 슈운스케의 잘 되었다는 생각은 20여 명의 살행조가 나뒹굴면서 사라졌다.

30대 중반의 나이로 B급의 능력자가 된 슈운스케는 헤이안 전체를 보아서도 나이 대에 비해 상당한 실력의 능력자라 할 수 있었지만, 자신보다 훨씬 어려보이는 강민의 손속을 알아볼 수 조차 없었다.

강민이 굳이 기도를 보이지 않고 자연체의 상태로 있었기에 슈운스케 정도로는 강민의 능력을 가늠조차 할 수 없었다.

다만 뒤에 서 있는 야스오는 강민의 무서움을 약간이나마 느꼈는지 굳은 얼굴로 강민을 바라보고 있었다.

강민을 공격했다가 튕겨나가 바닥에 나뒹군 살행조는 바닥에서 꿈틀대며 일어나지 못했는데 그걸 본 슈운스케는 살행조에게 고함을 쳤다.

"무엇들 하는거냐! 야마토의 정신은, 사무라이의 정신을 어디다 팔아먹었어!"

하지만 살행조는 슈운스케의 고함에도 일어나지 못했다. 지금 야마토의 살행조는 호신막의 반발로 인한 단순한 물리적 충격에 의해서 일어나지 못하는 것이 아니었다.

슈운스케는 알아보지 못했지만 살행조들이 강민을 공격함과 동시에 강민에게 처져있던 호신막의 성질이 변하며 침투경이 발생하였고, 그것을 그대로 맞은 살행조의 진원이 흔들렸던 것이었다.

그랬기에 억지로 몸을 일으키려 하였지만 기맥을 파고들며 진원을 흔들고 있는 침투경을 이기지 못하고 바닥에서 움찔거릴 수밖에는 없었다.

[유리엘, 10년 전 운운하는 것보니 저 놈들이 백록원의 원수들 같은데, 우리가 처리하는 것보다 강훈이를 부르는 건 어떨까?]

[그것도 괜찮은 방법 같네요. 근데 강훈이 실력에 저 뒤에 노인은 커녕 저 녀석조차 이길 수 있을까요?]

[과정이 중요한지 결과가 중요한지는 사람마다 다르니까. 그래도 복수에 한 몫 하고 싶어하는 건 당연한 감정 아닐까? 일단 강훈이에게 물어보자.]

[그래요. 그게 낫겠네요. 강훈이가 선택하게 하지요.]

유리엘은 심어와 메세징 마법을 결합한 마법을 통하여 최강훈의 정신에 직접 질문했다.

[강훈아. 유리 누나야.]

강서영이 수업을 듣고 있는 동안 뒤에 앉아서 그녀를 경호하던 최강훈은 갑자기 들려온 유리엘의 목소리에 고개를 들고 주위를 두리번거렸다.

[지금 민이랑 난 제주도인데, 너한테 물어볼게 있어서 이렇게 마법 통신을 보내는 거야. 머릿속으로 대답하면 내가 들을 수 있으니까. 당황하지는 말고.]

[예, 누님. 이런 마법은 처음이라 조금 당황했었습니다. 그런데 제주도는 왜?]

[백록원에 마나 감지 마법을 펼쳐놓았는데 일본 조직이 백록원을 공격하러 왔더라구. 대강 이야기를 들어보니까 10년 전에 백록원을 공격했던 세력 같은데.]

[네? 헤… 헤이안 입니까?]

[야마토라고, 헤이안 산하 조직 같더라. 알고 있지?]

[아! 야마토!]

10년 전 백록원을 공격했던 조직들은 헤이안 산하의 야마토, 시미즈 및 헤이세이의 3개 조직의 연합이었다.

당시 헤이안은 한국의 상황이 어수선한 틈을 노려 제주도에 있는 고정 웜홀 포인트를 점거할 계획을 갖고 있었고, 3개의 조직 중 공이 가장 큰 조직에 그 포인트를 넘긴다고 천명하였다.

이에 3개의 조직은 백록원을 공격할 계획을 세웠는데, 야마토가 기습적으로 나서서 공세를 이끌었다.

뒤늦게 시미즈와 헤이세이가 참전하려고 했으나 이미 야마토에게 승산이 넘어갔기에 공격하는 시늉만 했을 뿐이었고, 이 공격에 의해 백록원은 거의 멸문지경에 이르렀었다.

3개 조직의 연합이라 하였으나 실질적인 백록원의 원수는 야마토였고, 그것을 사주한 헤이안이라고 할 수 있었다.

하지만 뒤늦게 사태를 파악한 한국의 이능단체들이 이런 헤이안의 행동을 규탄하였고 만약 제주도에서 물러나지 않는다면 한국도 대마도를 공격한다고 엄포를 놓았었다.

결국 유니온의 중재로 인하여 헤이안은 물러났고 백록원은 멸문 직전에 살아남게 되었던 것이었다.

나중에 사정을 알게 된 백록원의 한진문은 복수심을 불태웠으나 이미 심각한 내상을 입어서 자신들의 웜홀 포인트를 수호하는 것조차 힘든 상황이라 복수를 할 여건이 되지 않았다.

최강훈이 야마토를 아는 듯 하자 유리엘은 이어서 메시지를 전했다.

[처음엔 민하고 나하고 다 처리하려다가, 그래도 복수는 네가 해야 하지 않을까 싶어서. 문제는 우두머리로 보이는 인물들은 네가 처리하기 힘들 것 같아.]

[형님이나 누님은 처리 가능하신 거죠?]

[물론이지.]

[복수에 굳이 제 손만을 써야겠다는 생각을 하고 있지는 않습니다. 형님께서 괜찮으시면 단칼에 날려버리셔도 좋겠어요. 다만 그 마지막은 보고 싶은데….]

[그건 문제 없지. 서영이한테 잠시 자리 비운다고 화장실로 가. 이리로 공간이동 시켜줄 테니.]

유리엘은 이미 최강훈의 신체를 점검하며 만일을 대비해 자신의 마나를 남겨 놓았기에 최강훈의 저항이 없다면 어렵지 않게 최강훈을 소환할 수 있었다.

사실 원거리에서 자신이 있는 자리로 소환을 하는 마법은 대응 마법진이 준비되어 있는 것이 아니라면 이 세계의 마법 상식으로는 불가능 한 일이었지만 유리엘에게는 어려운 일은 아니었다.

곧 화장실로 간 최강훈은 유리엘에게 메시지를 전달했고, 유리엘은 순간이동 마법으로 최강훈을 제주도로 소환하였다.

잠시간의 눈부심이 지나자 최강훈은 강민과 유리엘 옆에 나타났다.

"형님, 누님."

"어서와. 저 놈들이야."

순식간에 서울에서 백록원으로 온 최강훈은 감회에 젖을 사이도 없이 주변을 살폈다.

그들의 주변에는 이미 이십여명의 복면인들이 땅 누워 부들거리고 있었으며 멀쩡한 인물은 앞에 보이는 30대 중반의 중년인과 70대로 보이는 노인 밖에는 없었다.

유리엘의 말처럼 그 노인에게는 최강훈이 감히 범접하지 못할 기운이 쏟아져 나왔고, 중년인의 기도 역시 최강훈이 섣불리 상대할만한 수준은 아니었다.

최강훈이 갑자기 등장하면서 슈운스케는 움찔하며 뒤로 물러나며 신음성을 내뱉었다.

"아… 아니… 대응마법진도 없이 소환을 하다니…."

야스오는 안 그래도 굳어있던 미간사이의 주름이 더 깊어졌다.

주변을 살핀 최강훈에게 강민이 말을 건넸다.

"어떠냐. 한번 해 볼테냐?"

서울로 올라온 다음 실력이 많이 늘기는 하였지만 아직 C+ 급 정도의 수준이었다. B급으로 보이는 슈운스케의 상대는 되지 않을 것이다.

하지만 최강훈은 활활 타오르는 눈빛으로 강민에게 힘 있게 고개를 끄덕였다.

"좋다. 죽진 않게 해주마. 한번 해봐."

강민의 말에 최강훈은 허리춤에 차고 있는 마법 주머니에서 1미터가 넘는 환도를 꺼냈다.

환도를 슈운스케에게 겨눈 최강훈은 아무말 없이 천천히 슈운스케에게 접근했다.

슈운스케는 일견에도 자신보다 떨어지는 수준으로 보이는 최강훈이 자신을 노리며 다가오자 내심 코웃음을 쳤지만, 강민과 유리엘이 뒤에 자리하고 있어 둘을 경계하면서 최강훈을 상대했다.

어느새 검격을 뿌리면 닿을 정도로 가까이 접근한 슈운

스케와 최강훈은 잠시 공격할 틈을 보았는데, 역시 슈운스케가 수준이 높았던지 더 빨리 틈을 발견하고 움직였다.

쉭쉭~!

슈운스케의 검은 번개처럼 최강훈의 좌우를 베어갔고 최강훈은 움찔 뒤로 물러났다. 하지만 슈운스케는 만만한 상대가 아니었다. 한번 잡은 승기를 놓치지 않고 이어 공격해왔다.

챙~! 챙챙챙챙!

슈운스케는 좌우 중단베기에 물러서는 최강훈의 빈틈을 노리고 물러서는 방향으로 크게 검을 휘둘러 우측 상단을 대각선으로 베어갔다.

그 공격을 최강훈은 더 이상 피하지 못하고 막아냈는데 그에 실린 역도가 상당했는지 팔이 저릿저릿하였고 그런 최강훈의 기색을 알아차렸는지 슈운스케는 파상 공격을 하였다.

최강훈은 어떻게든 틈을 만들어보려고 단단히 방어를 굳히고 슈운스케의 공세를 막아갔지만 한 번 놓친 기세를 다시 찾아오기란 쉽지 않았다.

챙챙챙~!

슈운스케는 최강훈의 빈틈 이것 저곳을 노리며 검세를 펼쳐갔지만 최강훈의 방어도 만만한 수준은 아니었기에 결정타가 들어가지는 않았다.

한참 동안 슈운스케는 공격을 최강훈을 방어만을 지속하였고, 만일 이대로 공방이 계속해서 이어진다면 수련 수준에서나 마나량에서나 슈운스케에 비해서 한참 부족한 최강훈의 패배가 당연히 예상 되었다.

하지만 슈운스케는 자신보다 수준도 낮은 최강훈에게 이렇게 시간을 끄는 것이 굴욕적이라 생각했다. 또한 뒤에 있는 강민과 유리엘이 언제 이 전장에 뛰어들지 모르기 때문에 서둘러 최강훈을 끝내려 하였다.

이런 생각으로 슈운스케는 결정타를 넣을 생각이었는지 수세에 몰린 최강훈에게 휘두르는 검에 점차 마나를 불어넣어 갔다.

이윽고 슈운스케의 검은 어기충검의 샤이닝 상태로 들어갔는데 슈운스케의 공세에 최강훈은 기를 모을 여유가 없었는지 그의 검에는 아직 빛이 돌지 않았다.

계속되는 공세에 최강훈이 약간 비틀거리는 빈틈을 발견하자 슈운스케는 회심의 미소를 지으며 샤이닝을 동반한 강한 검격을 날렸다.

"끝이다!"

슈운스케는 최강훈의 검을 부수며 그의 가슴까지 갈라 버릴 생각을 하였다. 마나가 충반한 샤이닝 소드는 마나가 없는 일반 검을 두부 자르듯이 자를 수 있었기 때문이었다.

하지만 최강훈은 그의 뜻대로 되지 않았다. 어느새 샤이닝 소드를 만든 최강훈은 슈운스케의 검을 빗겨 막아냈기 때문이었다.

마나량으로 따지면 상대가 되지 않을 것이기에 사량발천근(四兩撥千斤)의 묘리에 따라 검을 빗겨내었던 것이었다.

슈운스케는 최강훈의 검이 갑자기 샤이닝 상태가 된 것에 한번 놀랐고, 전력을 품고 강하게 내지른 그의 검격이 최강훈의 검에 빗겨내진 것에 두 번 놀랐다.

그리고 마지막으로 검격이 빗겨져 나가며 방어가 풀린 슈운스케는 다가오는 최강훈의 검격을 보며 세 번 놀랄 수밖에 없었다.

목에 다가오는 검격을 방어하기엔 늦었고 피하기엔 자세가 이미 무너져 있었다 그래도 B급의 강자인 슈운스케는 호락호락하게 목을 내주지 않았다.

마지막 수단으로 슈운스케는 공격을 무시하고 빗겨진 검을 위로 쳐올리며 최강훈을 공격해갔다.

그 공격을 무시한다면 자신의 목숨은 잃을지언정 최강훈 역시 무사하기 힘들었기 때문에 최강훈이 그 검을 피해서 물러날 것이라 판단했다.

최강훈이 한번만 물러난다면 이제는 방심하지 않고 신중하게 공격하여 그를 잡을 생각을 하였다.

그렇지만 그 생각은 생각으로 끝났다. 최강훈은 슈운스케의 공격에도 끝까지 그의 목을 베어갔고 잘라낸 것이었다.

물론 최강훈도 무사하지는 못했다. 슈운스케의 검이 최강훈의 복부를 스치며 크게 검상을 내었기 때문이었다.

하지만 승자는 최강훈이었다. 그는 한쪽 무릎을 꿇으며 검상을 입은 복부를 부여잡고, 몸통에서 떨어져나간 슈운스케의 머리통을 보았다.

야마토의 대제자, B급 능력자에 어울리지 않는 최후였다. C급의 최강훈에게 당할 그의 수준이 아니었으나, 최강훈을 과소평가하고 무리한 공격을 날렸던 한 번의 실수가 그의 목숨을 앗아갔다.

최강훈의 입장에서는 자신의 실력이 슈운스케에 미치치 못한다는 것을 알고 끈질기게 참아내다가 한 번의 기회를 잡아 그를 이길 수 있었던 것이었다.

사실 슈운스케의 방심을 탓할 수도 없는 것이, 통상적으로 능력의 등급이 낮을수록 검에 마나를 불어넣는 샤이닝 상태로 만드는 것은 다소 시간이 걸린다.

그랬기에 슈운스케가 최후의 공격이 들어갈 타이밍을 잘못 잡은 것은 아니었다. 다만 최강훈이 최근 강민에게 몇 가지 지도를 받아서 샤이닝 상태의 발현을 통상적인 C급에 비해서 더 빨리 할 수 있었다는 것을 몰랐다는 것이 그를 죽음으로 이끈 주요 원인이었다.

한쪽 무릎을 꿇고 있는 최강훈에게 유리엘이 다가가 치

료마법을 걸었다. 유리엘의 치료마법에 최강훈의 상처는
급속히 아물어갔다.

"왜 그렇게 무리했어?"

"그것밖에는 방법이 보이지 않아서요, 누님. 그리고 형
님이 죽진 않게 해준다하셔서…"

"너도 참…."

최강훈은 방금 입은 상처는 아물었지만, 출혈도 컷고 마
나 역시 거의 고갈되어 있었기에 비틀거리며 전면에서 물
러났다.

최강훈이 비틀거리며 강민의 곁으로 오자 강민은 최강
훈의 어깨를 두드리며 격려를 했다.

"고생했다."

"형님 덕분입니다. 윽…."

"쉬고 있어, 마무리는 내가 지을 테니. 대신 두 눈 똑바
로 뜨고 잘 봐."

"네, 형님!"

최강훈을 뒤에 두고 강민이 전면으로 나섰다. 평소 이정
도 적들은 손짓 몇 번으로 처리하였던 강민은 이례적으로
1미터가 훌쩍 넘는 바스타드 소드를 소환하여 들었다.

아마 최강훈에게 검을 쓰는 법을 보여주려는 것 같았다.

강민의 앞에 남은 건 이제 야스오 혼자 뿐이었다. 슈운
스케의 죽음 이후 야스오의 미간은 좀 더 찌푸려졌다가 강

민이 자신의 앞으로 다가오면서 미간의 주름이 펴지며 전의를 불태우기 시작했다.

아직도 강민의 힘을 짐작조차 할 수 없었지만 그냥 죽어줄 수는 없는 노릇이었다.

"마치 쇼군을 보는 듯 하군. 그분을 볼 때도 자네처럼 아무런 기도를 느낄 수가 없었지."

"쇼군? 헤이안의 주인을 말하는 가보군."

"그렇네. 하지만 자네도 그 분의 상대는 안 될 것이야. 내 복수는 언젠가 그분이 해주시겠지."

"과연 그럴까?"

강민은 야스오에게 자연스럽게 반말을 했고 야스오 역시 그에 대한 말은 하지 않았다. 어차피 적으로 만난 사이에 반말 존댓말 운운하는 것도 우스운 노릇이었다.

야스오는 쇼군이라면 강민을 이길 수 있을 거라 확신하며 언제가 될지는 모르지만 쇼군이라면 그의 복수를 해줄 것이라 믿었다.

긴장된 마음을 가라앉힌 야스오는 천천히 자신의 일본도를 빼어들었다. 야스오의 일본도는 도집에서 나오면서부터 빛이 나는 샤이닝 상태에 들어가 있었다. 야스오는 처음부터 전력을 다 할 생각이었다.

"하압!"

기합과 함께 야스오가 강민에게 달려들었다. 마나가 실

린 발걸음이라 둘의 대결을 보는 최강훈이 순간적으로 야스오의 움직임을 놓칠 정도로 빠른 움직임이었다.

야스오의 일본도는 강민의 상하좌우를 가리지 않고 파상적으로 공격해 들어갔지만 강민은 샤이닝 상태도 아닌 바스타드 소드를 살짝 씩만 움직여 야스오의 공세를 쉽게 쉽게 막아내었다.

야스오가 한참을 공격했으나 강민은 공격을 하지 않고 방어만을 굳혔다. 강민의 방어에 야스오가 좀 더 강한 공격을 펼치기 위해 잠시 공세를 늦추고 힘을 모으려는 찰나 강민의 검이 번뜩이더니 야스오의 상투를 약간 잘라냈다. 조금만 더 내려갔다면 그의 목이 잘렸을 것이었다.

최강훈은 그 모습을 보고 자연스러운 흐름이 아닐 때 공세를 늦추어 더 강한 힘을 실으려 하는 것이 얼마나 위험한 일인지 새삼 알 수 있었다.

하지만 야스오는 강민이 그를 한방에 죽일 수 있었는데 그러지 않고 조롱한 것으로 여겼다. 상투가 잘려 머리칼이 흩날리고 있는 야스오는 분노에 찬 얼굴로 강민에게 외쳤다.

"칙쇼! 네 이놈! 무사에게 조롱을 하는 것이냐!"

"조롱이라 느끼면 어쩔 수 없는 것이지. 그렇지만 오히려 한 번 더 기회를 얻었다고 좋아해야하는 것 아닌가? 하여튼 그런 것을 따지는 것 보니 네놈도 진정한 무사는 아니겠군."

"뭐라!'

야스오의 분노에도 강민은 계속 말을 이었다.

"오히려 저기 강훈이가 무사에 가깝겠지. 자신이 열세
인 상황에서도 어떻게든 승리를 추구하는 모습을 보였으
니."

야스오는 강민의 말에 대꾸하지 않고 진원까지 자극하
여 강대한 마나를 줄기줄기 뽑아내 그의 일본도에 담았다.

하지만 야스오는 단지 분노 때문에 이런 선택을 한 것은
아니었다. 강민의 검을 도저히 뚫을 수가 없었기에 힘으로
라도 빈틈을 마련하려고 한 행동이었다.

그러나 더 강한 공격을 한다고 강민의 방어를 뚫어낼 수
는 없었다. 강민은 한참 동안을 야스오를 상대하며 그의
검세를 막아냈고 틈을 보일 때마다 공격을 했다.

그렇지만 어느 공격하나도 치명상을 입히지는 않았다.
그야말로 지도대련이나 마찬가지였는데 최강훈은 강민과
야스오의 대결을 보며 많은 것을 배울 수 있었다.

노령의 나이에 진원까지 뽑아낸 야스오는 마나고갈로
인하여 결국 공세를 멈출 수밖에 없었다. 분노와 비감이
섞인 표정으로 잠시 강민을 바라보던 야스오는 이내 강민
에게 외쳤다.

"내 실력이 안 되어서 이렇게 네가 치욕을 받고 있지만,

쇼군께서 내 원한을 갚아주실 것이다! 더 이상 치욕을 받을 바에는 내 손으로 끝장을 내주마!"

원한을 이야기한 야스오는 순식간에 그의 일본도를 거꾸로 잡아서 할복을 자행했다. 마나가 실린 그의 검은 그의 진원을 가르며 순식간에 그의 목숨을 앗아갔다.

"또, 복수인가… 흠….."

야스오의 할복은 강민에게 아무런 감흥을 주지 못하였다. 한두 명의 죽음에 영향을 받을 만큼 그의 경험이 얕지 않았기 때문이었다.

하지만 복수 운운하며 자진한 것이 나중에 또 귀찮아 질 것 같다는 생각이 강민의 머릿속을 스쳐지나갔다.

애초에 이들과 대적하게 된 것도 사이토가 죽으며 복수를 운운했기에 일어난 일이 아닌가.

물론 이들은 강민을 타겟으로 하여 이 곳에 온 것은 아니었다. 하지만 수장과 대제자가 죽은 이상 야마토, 아니 헤이안에서는 그들의 행적을 추적할 것이고 결국에는 백록원으로 이어질 것이다.

백록원과 자신이 아무 관계가 없다면 사건은 미궁에 빠질 수 있으나 현재 백록원을 종지를 잇고 있는 최강훈이 자신의 휘하에 있으니, 어차피 복수의 손길은 자신에게 까지 뻗쳐 올 것이 자명하였다.

'어떻게든 한번은 더 나서야겠군….'

잠깐 생각을 정리한 강민은 전처럼 손을 휘둘러 쓰러져 있던 살행조와 슈운스케, 야스오의 시체를 한 번에 치워버렸다.

야스오와 슈운스케는 이미 시체였지만, 살행조는 아직 살아있는 상태였다. 하지만 강민은 굳이 손속에 사정을 보지 않았다.

강민은 불필요한 살인을 즐기는 살인마는 아니었지만 자신을 죽이려한 적에게까지 자비를 베풀만큼 자비롭지는 않았다.

결국 백록원을 멸문시키기 위해서 왔던 야마토는 자신들의 회주와 대제자, 정예까지 잃어버리게 되었다.

물론 일본 본토에 유키오 장로를 비롯한 원로들과 2제자 준이치 등 야마토의 잔여세력이 있었으나, 야마토의 성세는 크게 꺾였다고 봐야 할 것이었다.

모두를 처리한 강민이 상처를 추스르고 앉아있는 최강훈에게 다가왔다.

"어떠냐?"

"정말 많이 배웠습니다. 그런 식으로 공방이 이어질 것이라 생각은 못했거든요. 저 노인의 실력도 지금 제 수준으로 감히 재어볼 수 없을 정도던데, 형님은…."

최강훈은 설명할 말을 찾기 위해서 잠시 말을 멈추었지만 그것을 설명할 방도는 없었다. 어느 정도 수준을 가능

할 수 있어야 평가도 할 것이기 때문이었다.

"그게 아니라, 복수를 한 기분을 물은 것이다."

"아… 사실 실감이 잘 나지 않습니다. 통쾌하기도 한 것 같으면서도 아직 끝나지 않았다는 생각을 하니 답답하기도 하고…."

"답답하다라. 그럼 어디까지 복수를 해야 답답한 마음이 없겠느냐?"

"야마토를 처리하였으니, 헤이안만 처리한다면 답답한 마음이 가시지 않겠습니까? 사부님이 항상 이야기 했던 것도 헤이안에 대한 복수였고 말입니다."

"헤이안을 처리한다는 건 어디까지를 이야기 하는 것이냐? 헤이안의 모든 능력자를 다 죽여야 처리한 것이냐? 그렇다면 야마토도 아직 본토에 잔여 인물들이 남아있지 않느냐."

강민의 질문에 최강훈은 잠시 생각에 잠겼다. 한동안 말을 멈추고 생각을 정리하던 최강훈은 자신의 생각을 밝혔다.

"모두를 처리할 필요는 없다고 생각합니다. 손발을 놀리게 된 것은 머리에서 지시한 것이지 않습니까. 손발에게 머리의 잘못을 물을 수 없듯이 저 또한 수뇌부만 처리하면 된다고 생각합니다. 어차피 지금의 제 실력으로는 불가능한 일이겠지만 말입니다."

"아까 복수는 꼭 네 손으로 해야 한다는 생각은 없다고 했지. 만일 내가 그 복수를 해준다면 어떡할 것이냐? 내 손을 빌려서라고 하고 싶으냐?"

강민의 물음에 최강훈을 바로 답을 하지는 못했다. 최강훈 자신에게는 까마득히 높아보이는 경지의 노인을 손쉽게 상대하는 것을 보았을 때 강민의 경지는 그가 감히 측량하기 힘든 경지임에 틀림없었다.

하지만 헤이안이라는 거대 단체를 혼자서 상대할 수 있으리라는 생각은 하지 않았다. 그렇지만 강민은 손쉽게 할 수 있는 일 정도로 여기며 말을 하였기에 최강훈은 단지 그의 생각을 물어보기 위해서 상황을 가정 한 것이라 판단하고 대답하였다.

"만일 제가 스스로 그 복수를 하려 한다면… 제 살아 생전에 가능할지조차 의문입니다. 그러니 다른 사람의 손을 빌리는 것을 저어 할 필요는 없겠지요. 사부님의 소원이었고, 우리 백록원의 비원인 그 복수를 할 수 있다면 제 영혼을 악마에 팔아서라도 하고 싶은 생각입니다."

"악마에게 영혼을 판다라… 좋다. 그 결심이라면 그 복수는 내가 접수하마. 야마토의 우두머리가 자진하며 또다시 복수 운운하기에 어차피 한번 나서야겠다는 생각은 했다. 다만 그것은 네 몫이라 생각하여 그냥 두려했었는데 네 생각이 그렇다면 내가 치워주마."

"형님!"

"그런데 악마에게 영혼을 팔아서라도 하고 싶다는데 민이 들어주는 것이니 민이 악마인 것인가요? 호호호."

"누님! 그… 그런 말이 아닌 것을 아시지 않습니까."

최강훈의 유리엘의 농담에 당황해서 손을 크게 저으며 말했다.

"유리, 이왕 이렇게 나선 것 바로 처리하고 돌아가자."

"그래요. 일단 강훈이는 돌려보낼까요?"

"그래도 마지막까지 처리하는 것은 보는 게 낫지 않겠어?"

"그것도 그렇네요. 그럼 같이 가는 것으로 하죠."

강민과 유리엘의 대화에 최강훈은 약간 어안이 벙벙해져서 말했다.

"혀… 형님 설마 지금 바로 가시려고요?"

"그래. 지체할 필요는 없겠지."

"어… 어떻게…."

"유리, 찾았어?"

"결계가 쳐진 곳이 몇 군데 되는데 결계 안을 보려니 조금 시간이 걸리네요. 잠깐만요."

지금 유리엘이 사용하는 마법은 천리안과 투시, 마나 추적마법 등을 섞은 유리엘만의 독창적인 마법으로, 헤이안의 정확한 위치를 모르는 강민 일행이 쓸 수 있는 최선의 방법이었다.

물론 헤이안 정도의 규모면 본진을 숨기고 있는 것도 아닐테니 유니온에 물어보면 위치정도는 손쉽게 알 수 있었다.

하지만 아직 전면적으로 드러날 생각이 없는 강민은 자신이 헤이안을 처리했다는 것을 공개할 생각은 없었다.

강민의 힘을 조금이나마 짐작하고 있는 유니온에게 헤이안의 위치를 물었다가 강민이 헤이안을 처리했다는 사실에 대해서 알게 될 가능성이 있었기에 유니온에 물어보는 방법은 당연히 배제되었다.

사실 강민이 얼굴을 드러낸다 하더라도 유리엘의 개선된 인식장애 결계를 사용하면 누구에게 당했는지조차 알 수 없을 것이다.

다만 단서조차 줄 필요가 없었고, 유리엘의 능력으로 충분히 가능한 일이었기에 이렇게 그녀의 마법을 통해서 헤이안 본진의 위치를 찾았다.

"아. 찾았어요."

"그래?"

"네. 마스터급이 있는 곳은 두 군데인데, 한 쪽은 도쿄 인근, 다른 쪽은 북해도 구석이네요."

"당연히 도쿄 쪽이지?"

"그래요. 도쿄 쪽은 능력자의 밀도가 높고, 북해도 쪽은 마스터급 혼자 있네요."

"아무래도 헤이안의 본진이라면 능력자의 밀도가 높은 쪽이겠군."

"그리고 결계의 수준 자체도 북해도 쪽은 조악한데 도쿄 쪽은 체계화되어 잘 짜져 있네요. 또한 마스터의 무위 수준도 도쿄 쪽의 마스터가 북해도 쪽보다 우위에 있는 것 같구요. 전반적으로 고려했을 때, 도쿄 인근 쪽이 헤이안이 분명한 것 같아요."

"그래. 그럼 가지."

"지금 바로요?"

강민의 출발하자는 말에 최강훈이 놀라서 되물었는데 그 사이에 유리엘은 수인과 함께 짧은 주문을 외웠다.

세 사람은 최강훈의 말이 끝나기도 전에 고풍스러워 보이는 성이 내려다 보이는 하늘 위에 떠올라 있었다.

그 중 강민과 유리엘은 자연스럽게 일본풍의 성채를 바라보고 있었으나 최강훈은 하늘 위에서 버둥거리고 있었다.

공중부양이 어려운 최강훈은 유리엘이 마법을 걸어줘서 하늘에 떠 있을 수 있었으나 처음이라 어색했던지 그런 꼴사나운 모습을 보인 것이었다.

"호호호. 강훈이는 영 어색해보이네요. 내려가서 얼른 끝내 버리죠."

"그래, 어차피 밑에서 해결할 일이니 말이야."

셋은 천천히 땅으로 내려왔고, 바닥에 내려선 최강훈은
버둥거림을 멈추고 한숨을 내쉬었다.

"휴~ 공중부양도 해본 사람이 하는 거네요. 깜짝 놀랐
습니다."

"하긴 무공만 익혀서 하늘에서 자유로운 경지에까지 오
르기는 상당히 힘들긴 하겠네. 내가 비행마법을 쓸 수 있
는 마법기 하나 마련해 줄테니 연습해봐."

"아. 정말입니까? 감사합니다. 누님!"

유리엘은 쉽게 말하고 있지만 마법도구는 정말 비싼 물
품이었다. 수십억의 돈을 투자해야 몇 차례 사용하지도 못
하는 사용 횟수가 제한되어 있는 마법물품을 살 수 있었
고, 마나의 충전이나 스스로의 마나에 따라서 지속적으로
사용이 가능한 마법물품은 저 서클용의 마법도 기본이 수
백억원 정도는 하였다.

마법기가 비싼 이유에는 두 가지가 있었는데 우선 마법
기의 핵심인 코어를 구하기가 매우 힘들다는 것이 첫 번째
이유였다.

마법기의 코어는 보통 마법사들의 마나결정이나, 마물
의 마정석을 사용하였는데, 그 이유는 그 외의 코어재료들
은 그 효율이 무척 떨어졌기 때문이었다.

드물게 마나에서 태어난 진금의 결정이나 진은의 결정

이 사용되기도 하였지만 그것은 마나결정이나, 마정석 보다 훨씬 더 구하기 힘든 상황이었다.

이런 이유로 마법기의 코어로는 마나결정이나 마정석이 일반적으로 사용되었다. 두 개의 코어방식의 효율만을 놓고 보면 마나 결정 방식이 훨씬 좋았지만 실상은 마정석 방식이 더 많이 사용되었다.

그 이유는 마나결정 방식은 마법사의 진원을 일부 덜어내는 방식이었기에 수요는 많았으나 공급이 적었기 때문이었다.

우선 마법사의 진원을 덜어내는 마나결정 방식으로 만들어지는 마법기의 등급은 마법사의 등급과 그가 진원을 희생하는 양에 따라서 결정이 되었다.

일반적으로 서클 마스터를 기준으로 자신이 보유하고 있는 진원의 10~20% 정도를 소모하여 마법기를 만들면 자신의 서클에 비해 두세 서클 아래의 마법기를 만들 수 있었다.

즉, 5서클 마법사가 자신의 진원 중 10%를 소모해서 마나 결정을 만들면 그 결정은 3서클 정도의 마법을 담을 수 있었던 것이었다.

그래서 마나결정 방식의 마법기는 효율은 뛰어났으나 실험비용 등으로 아주 돈이 급한 마법사들에게서 가끔 나올 뿐 자주 만들어지는 방식은 아니었다.

어느 마법사도 자신의 경지를 깎아가면서까지 돈을 추구하지는 않을 것이기 때문이었다.

하지만 돈의 위력이란 것은 대단하였기 때문에 자신의 경지를 희생하면서도 돈을 위해서 마법기를 만드는 마법사가 있었으며, 그 덕에 현재 유통되는 마법기의 20% 정도는 마나결정 방식의 마법기가 차지하고 있었다.

이렇듯 마나결정방식은 제작이 힘들었기에 대부분의 마법기는 마물에서 나온 마정석이 그 코어가 되었고, 그랬기 때문에 마물의 사체가 비쌌던 것이었다.

마물의 다른 부위들도 다방면으로 쓰이기는 하지만 마물 사체 가치의 대부분은 마정석에서 나왔다.

그렇지만 마정석 코어로 만든 마법기의 효율은 마나 결정방식에 비해서 많이 떨어졌고, C급의 마물에서 나오는 마정석조차 마나량의 정도에 따라 차이는 있지만 보통 E급에서 F급 정도의 마법기를 만들 수 있을 뿐이었다.

두 번째로 마법기가 비싼 이유는 그러한 코어가 있다 하더라도 그 코어에 마법술식을 마법기에 고정시키는 것이 매우 어려웠기 때문이었다.

코어가 하드웨어라면 마법술식은 소프트웨어였다. 우수한 코어라 하더라도 마법술식이 제대로 고정되지 못하면 마법기의 효율은 매우 떨어질 수 밖에 없었다.

술식의 고정도가 심하게 떨어지는 경우에는 효율의 문

제를 넘어 심지어 내구도마저 떨어져서 일회용 마법기로 전락해 버릴 수도 있었기에 마법술식의 고정은 마법기 제작에서 매우 중요한 작업이었다.

보통 C급이라 불리는 4서클의 마법사가 전력을 다하여 마법술식을 고정시키면 한 달에 하나 정도의 마법기를 만들 수 있었다.

그리고 전력을 다하였기에 그 다음 한 달 정도는 충분히 쉬어야 다음 달에 다시 하나 만들 수 있을 정도로 마법술식의 고정은 쉽지 않은 작업이었다.

물론 같은 수준의 마법기를 만든다면 고등급, 고서클의 마법사들은 저서클의 마법사에 비하여 상대적으로 적은 수고를 들일 수 있었으나, 고서클의 마법사는 고등급의 마법기를 만드는 경우가 많았으므로 그 어려움은 저서클의 마법사에 비해 적다 할 수는 없었다.

이런 이유들로 인해서 마법 물품은 비쌀 수밖에 없는 상황이었고, 이를 보완하기 위해서 마정석의 부스러기나 마물의 다른 부위들을 기존의 무기나 장비에 접목 시킨 마나 물품들이 대체재 아닌 대체재가 되고 있었다.

성능은 마법기와는 비교할 수 없을 정도로 떨어졌지만 가격이 천만원대 정도부터 시작할 정도로 저렴하니, 돈이 없는 저등급 능력자들이나 이능세계를 아는 일반인들은 마법기보다는 마나 물품을 선호하였고 많이 사용하였다.

이처럼 비싼 마법기였기에 최강훈은 한 번도 마법기를 가진 적이 없었다. 백록원의 재정 상황이 그것을 가질 수 있는 상황이 아니었기 때문이었다.

뿐만 아니라, 무공을 주로 하는 백록원의 풍토상 그런 외물의 도움을 받는 것을 터부시하였기에 최강훈은 마법기를 존재는 알고 있었지만 한 번도 그것을 본 적 조차 없었다.

사실 유리엘이 강서영이나 한미애에게 만들어준 마법기를 여기의 마법사들이 본다면 기절할 정도의 수준의 마법기였다.

한 마법기에 둘 이상의 마법만 담겨도 그 가치는 수배에서 수십배가 오르는데 유리엘의 마법기에는 대여섯가지의 복합 마법이 담겨 있었고 그 마법의 등급조차 고서클이었기에 가치를 환산하기도 힘들 것이다.

유리엘조차 이런 마법기를 만드는 것은 손쉬운 것은 아니었다. 하지만 유리엘의 아공간에는 다양한 재료들이 있었고, 오랜 경험을 통해서 여기의 마법사들보다는 월등히 효율적으로 마법기를 제작할 수 있었다.

다만 유리엘 역시 그 두 개의 마법기를 만들고는 한동안 마법을 사용하기 힘들 정도로 후유증을 겪었다. 한미애와 강서영의 마법기는 그 정도로 대단한 마법기였다.

사실 강민은 기본적인 생존 마법과 좌표 확인 마법정도면 충분하다 생각하고 유리엘에게 마법기를 부탁했었다.

하지만 유리엘은 강민의 영혼을 통해서 몇 만 년만에 만난 가족에 대한 느낌을 알 수 있었고 그랬기에 그녀에게도 다소 무리가 되더라도 최상의 생존 마법기를 만든 것이었다.

그러나 지금 최강훈에게 언급한 비행마법 하나 정도를 담는 마법물품이라면 아무런 무리없이 하루에서 몇 개씩 만들 수 있었다.

"음, 어차피 만드는 것, 통역마법도 넣어줄게. 외국에 다니거나 하면 불편할 수도 있으니 말이야. 아. 고정 좌표 설정마법도 하나 넣어놔야겠다. 그래야 필요하면 부르거나 그리로 갈 수 있으니."

최강훈의 상식에는 하나의 마법기에는 하나의 마법이었다. 더블 캐스팅이 되는 마법기는 들어본 적도 없었기 때문이었다. 그러나 유리엘은 당연하다는 듯 두 세개의 마법을 이야기 했기에 최강훈은 놀랄 수 밖에 없었다.

"마… 마법기에는 하나의 마법만 담을 수 있는 것 아닌가요?"

"응? 그럴 리가. 아. 여긴 실력이 별로 없나보다. 호호호. 그래도 개중에 실력이 있는 사람들은 트리플까진 가능할 걸? 아마 네가 잘 모르는 걸 거야."

"그런데 제가 알기로는 마법물품 만드는 것이 쉬운 것은 아니라 하던데… 누님 괜찮으신가요?"

최강훈도 마정석이 없다면 마나결정으로 마법기를 만든다는 것은 알고 있었다. 따로 마정석에 대한 이야기가 없었기에 당연히 마나결정으로 마법기를 만든다고 생각하였고, 마정석이 있다고 하더라도 마법술식을 고정하는데 전력을 다해야했기에 최강훈은 유리엘을 걱정하는 말을 하였다.

"호호호. 그런 저 서클 마법을 담는 마법기는 하루에도 몇 개씩 만들 수도 있어. 무리 안되니까 걱정말어."

유리엘과 최강훈이 마법기에 대한 이야기를 하는 동안 강민은 결계 속을 뚫고 헤이안 본진 내의 인물들의 기척을 다 파악하였다.

"마나가 없는 일반인들을 제외하면 200명 정도의 이능력자가 있구나."

"형님, 200명이나 되는 겁니까?"

"수뇌부가 되려면 A급 정도의 능력을 갖추었을 테니, 그들만 보면 10명 정도 되는구나. S급의 우두머리는 제외하고 말이다. 일단 넌 물러나 있거라."

최강훈을 뒤로 물린 강민은 잠시 마나를 조절하더니 전면의 성을 향해 강한 기파를 순간적으로 내뿜었다 거둬들였다.

퍼~엉! 쏴~~~아아악~!

폭발음과 함께 순간적으로 전면에 마나의 공동이 생기
며 이내 마나가 다시 빈 곳을 채우려는 듯 사방에서 몰려
들어와 마나의 바람이 불었다.

"오랜만인데 여전하네요. 호호호."

"일반인을 살리려고 조절해서 하려니 좀 시간이 걸렸
어."

강민이 사용한 방법은 전방에 마나를 일순간 소진 시켜
버리는 것으로 그 범위 안에 들어있는 생명체의 마나들도
순간적으로 끊을 수 있었다.

순간적으로 끊은 마나이니 바로 이어지겠지만 그 강도
에 따라서 일반인은 물론이고 마나 능력자들까지 순간적
으로 기절시켜버릴 수도 있었다.

강민은 이 기술로 단순한 기절이 아니라 죽음까지 이르
게 하여 대량 살상을 할 수도 있었다.

하지만 단순히 잠시간의 마나를 끊는 것에 드는 마나에
비해, 범위 안의 대상을 죽음에 이르기까지 장시간 마나를
끊은 것은 엄청난 마나가 사용되기에 그럴 바에는 다른 기
술을 이용하여 마나를 사용하는 것이 효율적일 것이다.

또한 일반인은 이 기술에 저항할 능력이 없겠지만 마나
능력이 강할수록 그 충격을 버텨내며 마나가 끊겨 기절하
는 상황을 막을 수 있었다.

하지만 지금 강민이 사용한 마나는 B급 정도의 능력자까지는 견디기 힘든 정도의 위력으로 기술을 보였기에 아마 지금 헤이안에는 A급 능력자 이상만 제정신을 차리고 있었다.

예상대로 강민의 기술이 발휘되고 얼마 지나지 않아 전방의 성채에서는 십여 명의 인영이 튀어 나왔다.

그들은 40대부터 70대까지 다양한 나이대의 다양한 복색을 한 남자들로 일본 전통의상을 입은 사람부터 일반 정장, 잠옷 심지어는 일본의 전통속옷인 훈도시만 입고 나온 장년인도 있었다.

그렇지만 하나같이 튀어나오며 일본도를 챙겨왔고 도착하자마자 비슷한 말을 하였다.

"누구냐!"

"웬 놈이냐!"

"무슨 짓을 한 거냐!"

정확하게 10명의 인원이었는데 하나같이 A급 이상의 강자였다. 하지만 쇼군이라 불리는 헤이안의 주인은 아직 나오지 않았다.

"허. 이 정도 상황인데도 두목이라고 지켜만 보고 있겠다는 건가? 일단 이놈들을 치워야 스스로 기어 나오겠구나."

자연체의 강민이 서서히 마나를 끌어올리며 기세를 더

하였다. 10명의 헤이안 수뇌부는 강민의 기세에 흠칫 뒤로
물러났다.

강민이 자연체로 있을 때에는 그의 역량을 알아볼 수 없
었는데, 강민이 기세를 올리자 그제서야 강민의 무서움을
느낄 수 있었기 때문이었다.

사실 여기까지 올 때에도 별다른 기가 느껴지지 않았기
에, 이런 일이 가능했던 것은 특별한 마법기 때문이라고
판단한 인물들이 대부분이었다.

"보통 놈이 아니다. 합공을 주저하지 마라."

그 중 가장 연장자로 보이는 일본 전통의상을 입은 70
대 노인이 일본도를 빼어들고 주위에 지시를 했고, 주위의
인물들도 굳은 표정으로 고개를 끄덕였다.

"그래, 귀찮게 한두 명씩 오지말고 전체가 합공을 해."

겉보기에는 손자정도의 나이대로 보이는 강민의 반말에
도 강민의 기세를 느낀 노인은 섣불리 대거리를 하지 못했
다. 하지만 모두가 그런 것은 아니었다.

그나마 젊은 40대의 정장 중년인이 발끈하며 강민의 말
을 받았다.

"뭐야! 네 놈이 강한 것은 알겠지만 네놈 혼자서 우리를
상대할 수 있을 것 같으냐! 그리고 조금만 기다리면 쇼군
께서 오셔서 네놈의 목을 잘라 버릴 것이다!"

"그래그래, 알겠으니까 그 쇼군인지 쇼걸인지 빨리 나

오라고 그래. 아니면 네 놈들을 처리하기 전엔 안 나오나?
대가리라 이건가?"

　강민의 도발에 결국 참지 못한 중년인이 일본도를 빼어
들고 강민에게 검격을 날렸다.　70대의 노인도 이번에는
막지 않았는데, 그 역시 강민의 말에 분노해서라기보다는
중년인을 희생시켜서라도 강민의 무위 정도를 파악해보자
한 것이었다.

　단지 기세만으로 느끼는 수준과 공방을 보면서 판단하
는 것은 질적으로 달랐기에 노인의 입장에서는 그 중년인
을 희생양으로 쓴 것이었다. 하지만 노인은 아무런 정보도
얻지 못하였다.

　촤~~악!

　사람이 갈라지는 소리와 함께 중년인은 후방으로 분수
같은 피를 쏟아내며 양단되어 버렸기 때문이었다.

　중년인의 공격과 동시에 벌어진 일이라 다른 누구가 개
입할 여지도 없었다.

　다른 사람들은 중년인이 공격하자마자 반으로 갈라진
모습 밖에 보지 못해 경악만 하고 있을 뿐이었지만, 노인
은 그나마 상황을 알아볼 수 있었다.

　중년인은 뛰어오르면서 상단에서 하단의 일도양단의 기
세로 강민의 머리를 향해 검격을 뻗어냈고, 강민은 그 검
격을 오른손으로 받아냈다.

여기까지는 일반적인 공방이었으나 문제는 그 다음이었다. 마나 하나 머금지 않은 것으로 보이던 강민의 오른손이 중년인의 검격을 받아낸 기세 그대로 그의 머리끝에서 엉덩이까지 반으로 갈라 내버렸던 것이었다.

강민은 보통 피를 보지 않기 위해서 양강의 진기를 실어 절단면을 지져서 출혈을 막았으나, 이번엔 일부로 그대로 갈라버려 잔인한 광경을 연출하였다.

그런 광경을 지켜본 나머지 9명은 주춤거릴 수밖에 없었다. 강민의 기세가 단순한 기세가 아니라 실질적인 무력으로 다가왔기 때문이었다.

잠시 침묵을 지키던 70대 노인이 또다른 40대 중년인에게 말을 건냈다.

"허… 이치로."

"네!"

"쇼군을 모셔와야 할 것 같다. 우리로서는 역부족이야."

"네. 알겠습니다. 원주님!"

원주라 불린 노인의 지시를 받은 40대의 중년인이 잠시 강민의 눈치를 보더니 뒤로 훌쩍 뛰어서 다시 성채로 들어갔다.

어차피 이런 시위를 통하여 쇼군을 부르려고 했던 강민은 한 명의 이탈에도 별다른 반응을 보이지 않고 노인을 향해 말을 걸었다.

"이제 두목이 나오는 것이냐?"

"네 놈의 무력은 잘 알겠다. 하지만 쇼군이 나선다면 네 놈도 곧 저기 나카무라와 같은 꼴이 되고 말테니 자신하지 말거라."

"스스로 나서지도 못하는 늙은 개가 주인이 온다고 위세를 보이는 것이냐?"

강민의 비아냥에도 노인은 입술만 깨물 뿐 아무 말도 하지 못하였다.

대꾸도 못하고 입술만 깨문 노인에게 강민이 재차 질문을 던졌다.

"내가 네 놈들을 다 처리하고 안으로 들어가서 쇼군인지 쇼걸인지를 만날 수도 있는데 그러지 않는 이유가 궁금하지 않는가?"

사실 궁금했다. 자신의 실력에 아무리 자신이 있어도 각개격파 후에 강적을 상대하는 것이 나을진대, 이렇듯 자신들을 앞에 두고 쇼군을 기다리는 행동이 의아했다.

그래서 원주는 혹시 강민이 마음이 바뀌어 자신들을 처리하려 들까봐 강민과의 문답을 통하여 시간을 끌고자 하였다.

"그래, 궁금했다. 무슨 이유로 그러는 것이냐?"

"몇 가지 이유가 있지, 가장 큰 이유는 원귀가 덕지덕지 붙어 있는 저 속으로 들어가면 기분이 더러워 질 것이지."

"원귀?"

"아. 네놈들 눈에는 보이지 않겠지. 내 눈엔 저 성채 곳
곳에 서려있는 원귀들이 보이고 그 한숨소리가 들리거든.
좀 적당히 하지. 이건 뭐 피로써 쌓은 성이구만."

원귀 운운하는 말은 모르겠지만 피로써 쌓은 성이라는
말은 부인할 수 없었다. 헤이안이 자리 잡은지 300년도 채
되지 않았고 자리 잡기까지 수많은 목숨을 거두고 피를 보
아야 했던 것은 사실이었다.

원귀 따위야 강민의 행보에 아무런 영향을 미치지 못하
겠지만, 실제로 원기의 원념은 그것을 볼 수 있는 강민의
기분을 나쁘게 할 수는 있었다. 특히 저 정도로 많은 원념
이 모인 곳은 들어갈 필요가 없으면 가고 싶은 곳은 아니
었다.

또한 안에서 싸우다 죽이지 않으려 기절까지 시킨 일반
인들이 죽는 것을 보기 싫었다는 점도 작용하였지만 굳이
그 말은 하지 않았다.

시간을 더 끌고자 원주는 강민에게 다시 물었다.

"다른 이유도 있는 것이냐?"

"다른 이유? 아. 몇 가지 이유라 했으니… 다른 이유는
별거 없어. 쇼군인지 하는 너희들의 두목이 나와봤자 별거
없다는 것이지."

"별거 없어?"

"그래. 이왕 힘쓸 것 한 번에 모아서 쓰는게 귀찮음도 덜고 좋잖아. 괜히 한 놈 더 잡으러 저 똥통 속에 들어가는 것보다 말이야."

강민의 말에 다시금 분노가 치밀어 눈가가 붉어지려는 노인의 눈가에 이채가 띠었다. 멀리서 강대한 기운이 다가오는 것을 느낄 수 있었기 때문이었다.

곧 일본 전통복식을 입고 상투를 튼 노인 한명이 일본도를 들고 등장을 하였다. 그의 뒤에는 아까 쇼군에게 상황을 알리러 갔던 이치로가 공손한 자세로 서 있었다.

그리고 노인이 전면에 등장함에 따라 나머지 8명은 한쪽무릎을 꿇고 상체를 숙이며 그에게 존경을 표시하였다.

쇼군은 도집채로 들고 있던 일본도의 손잡이 부분으로 강민을 가리키며 말했다.

"네놈은 대체 누구길래 우리 헤이안에서 이런 난장을 부리는 것이냐!"

쇼군 역시 강민의 처음 공격을 받았다. 하지만 그 공격은 광범위하기는 했지만 A급 정도면 충분히 버틸 수 있는 수준이었고 A급 수뇌부가 10명이나 강민을 맞으러 나갔기에 곧 해결되리라 생각을 하였다.

하지만 나카무라의 기감이 순식간에 사라지는 것을 느낀 쇼군은 무언가 잘못되었다는 것을 알 수 있었다.

그래서 일본도를 챙겨 나가려는 찰나 이치로가 들어

와서 상황을 알렸고, 지금 이 자리까지 나오게 된 것이었다.

분노를 머금은 외침과 함께 쇼군은 강민에게 강한 기파를 날리며 그의 실력을 짐작해보려 했으나, 강민은 마치 산들바람이 자신을 맞은 듯 아무런 변화를 보이지 않았다.

'깊이가 짐작이 가지 않는군… 저 나이에 이런 실력이라니… 설마, 반로환동?'

반로환동은 경지가 극에 달하여 나이 들었던 신체가 다시 재구성되어 젊어지는 현상을 말하는 것으로 그랜드마스터급 이상에서나 가능한 경지였다.

자신이 마스터급, 화경의 단계에 들어서 신체의 재구성을 겪어 보아서 잘 알았지만, 화경에 들어서며 신체의 재구성이 일어나 70대의 몸이 50대 정도로 젊어졌고 노화가 급속히 느려 지는 효과는 있었지만 저렇게 20대 청년이 되는 정도는 아니었다.

그랬기에 만약 강민이 반로환동으로 젊어졌다면 최소한 마스터급 이상이라는 이야기였다. 어쩌면 그랜드마스터급일지도 몰랐다.

'설마 그랜드 마스터라니….'

그랜드 마스터라 추정이 되는 인물을 본적이 있었지만 그 역시 강민의 기파와는 차이가 있었다.

당시 그가 자신을 드러내려고 했는지 숨기려 했는지는 확인할 수 없지만, 자신이 확인한 그의 경지는 분명 자신보다는 한수 위에 있었고 그래서 그랜드 마스터라 추정했던 것이었다.

하지만 강민의 기파는 분명 그와는 달랐다. 쇼군은 강민이 그랜드 마스터가 아닐까하며 떠올린 생각을 애써 지우며 위안하였다.

만일 그런 경지라면 아직 마스터급 밖에 안 되는 자신이 상대할 수 없을 것이기 때문이었다.

다시금 자세를 잡고 기를 끌어올리기 시작한 쇼군의 기파는 과연 마스터급의 강자라는 말이 나올 정도로 강렬하였다.

일반적으로 무공수련자에게 S급이라고 불리는 마스터와 그 하위등급간의 가장 큰 차이는 오러 소드의 발현 유무라고 알려져 있었다.

마스터의 오러 소드는 샤이닝 소드 정도는 몇 개를 가져다 놓아도 잘라버릴 수 있는 절삭력과 파괴력을 가진 마스터 이하의 능력자들에게는 무적의 검과 다름 없었다.

그런 오러 소드가 쇼군의 일본도에서 솟아나왔고 그에 담겨있는 흉폭한 힘을 느낀 9명의 수뇌부는 역시라는 표정을 지었다.

하지만 지금까지도 강민은 아무런 대응이 없었고 쇼군을

향해서 덤벼라는 식으로 손가락을 까딱거렸을 뿐이었다.

　그러나 쇼군은 강민의 그런 도발에 쉽게 넘어가지 않았다. 그는 마스터 급의 강자였고 그 경지만큼이나 심계도 깊었다. 쇼군은 검기를 두른 일본도를 상단세로 들고 강민의 빈틈을 찾아갔다.

　쇼군이 본 강민은 너무도 빈틈이 많았고, 또한 하나의 빈틈도 없었다. 공격 의도가 없이 보면 모든 곳이 허점인 것 같은데 막상 공격하려는 마음으로 보면 모든 곳이 방비가 되어 있었던 것이었다.

　"지루하군. 그렇게 자랑하던 일본의 검술은 언제쯤 볼 수가 있는 것이지? 벌써 한참을 기다린 것 같은데 말이야."

　강민이 한 번에 처리할 수 있는 상대를 이렇게 시간을 끌어서 살피는 것은 이 세계의 검술에 대한 단순한 호기심 때문이었다.

　그것도 여기서는 보기 드물다는 마스터급의 무위를 볼 수 있는 흥미로운 상황이었는데, 상대방을 손쉽게 처리하고 싶지는 않았다.

　강민의 말에도 한참동안 쇼군은 강민의 허점을 살피다가 잠시간 드러난 강민의 허점을 발견하고 일격필살의 자세로 검세를 펼쳤다.

　그 허점은 순식간에 사라졌지만 그 허점의 여파는 남아

있었고 충분히 그의 일본도가 그 허점을 가를 수 있을 것이라 확신했다.

사실 강민의 왼쪽 목에 있는 허점은 강민이 쇼군의 공격을 유도하기 위해서 잠시 보인 것이었고 쇼군도 강민이 그랬을 것이라 추측하였다. 하지만 의도적으로 보인 허점도 허점이었다.

잘만 공략한다면 의도적으로 보인 허점은 자승자박의 전략이 될 수도 있는 양날의 검이었기에 속도에 자신 있었던 쇼군은 자신있게 검을 질러냈던 것이었다.

공격에 들어가는 헤이안의 쇼군이자, 신화일도류(神火一刀流)의 장문인인 히데오는 오랜만에 초월의 영역에 들어섰다.

초월의 영역은 마스터 급의 강자가 초집중의 단계에 들어서면 나타나는 현상으로 단전과 기맥 뿐만 아니라 온 전신에 충만한 마나가 들어차며 평소의 한계를 돌파하여 활동할 수 있게 되는 현상이었다.

이 상태에 들어오면 시간이 느려지는 것 같고 공간이 이지러지는 것 같은 시공간을 초월한 영역에 있는 것처럼 느껴졌기에 마스터들 사이에서는 초월의 영역이라는 말로 통칭하고 있었다.

보통은 마스터 간의 대결에서나 볼 수 있는 이 영역에서의 싸움은 서로의 몸이 천천히, 마치 슬로우 모션으로 움직이는 것 같았고 서로의 신체들도 일부 일그러져 보였다.

하지만 주위에서 보기에는 눈으로 쫓을 수도 없는 속도로 공방이 이어졌는데, 이 단계에 얼마나 잘, 그리고 오래 머무를 수 있는 지가 마스터 간의 대결의 핵심이었다.

마스터가 되지 못한 능력자들은 검기, 즉 오러소드를 마스터의 상징으로 꼽지만, 마스터들 사이에서는 초월의 영역에 들어갈 수 있느냐 없느냐를 가지고 마스터인지 아닌지를 판단하고 있었다.

초월의 영역에 들어간 쇼군은 이내 시공간이 느려지는 것이 느껴졌고 자신의 몸이 생각의 속도를 따르지 못하는 것을 느꼈다.

하지만 그는 마스터의 경지에 오른지 오래되어 초월의 영역을 활용하는 것에도 상당한 경험이 있었기에, 생각과 움직임의 괴리에도 어색하지 않는 동작을 이어가며 강민이 보인 허점을 공격해 나갔다.

주위에서 느끼기엔 번개같은 움직임이었지만, 쇼군 그 자신은 자신의 움직임이 한없이 느리다고 느껴졌다.

하지만 강민의 가까이에 다가섰는데도 강민의 움직임이 없었기에 쇼군은 득의의 미소를 지을 수 있었다.

자신이 초월의 영역에서 보는 시각으로는 아까 전에 움

직여야 지금 강민의 목을 베어가는 자신의 검격을 막을 수 있었기 때문이었다.

초월의 영역에서의 속도는 개개인의 역량에 따라 약간씩은 달랐지만 마스터급에서는 기본적으로는 슬로우 모션과 다름없는 움직임이었다. 때문에 쇼군의 생각으로는 이제 강민이 그의 검격을 막으려고 하여도 늦을 수밖에 없다고 판단하였다.

깡~!

하지만 강민은 그의 목까지 다가온 쇼군의 일본도를 손쉽게 쳐냈고 쇼군은 경악을 할 수 밖에 없었다.

애초에 자신의 기파를 산들바람처럼 여긴 강민이었기에 보통의 실력이 아니라 생각했고, 아무리 허점을 노렸지만 자신이 추정한 강민의 실력이라면 지금의 검격을 막을 수도 있을 것이라는 생각까지는 하였다.

그렇기에 막았다는 사실 자체가 그를 놀라게 한 것은 아니었다. 쇼군을 놀라게 한 것은 초월의 영역에서 슬로우 모션이 아니라 평상시와 같은 자연스러운 움직임을 보였다는 것이었다.

마스터 급의 강자와 몇 차례 대결을 벌인 적이 있었지만 어느 누구도 초월의 영역에서 평상시와 같은 움직임을 보이지는 못하였다.

다소간의 속도 차이는 있었지만 모두가 기본적으로 슬

로우 모션이었고, 그 행동과 생각간의 괴리감을 최소화 시키는 것이 마스터간의 대련의 핵심이었다.

하지만 이렇게 평상시와 같이 움직이는 강민에게는 그 모든 것이 무용지물이었다. 강민처럼 할 수 있다면 초월의 영역에서 그 혼자 오롯이 설 수 있는 것이었다.

원래는 강민이 검세를 막을 것까지 예상하고 이어지는 공격을 펼칠 생각으로 선공을 가한 것이었지만, 너무도 놀란 쇼군은 경악한 표정으로 몇 걸음 뒤 물러서며 신음과 같이 두어마디를 내뱉었다.

"어… 어떻게… 초월의 영역에서… 역시 그랜드 마스터인가….."

"초월의 영역? 아. 하이퍼 모드를 말하는 것이군. 근데 여기 마스터들도 영 맹탕은 아닌가봐? 하이퍼로 들어가는 것을 보니 말이야. 그치만 하위 단계의 하이퍼 모드가 상위 단계를 이길 수는 없지."

여기의 마스터들이 초월의 영역이라 하는 것을 강민은 하이퍼 모드라 불렀다.

또한 쇼군은 초월의 영역에 들어가면 동일한 입장이라 생각했지만, 강민은 그 안에서도 단계가 있다는 식으로 말을 하였다.

아직 그랜드 마스터와 대결을 해보지 못한 쇼군으로서는 알 수가 없는 정보였다.

"이게 끝인가? 여기의 검술이나 기술을 좀 더 보고 싶은데 말이야."

"크윽…."

어차피 자신의 역량이 모자랐다. 쇼군은 이제 뒷 일을 생각할 수밖에는 없었다.

[모두 들어라. 저자는 내가 감당하기 힘들겠다. 우리 헤이안의 앞날을 생각해서 너희들은 흩어져서 잠적하거라. 아마 날 노리고 온 것 같으니 나만 처리하고 나면 너희들을 쫓지는 않을 것이야.]

[쇼군!]

[쇼군! 어떻게….]

[안됩니다, 쇼군!]

[차라리 저희와 같이 공격을 하시지요!]

생명을 포기한 듯한 쇼군의 말에 쇼군의 뒤에 서 있는 8인의 수뇌부는 깜짝 놀랄 수 밖에 없었다.

강민과 쇼군과의 대결을 자세히 볼 수조차 없었던 그들은 쇼군이 이렇게 약한 모습을 보이는 것 자체가 이해가 잘 가지 않았다.

그들이 볼 수 있었던 것은 쇼군이 공격을 했다가 무슨 이유인지 그냥 물러났던 것으로 보였기 때문이었다. 강민이 쇼군의 일본도를 막는 것은 보지조차 못한 것이었다.

하지만 애초에 공격을 했다가 아무 이유 없이 물러나는 것은 말이 안되는 상황이었고, 단호한 쇼군의 말에 강민에게 무언가가 있다는 것은 직감하였다.

그랬기에 차라리 최후의 공격을 함께 하기를 바랐다.

그러나 강민의 말을 듣는 순간 그들에게 선택권이 없다는 것을 알 수 있었다.

"아. 여기 서 있는 사람들은 보내줄 수 없다네. 대신 성 안의 다른 사람들은 일체 건들지 않도록 하지."

"뭐! 지… 지금 전음을 들은 것이냐?"

"심어도 아닌 전음 따위 듣는 게 뭐 대수라고."

점점 더 강민의 능력에 놀라고 있는 쇼군이었다. 강민이 여기의 사람들을 보내줄 수 없다고 천명한 이상 어쩔 수 없었다.

"어쩔 수 없겠구나. 최후의 공격을 준비해라. 어차피 보내줄 마음이 없다하니 진원도 아끼지 말고!"

"네! 쇼군!"

강민은 이들이 기세를 끌어올리는 것을 지켜보기만 하였다. 진원까지 건드려서 다소 거칠었지만 강맹한 기운의 흐름이 그들이 서 있는 영역을 뒤흔들었다.

"쇼군! 우리가 빈틈을 만들테니 쇼군께서 그 빈틈을 노려 주십시오!"

어차피 전음도 듣는 마당에 감출 것도 없었다. 그리고

상식에 가까운 이야기였기에 강민이 그 말을 듣는다고 해도 달라질 것도 없었다.

한참동안 기세를 끌어올려 최고조로 빛나는 샤이닝 소드를 형성한 헤이안의 수뇌부는 일제히 아니 한명을 제외하고 강민을 공격해 갔다.

강민을 공격하지 않은 한명은 50대의 중년인으로 다른 이들이 강민을 공격하는 사이 유리엘을 공격해 갔다.

그 의도는 뻔하게 보였는데 여자라서 약하게 보이는 유리엘을 인질로 삼아 협상을 할 의도였던 것 같았다. 하지만 그것은 의도로만 그쳤다.

퍼엉~~!

유리엘에게 달려든 50대 중년인의 검격은 유리엘의 3미터 앞에서 무언가에 가로막힌 듯 멈추고 말았고, 유리엘이 손을 튕기자 중년인이 서있는 자리에는 직경 2미터 정도의 거대한 불기둥이 땅에서 하늘로 솟구쳤다.

"으아아아악!"

50대 중년인은 그 불기둥 속에서 호신막을 끌어올려 조금 버티나 싶더니, 얼마지나지 않아 호신막이 불길에 견디지 못하고 사라져 버렸다.

호신막이 사라지고 나자 그 자신 역시 불기둥에 녹아서 뼛조각 하나 남기지 못하고 사라져 버렸다.

세상에 그가 남긴 흔적이라곤 불기둥의 범위에서 살짝

벗어나 있던 그가 가지고 있던 일본도의 끄트머리 손가락 한마디 정도가 전부였다.

유리엘이 50대의 중년인을 처리하는 동안 나머지 8명이 동시에 강민에게 덤벼들었고, 이내 쇼군 역시 전력을 다한 듯 검기를 줄기줄기 뻗으며 강민에게 덤벼들었다.

쇼군은 8인이 나선 뒤에 공격하였지만 강민의 근처에 온 것은 거의 동시였다.

이미 초월의 영역에 들어와 있는 쇼군에게 나머지 8인의 움직임은 멈춰있는 것이나 마찬가지였다.

강민 역시 아직 아무런 움직임이 없이 멈추어 있었지만 아까 전의 공격과 같이 초월의 영역에서도 평상시처럼 움직일 것이 분명하였다.

강민의 말에 따르면 더 높은 단계에 있는 그의 눈에 자신 역시 멈추어 있는 것과 다름 없을 것이다. 하지만 이렇게 허무하게 갈수는 없었다.

역시 쇼군의 눈에 보이는 강민은 초월의 영역에서도 평상시와 같은 움직임을 보이며 수뇌부를 하나하나 처리하여 갔다.

아마 그들은 자신들이 어떻게 죽어나가는지도 알지도 못한채로 죽음을 맞이하고 있을 것이다.

쇼군은 8인의 수뇌부가 하나하나 죽어 나가는 것이 볼수 있었다.

머리가 잘려나가는 카게루, 몸통이 상하 반으로 잘려진 준지, 허리 위의 상체가 날아간 타카오, 몸통이 통으로 날아가 버린 하루오, 상반신이 사선을 잘린 스스무 등 참혹하기 그지없는 광경이었다.

　마침내 원로원주이자 자신의 친구인 케이타로의 머리통이 박살나는 순간 쇼군 히데오는 최후의 공격을 감행했다.

　쇼군은 일반적인 공격이라면 어차피 자신이 들어가 있는 초월의 영역보다 상위의 영역에 있는 강민이 손쉽게 막을 것이라 생각을 했다.

　그랬기에 막는 것까지 생각하여 일종의 자폭에 가까운 최후의 수를 던지기로 마음을 먹고, 진원을 터트려 생긴 폭발력을 그의 일본도에 실었다.

　최후의 기력까지 끌어올려 혼신을 다한 쇼군의 힘에 일본도의 도신은 거북이 등껍질 같이 금이 가며 갈라졌다.

　이윽고 펑하는 파열음과 함께 일본도의 조각들이 강민의 전신으로 날아갔다. 수백조각으로 갈라진 일본도의 도신은 하나하나 강대한 마나를 담은 오러소드나 마찬가지였다.

　최후의 잠력까지 동원한 동귀어진의 수였다. 혼자서 죽을 수 만는 없다는 생각으로 감행한 수였다. 이 수가 통하더라도 자신은 살아남을 수가 없을 것이라 생각했다.

쇼군은 어차피 자신은 죽겠지만 강민 역시 저승에 함께 데리고 갈 수 있을 것이라 생각하며 회심의 미소를 지으며 눈을 감아갔다.

하지만 그 일본도의 조각들이 강민의 호신막에 튕겨져 자신에게 되돌아 오는 것이 눈감기 직전 쇼군의 눈에 들어 왔다.

그 광경을 본 쇼군은 눈을 부릅떴고 그런 그의 목을 강민이 잘라버렸다.

뎅구르르 구르는 머리와 함께 쓰러진 쇼군의 몸은 마치 벌집과 같았는데 그가 쏘아낸 자신의 일본도 조각들이 그의 전신을 통과했던 것이었다.

헤이안의 주인이었던 자의 처참한 최후였다.

강민의 전장을 보고 있던 최강훈은 쇼군을 비롯한 모두가 쓰러지고 나서도 그 곳에서 눈을 떼지 못했다.

사실 최강훈의 능력으로는 A급 수뇌부들의 최후의 공격까지는 볼 수 있었으나, 쇼군의 동귀어진의 수나 강민의 방어는 볼 수조차 없었다.

그의 눈으로는 헤이안의 수뇌부들이 잘려지고 터져나가다가 갑자기 쇼군의 칼이 터지며 쇼군의 목이 잘려 그가 죽어버린 것만 알 수 있었다. 물론 그게 전부이긴 하지만 최강훈은 그 과정은 알 수가 없었던 것이었다.

하지만 최강훈이 그 곳에서 눈을 떼지 못하는 이유는 그

곳에서 죽은 헤이안의 수뇌부를 보는 것이 아니라, 제주도에서 눈감은 사부를 생각하고 있었기 때문이었다.

10여 년간 비원으로 삼고 있던 복수가 어찌보면 허무하게 끝났고, 그의 머릿속에는 사부와 자신의 힘들었던 시기가 주마등처럼 스쳐지나가고 있었다.

최강훈이 기억하는 한진문은 심각한 내상을 입은 몸에도 불구하고 백록원의 원주로서의 책임과 의무를 다하기 위해, 진원까지 태우며 웜홀 포인트를 지켰고 자신과 수강이, 수아를 돌보았다.

그 스스로는 피를 토하며 괴로워하면서도 헤이안에 대한 복수를 잊지 못하다가 결국 자신이 눈 감기 직전에는 최강훈 그를 위해서 복수에 연연하지 말라는 말까지 하였다.

하지만 그런 모습을 10여 년간 보아온 최강훈은 복수를 잊을 수가 없었다. 그 복수가 지금 이루어진 것이었다. 물론 자신의 손으로 한 것은 아니었지만, 복수를 마친 그의 눈에는 한 줄기 눈물이 흘렀다.

왠지 멀리 보이는 하늘에서 사부가 환하게 웃고 있는 듯하였다.

최강훈의 감회에 젖은 기분을 방해하지 않고 유리엘은 강민에게 다가서며 말했다.

"민이 하도 강한 모습을 보이니, 내가 쉬워보였나 봐요."

"그러게 말이야. 그 쪽은 시체조차 남기지도 못했네."

이름 모를 중년인이 남긴 것이라곤 일본도 조각 하나 뿐이었다.

"시체는 안 치울 생각인가요?"

"그래. 이번엔 본보기로 남겨두려고."

유리엘은 깔끔하게 처리하던 다른 때와는 다르게 남긴 시체의 면면이 참혹한 것으로 보아 강민이 본보기를 노린다는 것을 알 수 있었다.

"하긴 만약에 그냥 없애버리면 단순 실종 정도로 생각할 수도 있겠네요."

"그렇지. 그리고 경고 문구 하나 정도도 남기려고 해."

"경고 문구요?"

"뭐 별건 아니고 하늘 위에 하늘이 있다는 것 정도만 알려주려고."

"음… 이능 단체들이 섣불리 움직이지 못하게 하려는 건가요?"

"그래. 힘이 있는 집단은 언젠가는 전면에 드러나는 것을 여태껏 우리가 봐와서 알잖아. 전면에 드러나는 과정에서 이능 단체간에 협의가 되고 일반인들에게도 잘 받아들여져서 무혈로 연착륙하게 되면 괜찮겠지만, 여태까지는 피와 시체를 밟고 경착륙할 경우가 더 많았잖아."

둘은 여태껏 많은 차원들을 지나오면서 이능이 있는 세

계를 많이 보았는데, 대부분의 세계에서는 이능이 전면에 드러나 있었다.

그런 세계에서는 정도의 차이가 있지만 이능력자가 사회 지도층이나 지배층이 되었고, 일반인들은 피지배층이 될 수밖에는 없었다.

반면, 이능의 세계가 이면에 있는 경우에는 시기의 차이가 있었지만 어느 정도 임계점에 도달하면 이능력자들이 전면에 나서며 헤게모니를 거머쥐었다.

문제는 그 과정에서 수많은 피가 흐르는 경우가 많았다는 것이었다. 능력자 간에는 물론이거니와 일반인들도 많은 피를 흘렸기에 강민은 가족들을 위하여 그런 일을 어느 정도 방지하고자 하였다.

자신과 유리엘이 있다면 가족들이 휘말릴 일은 없겠지만, 일반인으로서는 그런 피 튀기는 상황을 보는 것만 해도 스트레스가 될 수 있었기 때문이었다.

"그랬지요. 그래서 민은 그들이 모르는 강대한 힘이 있다는 것을 알게 되면 그것을 파악할 때까지는 조심할 것이라는 걸 노리는 건가요?"

"그래. 물론 그것도 임계점에 다다르면 관계없이 터질 테지만 당분간은 막을 수 있겠지. 어머니나 서영이가 있는 동안만이라도 막을 수 있으면 좋겠지."

"그래요. 그런데 과연 그렇게 참아질까요? 지금도 어느 정도 임계점에 다다른 것 같은데 말이죠."

"나도 오래 막을 수 있다는 생각은 하지 않아. 특히 지금처럼 웜홀이 빈번하게 발생한다는 걸로 봐선 이 차원도 흐름의 변곡점에 들어섰다는 것 같은데 아마 조만간 큰 변혁이 있겠지. 그렇게 된다면 더 이상 이능세계를 이면에 두기는 힘들겠지."

강민 역시 이런 행동이 시대적 흐름을 막을 수 있다는 생각은 하지 않았다. 물론 자신이 나서서 모든 이능력자들을 척결해버린다면 상당한 시간을 지연시킬 수 있겠지만, 그렇게 된다면 웜홀에서 발생하는 마물들을 처리하지 못해 오히려 인류가 더 위험해 질 수도 있었다.

"그렇겠죠. 만약 이능이 전면에 드러나면 행동양식도 바꿔야겠죠?"

"그렇지 그 때는 더 이상 [은둔]이나 [적응]이 필요하지 않을테니."

"[군림]이나 [지배]로 갈 건가요?"

"그건 나중에 상황봐서 결정하자. 급한 건 아니니 말이야."

"그래요. 그런데 경고 문구는 어떻게 남길 거에요?"

"글쎄, 아까 말한 대로 하늘 밖에 하늘 있다 정도로 남기려고 해. 유리엘은 다른 생각 있어?"

강민의 말에 유리엘은 잠시 생각하더니 대답을 하였다.

"음… 문구는 그대로 두고 이니셜이나 호칭 같은 걸 두는 것도 괜찮을 것 같아요."

"호칭?"

"그래야. 나중에 다른 곳을 처벌할 때 동일인임을 알리기가 쉽겠죠. 다른 곳도 정도를 벗어나서 나서게 된다면 수뇌부 정도는 갈아 치울 필요가 있을 거잖아요. 그때 동일인임을 알리면 경고의 효과가 더 크겠죠."

"그렇군. 그럼 어떤 호칭이 좋을까?"

"처벌자의 의미로 퍼니셔(Punisher)나, 주시자의 의미로 오버시어(Overseer)면 어때요? 아니면 아예 모두의 위에 있다는 의미로 더 원 어보브 올(The one above all)도 나쁘지 않겠네요. 호호호."

유리엘이 거론한 호칭 중에서 잠깐 생각하던 강민은 이내 하나를 골라 이야기를 하였다.

"뭐 그리 거창할 필요가 있을까? 퍼니셔 정도면 좋을 것 같아."

"퍼니셔도 좋죠."

대화를 마친 강민은 헤이안의 성채 전면에 '하늘 위에 하늘 있다.'는 간단한 문구와 함께 퍼니셔라는 이름을 거대한 규모로 새겼다. 물론 세계의 공용어나 마찬가지인 영어로 새겼기에 강민이 드러날 일은 없었다.

강민과 유리엘, 최강훈이 사라진 그 곳에는 헤이안 수뇌부와 쇼군의 사체가 처참하게 널러져 있었다. 그리고 그 뒤로 보이는 헤이안의 성채에 하늘 위에 하늘이 있다는 거대한 문구는 마치 공포영화의 한 장면처럼 보였다.

〈3권에서 계속〉